海外から見た日本文学

古典の中の地球儀

荒木浩

NTT出版

古典の中の地球儀——海外から見た日本文学

目次

第3章

煙たい月は泣いているのか?——日本文化と擬人化の一面……066

第4章

視覚文化と古典文学——スパイラルなクロニクル……096

はじめに

古来、日本の文学は、インドや中国、朝鮮半島、また東南アジア、欧米など、いつも外来の文化や宗教その他の受容を経て、独自の世界を育んできた。もちろん、どんなジャンルであっても芸術作品というものは、およそ白紙の未来に向かって投げ出されて生成するものだ。しかし日本の古典は、独特のグローバルな時空観の中で、その時々の現代という未来から、多様な過去を覗き込んで受け止め、変容して、新たなオリジナリティを創造してきたのである。

本書では、そうした日本の古典と近代、さらには未来へ、という時間軸の往還を捉えながら、海外という視界や実践の場から、個別・具体的な古典世界を、私なりの視点から切り取って提示し、読解する。そして古典文化の魅力を再開発し、新しいパースペクティブを拓きたい、と考えている。たとえば——

二〇〇七年に初めてインドを訪問し、デリーのジャワハルラール・ネルー大学で、日本古典文学を講じる機会を得た。それは、八月から一〇月中旬まで、二月半の滞在で、雨期から秋の入り口という季節であった。北インドの真夏である四月や五月に比べれば、過ごしやすい時期であるとのことだったが、それでも日中の気温は三七、八度まで上がり、湿気も多い。当時のネルー大学の教室は、ノスタルジックに天井扇が回るだけの蒸し暑さ。広大で自然公園のような土地に所在する大学のキャンパスライフも、構内のアラバリというゲストハウスでの暮らしも、一言では語り尽くせない、刺激と衝撃に満ちた体験だった。

その時は、学部と大学院と、二種類の講義を担当した。大学院では、数名の教員も聴講する。せっかくインドでやるのだからと『今昔物語集』（以下『今昔』とも表記）の天竺部を読んだ。一二世紀に成立した『今昔』は、ブッダがこの世に出現する前、まだ菩薩だった釈迦が、天上から「人界《にんがい》」の母の胎内に宿るところから始まる。そして仏教の歴史とその外側の世俗の様子を、説話という物語の集積として叙述し、当時の世界観である、天竺（インド）・震旦（中国）・本朝（日本）という枠組みで描く。全三十一巻の巨大な文学作品である（ただし、八、十八、二十一の三巻を欠く）。

『今昔』巻一の第一話で、母の摩耶夫人《まやぶにん》に懐胎した釈迦——夢が関係するこの逸話については、本書第6章・7章で言及する——は、第二話で、この世に誕生する。「春ノ始《はじめ》二月ノ八日」、摩耶は、その父の善覚長者とともに嵐毘尼《るんびに》園の無憂樹《むうじゅ》の下に向かった。八万四千人の侍女を供とし、大臣・公卿をはじめとする多くの官人も付き従う。「瓔珞《やうらく》（宝石や貴金属などの装身具）ヲ以テ身ヲ飾」った摩耶は、豪華な「宝ノ車」を降り、無憂樹のもとにたどりついた。その樹木の葉は枝垂れて敷き重なり、半ばは緑、半ばは青に照り輝く。「孔雀ノ頸《くび》ノ如シ」という。クジャクはいま、インドの国鳥で、ネルー大学のキャンパスにも群れをなして舞っている。夫人が「樹ノ前ニ立チ」、右の手を挙げて、枝を曳き取ろうとする時に、「右ノ脇ヨリ太子生レ給フ。大《おほき》ニ光ヲ放チ給フ」。光り輝く玉の男の子が生まれた。父は迦毘羅衛国《カピラヴァストゥ》の浄飯王《じょうぼんおう》だから、釈迦は太子＝王子である。

ここまで読んで、日本ではあまり気にしてなかった、無憂樹のことが知りたくなった。辞書を引くと、アショーカという木だという。ここはインドだから知っているだろう。「どんな木ですか？」ふと口にしてみる。すると受講生は、一斉に外を指さし、「すぐそこにありますよ！」と応えた。

窓の外に目をやると、とがった細い葉っぱのアショーカが、どことなくクジャクの首のように茂って、校庭のそこかしこに生えていた。アルファベットではashoka（aśoka）と綴る。aは打ち消し、shoka（śoka）は憂え、悲しみ。文字通り、憂え・無き・樹＝無憂樹、であるらしい。仏教史で著名な王様と同名だ。私が教えていた言語・文学・文化学部の前庭には、アショーカの横に、インド菩提樹（ピッパーラ、ボーディッツリー）も並んで生えていた。菩提樹の葉は丸っこく、先端がカメの尻尾のようにちょろっと伸びて、愛らしい。その下で、釈迦が悟りを開いた木である。まさにブッダの誕生と成道の風景だ。現代のインドでは、仏教徒の割合は非常に低く、単なる日常の景色だろうが、『今昔』を手にした私には、感激の連続だった。

一方、学部の授業では、日本古典文学史を担当し、『源氏物語』（以下『源氏』とも表記）の話になった。日本でこの物語を教えるときは、まず『長恨歌』の人気と影響を語り、『源氏』の桐壺巻は、この『長恨歌』の世界を投影して、主人公の父の帝と、その美しい愛妻であった母の由来から物語を開始する、などと作品世界を解きほぐしていくのが通例だ。紫式部は漢文がよくできて、弟よりはるかに利発だったので、父から、お前が男だったらなと嘆かれたほどの人。主君の中宮彰子に『長恨歌』の作者白居易の『新楽府』（『白氏文集』所収）を教えていた（『紫式部日記』）。そうした教養としての中国文化や、和歌など先行の日本文学を受容して、日本の古典作品は生成されていく。そんな風に考え、講じる癖が付いていた。

ところが、インドと日本では、文化の歴史も位相も異なる。言語一つとっても、中国起源の漢字と仮名を使う日本とは違い、インドのサンスクリットは、印欧語族などと位置づけられるオリジンだ。異国の文化を学ぶときでも、そこには、どのようなインドの反映があるのか、と考える。学生たちが日本について学ぶ時も、インド文化との関係、両者の比較などについて、いつも関心を持つように指導され、そうした学問姿勢が身についている。何を話しても、インドでは、インドとは。よくそんな風に問われた。『源氏物語』とインド？　最初は戸惑った私だったが、あのアショーカ体験以後、すっかり世界観が変わっていく。

浄飯王の若きプリンスは、もう薄暗いお寺の仏像ではない。ブッダは『今昔』の活字を飛び出し、美しいインド人の風貌で天竺の地を駆けめぐる。そんな夢想が昂じて、道行く人を見るごとに、ハッと振り返ってみたりする。昔読んだ手塚治虫の漫画『ブッダ』を思い出した。アニメもあるらしい。画像は、インターネットですぐに見つかった。インドの地で、手塚のブッダとあらたなイメージをダブらせる。

「太子」は、「光ヲ放チ」生まれたという。空想が拡がる。釈迦は、才芸に秀でた、美しい光る王子……。まさしく光源氏ではないか。ごく自然にそう連想した。光源氏も桐壺の帝の子として生まれ、「光る君」と呼ばれた美貌の皇子であった。二人の光る王子の活躍は、当時の私がときどき見上げて郷愁にひたる、インドの空の赤い月と輝く太陽のように、背中合わせで交差した。釈迦のように生まれた皇子が、帝にならないのはもちろん、出家さえしなかったとしたら……。可能態としての光源氏がそこにいた。この発想はのちに「〈非在〉する仏伝——光源氏物語の構造」というちょっと変わった名前の論文となり（二〇一二年）、やがて拙著の一章となった（荒木［2014］『かくして『源氏物語』が誕生する』第六章）。

それから九年後。二〇一六年八月から九月にかけて、タイのチュラーロンコーン大学（バンコク）でやはり古典文学を教えることになり、六週間を過ごした。ここでもう一つ、私のブッダと『源氏物語』の認識に、大きな変化をもたらす出会いがあった。タイの北部にある、チェンマイ大学に招かれて、レクチャーをすることになった折のことである。古都チェンマイにあるお寺や遺跡などを案内してもらったのだが、ある壁画に、ブッダが出家するときの場面が描かれているのを見て、びっくりしてしまった。

出家の直前、釈迦は、妻ヤショーダラー（耶輸陀羅）のベッドを覗く。妻はぐっすり寝込んでいたが、その横には、なんとブッダの子ラーフラ（羅睺羅）が眠っていたのである。じつは南伝仏教のチェンマイではよく見かける図像で、私もその後、いくどか目撃したが、東アジアに伝わった北伝の仏教では、まず見かけない構図であった。北伝の釈迦は、そもそも妻を避けて近づかない。出家の前に、厭世的な釈迦の様子を心配する父王から、跡継ぎを残すように言われた釈迦は、では、と妻の腹を左手で指し示し、処女懐胎のように、妻は子を宿したのである。ただし、釈迦の出家前に子は生まれていない。彼が修行を重ね、六年経った成道の後、ようやくその子は生まれたと、漢訳仏典のブッダの伝記（仏伝）などには書かれている（渡辺照宏［2005］『新釈尊伝』など参照）。

六年後に生まれたって？　その子はいったい誰の子か。妻には、そんな誹謗が投げかけられたと、漢文の経典には書いてある。そこで私は、斎藤美奈子の面白い評論になぞらえて、〈妊娠小説〉としてのブッダ伝と『源氏物語』、という比較を思い付き、職場の国際日本文化研究センター（日文研）がニュージーランドのオタゴ大学で開催した、「南太平洋から見る日本研究」がキーワードの海外シンポジウムで発表をしたのである。本書の第6章は、その時の考察をもとに書かれている。

――本書はつまり、こうした体験や異文化接触の中で構想された、いささかユニークな新説を集めた古典分析の本である。海外での見聞や発表は、私のように、日本古典文学というドメスティックな対象や領域を学び続けている研究者にとっては、貴重で新鮮な視界や体験に満ちあふれたトポスなのだ。とりわけ初めて行く外国には、発想を転回させるきっかけが、いたるところに落ちている。数年前に読んだ沖大幹『東大教授』（新潮新書）という本には、理系の研究者にとって「勉強のためにわざわざ国外へ行く必要はない」時代となった。留学というチャンスも「日本で学べない教育を受けるため」というより、「留学体験自体に現在は意義がある」と書いてあった。たしかに共感する部分がある。ただし、二〇二〇年二月半ばに、ニューヨークでのシンポジウムから帰ってくるまでは、という限定付きで。

あれ以降、コロナ禍が広く侵食して、すべてが変わった。日本から、いや自分の住む自治体からさえ抜け出せない日々が長く続き、「留学体験自体」が不可能なまま、無為な時ばかりが過ぎていった。私自身は、そのただ中で久し振りにどっさり本や論文を読み、『古典の未来学――Projecting Classicism』という編著を作って、不可解な、しかししびれるような時間体験をくぐり抜けた気がする（荒木［2020］「序論」参照）。

世界中すべての人が、同じパンデミックの類似条件の下、きわめて鮮烈なシンデミックの比較文化論的体験に見舞われた。グローバルに可視化された情報環境の中で、誰もがそれぞれ、はかりしれない「意義」を受け止めたはずだが、さて。その結果と影響の実測は、今後の未来の大きな課題である。たとえばテレワーク提案の当初は、PCやタブレットなど、オンラインの箱あるいは板を眺めながら、時差を直結して気軽に海外と会議し、ウェビナーの講義に列する自在？　あるいは自足に埋もれていた。その一方で、これは、かつてアームチェア・ディテクティブと呼んだ、あのままの怠惰な姿ではないのか？　そんな懸念を抱いてみたり。揺れに揺れた一年。そして二年が過ぎた。だが、現在は落ち着いて、新しく拡がった選択肢や方法論のツールの一つとして、日常化したハイブリッドの環境を楽しみ、活用してもいる。だが問題は、そう簡単ではないだろう。私たちが、人文学の大きな実験と革命期に立ち会っていることは確実である。

そんな中、本書もまた生まれようとする。第1章を始めとして、論述のそこかしこに、時代を変革する鍵である、デジタライズの恩恵が潜んでいる。もう元へは戻れない。はたして私のいない未来は、どんな風に転じ、姿を変えていくのだろうか。

＊＊＊

こんな発想で生まれた本なので、話題はいささか多岐に及ぶが、日本の古典文学や文化をめぐって、各章は、ゆるやかに話題を連ねる。選んだテーマと論じる姿勢は、むしろ一貫しているつもりである。だが、読みやすさへの道しるべを、とも考えて、ここで少し具体的に、本書の全体を概観しておこう。

ロンドンの大英図書館を訪ねると、ロビーに置いてあるソファが本の形をしていた。しかし奇妙なことに、そこには、重い錘《おもり》が鎖でつながっていて、面白いオブジェとなっていた。なんだこれは？　という不思議体験と、その一〇年前にニューヨークで読んだ本とが結びつく。本をツナグとはどういうことか。今日の情報ネットワークについてのささやかな考察も行い、本書の導入としたのが第1章である。

第2章では、前章で名前の挙がる夏目漱石から話を始めている。近代日本の開巻・明治の年立てと同じ満年齢の夏目漱石は、教科書の定番だが、『こころ』は、近代随一のベストセラーでもあったという。熊本から上京する青年を描く『三四郎』もおなじみだろう。この小説の中に、『ハイドリオタフヒア（ハイドリオタフィア）』という、聞き慣れない名前の書物が、呪文のように登場する。この本は、イギリスでは国民文学的な存在で、ベネディクト・アンダーソンの『想像の共同体』という、近代ナショナリズム研究の金字塔となった本の原著にも言及されていた。ところが同書の日本語版には見つからない。日本語訳では、その代わりに『平家物語』が取り上げられているのである。本章は、この意外な関係性について論じ、議論は擬人化の問題へと進む。

第3章では、その擬人化の一つとして「月の顔」を論じている。『竹取物語』からある「つきのかほ」という古語だが、古代と近代と、また西洋と東洋と、月の顔はまるで違う。たとえば西洋の月には、目鼻、口があり、時には髭まで生えている。ところがそんな表象は、日本の古典文学には、通常、見当たらない。それが明治の近代化を経て、あの著名な石けんのシンボルマークを、私たちは何の違和感もなく受け入れるようになるのである。そこにはアジアの特質と、コマーシャリズム、あるいは富国強兵や、近代の欧米とのさまざまな文化接触などが見て取られ、宮澤賢治まで登場する。殖産興業の煙突から濛々と立ち上る烟りにまみれて、煙たい顔のお月さんは、どんな相貌をしていたのか。そんな考察も試みた。

この流れを受けて、第4章は、視覚文化と色の問題にチャレンジしている。いま私たちは、膨大な数の美しい絵巻物を、精細なカラー画像で、書物でもネットでも、たやすく閲覧することができるようになった。かつて映画になぞらえられたこの日本の古典絵巻について、近代視覚文化や文学研究のコンテクストの中であらためて考察する必要がある。そんなふうに考えて取り組んだ時期があった。本章は、カナダのトロントで開催されたAASという国際学会（北米のアジア研究協会）で「Post-Occupation Culture in 1950s Japan」という占領期終了後の文化をテーマとするパネルで発表したものを起点とする。そのコンテクスト中で、絵巻と親和性の高い説話文学というジャンルについて考え、同時代の政治や文化状況との関わりを論じるきっかけを得た。

第5章は、前章の映像文化への関心を承けつつ、コロナ禍ですべてが振り出しに戻った、二〇二〇年という年紀と深く関わる。この年は、文化史にいくつかのエポックがあった。たとえば音楽では、ベートーベン生誕二五〇年。文学では、三島由紀夫没後五〇年などが相当する。そんな中で、黒澤明の映画『羅生門』の公開から、七〇年という節目でもあった。この年東京で、翌二〇二一年二月には、京都でも、『羅生門』展が開かれた。この映画の原作は、私の専門である『今昔物語集』の説話をもとに、芥川龍之介が短編小説とした『藪の中』と『羅生門』だ。それを橋本忍と黒澤明の共同脚本で再構成して、映画化されたものである。本章は、『羅生門』のメモリアルの中で、この映画についてエッセイを書いたことが一つの契機となっている。芥川は、説話文学の代表的作品の一つであるこの物語集について、「今昔物語鑑賞」という記念碑的エッセイを書き、今日の説話文学研究に一つの礎を築いた。その芥川が「鑑賞」において排除した中国の孝行の説話と、逆に愛好を示したインドや南伝仏教に見るジャータカの捨身の説話の関連を読み解くことで、『今昔物語集』という作品世界の別の側面も開かれ、さらには彼の自死について、キリスト教から見るのとは別の考察ができるのではないか。本章では、そんな試みもなされている。

第6章が生まれるきっかけについてはすでに触れたが、本章では『今昔物語集』を初めとする説話と、『源氏物語』のような創作物語の関係について、インドやタイでの見聞と重ね合わせながら論じている。ここにもやはり、視覚化・絵画化が示唆する問題が内在している。絵は国境を越え、時空を跨いで、多くの文化の混交について、アイディアを提供してくれる、根幹的なメディアである。そしてブッダと『源氏』をめぐる懐妊と誕生と。そこには夢の文化（ドリームカルチャー）の視界も関わる。

視覚文化と深く関係する夢の問題については、以前から関心を持っていた。これまで二度ほど共同研究を主催し、いくつかの成果が生まれている。夢の文化は、いうまでもなく国際的だ。

最終の第7章では、この夢文化について、またその絵画表現の典型としてのフキダシをめぐって、国内外の学会や大学で、英語での発表を交えながら論述を重ねて来たエッセンスを集約して提示する。その中には「ねむり展」という展示会に協力して図録の原稿を書く、という経験と成果も含まれている。

このようなプロセスで生まれた本書の背景には、それぞれ、私のささやかな海外経験や旅の想い出がある。その回想と、本書読解の手引きとして、また関連論考の一覧を兼ねて、「旅のフローチャート——描きかけの地球儀から」という文章と世界地図を掲げた。最後に、簡単に本書成立の由来を述べた「おわりに」を記し、「引用・参考文献一覧」付している。

第1章　本をツナグ／知をツナグ？

――大英図書館のソファから

1　本棚の歴史と鎖でつながれた本

ニューヨークのコロンビア大学に二カ月ほど滞在したのは、一九九九年秋のこと。文部省（当時）の在外研究という枠組みでの派遣である。留学生を介して知己を得た、ハルオ・シラネ教授に受入研究者となってもらって実現した僥倖だ。シラネ教授は、日本古典文学研究の泰斗で、『夢の浮橋――『源氏物語』の詩学』〔1992〕で若くして角川源義賞を受賞。当時は、『創造された古典――カノン形成・国民国家・日本文学』（鈴木登美共編〔1999〕）が刊行されてまもなくの頃だった。短い期間だったが、九月から一〇月というアメリカ東部の黄金の季節に、客員研究員として刺激に満ちあふれた日々を過ごした。当時出会った若手・中堅の研究者は、それぞれ現在、北米を中心とする、日本文学研究の中心的存在となっている。国内外の学会や職場の日文研などで久しぶりに逢うと、いまでも不思議な時空の交錯を覚え、しばし現実の憂さ？　を忘れる。

私が所在したのは東アジア学部で、コロンビア大学のメインキャンパス内にある。キャンパスの西にはブロードウェイ通りが走り、地下鉄駅も直結する。東はアムステルダムアベニューだ。この通りを渡り、119ストリートを東に入ったところに立つ、バトラーホールというゲストハウスに暮らした。モーニングサイド・パークのすぐ隣。最上階のチャイナレストランが美味しいと評判だったが、現在はもうないらしい。近くには古本屋も、大学院生たちと行きつけのパブもあった。

日常生活では、電話回線接続のインターネットと、豊富なチャンネルのケーブルテレビ、そして新聞が重要な情報源であった。新聞は、まだネット版も開発途上で、文字通りの紙面が一番の時代だ。普段は、東アジア学部が入る建物（ケントホール）の顔である、C・V・スターライブラリーという東アジア図書館の新聞コーナーで、パラパラめくるのが日課だった。大学メインの附属図書館バトラーライブラリーも素敵だが、東アジア図書館は天井の高い落ち着いた空間で、私たちゆかりの専門書が整理されて所蔵されている。閲覧室も、こちらがずっと便利だった。階段を降りて書庫に入ると、豊富な日本研究の蔵書が自在に手に取って閲覧できる。不自由はまったくなかった（現在は外部書庫も完成し、リクエスト搬送も増えて事情が変わっている）。著名研究者たちの博士論文なども置いてあり、パラパラと眺めたりして、毎日毎日、いつまでいても楽しかったのである。

日曜日の朝方には、散歩をかねて東西にキャンパスを抜け、ブロードウェイのスタンドにニューヨークタイムズを買いに出た。日曜版は、サンデータイムズなどと俗称するが、書評、劇評、映画評など、文化面のバラエティに富んだ分厚い紙面で、拾い読みするだけでも時を忘れ、倦むことを知らない。

ある日曜日のニューヨークタイムズに、ヘンリー・ペトロスキーの『本棚の歴史（*The Book on the Book Shelf*）』という本の書評が載った。紙面に掲げられた書影にも心惹かれて読みたくなり、同じブロードウェイで近くにあったバーンズ・アンド・ノーブルという、緑が基調の、日本のジュンク堂を想起させるチェーンの大型書店に足を伸ばした。書評本なのですぐに見つかり、勇んで購入。面白くて、一気に（もちろん、私なりのペースで、だが）読み終えることとなったのである。

西洋では、かつて書物が、図書館の机や本棚と鎖でつながれていた。『本棚の歴史』には、本と本棚をめぐる、そんな興味深い歴史が、多くの挿絵入りで、詳述されていた。たとえば、巻物の聖典として厳密に保管され、読まれていた本が、いくつかの過程を経て、冊子の形態となる。本は、鎖で机（書見台、lectern）につながれて読まれるようになり、机に棚が作られ、やがて本棚が誕生する。書棚に鎖が垂れ下がる挿絵もある。印刷・出版の展開と相俟って、本は徐々に鎖を解き放たれ、貸し出しや購入というかたちで、個人の手に届くようになっていく。

ウンベルト・エーコの『薔薇の名前』（東京創元社、一九八六年に映画化）のような、本の聖性とその世俗化という大きなテーマから、書斎空間や書見台、棚の造形、図書館や書店の成立まで、幅広い書籍文化の歴史的考察である。*The Book on the Book Shelf* というタイトルは、本棚についての本／本棚の上に載る本という、しゃれの効いたダブルミーニングだ。六年後に邦訳（白水社）が出て、日本でも読みやすくなった。

図1　大英図書館にある本の形をしたソファ（著者撮影）

あのニューヨークの朝からちょうど一〇年後の二〇〇九年九月下旬に、この本の知識との再会があった。イギリスのケンブリッジ大学で、日本古典文学をめぐる合同研究学会に参加。調査でロンドンにも立ち寄り、大英図書館を訪ねた時のことだ。図書館のエントランスを入ったラウンジに、開いた本のかたちでデザインされた、金属製のソファがあった。そこには、囚人をつなぎ止めるような巨大なウエートと鎖が、本をつなぎ止めるオブジェとして造形され、ソファの一部となって鎮座していたのである。あれだ！　と急いで写真を撮った。

本を「ツナグ」こと。それは紛うことなき歴史として、いまでもこうして、再現され続けているのであった。

2 「ツナグ」とは――『源氏物語』柏木の妄執と猫の綱

『本棚の歴史』は、本を「ツナグ」歴史を私に教えてくれたばかりでなく、悠久のヨーロッパの中世と現代のロンドン、そして一〇年前のニューヨークの想い出を結びつけ、私の脳裡に、それぞれの光景を、今も鮮明に蘇らせる。そして「ツナグ」とカタカナで表記すると、あのロンドン訪問から一年後に刊行されて読んだ、辻村深月の同名の短編集（新潮社、二〇一〇年一一月）と、いつぞや渡航中の飛行機の中で観た、樹木希林出演のその映画化（東宝、二〇一二年一〇月）も印象深く重ね合わされる。

この語には、興味深い来歴がある。日本語学者の亀井孝によれば、語源的に「ツナグ」は、名詞「ツナ（綱）」からの派生語で、原義は「繋留する」「綱をつける」という意味である（亀井［1949］）。ソファの「ツナグ」鎖は、語源通りの表象であった。そして「ツナグ」は、派生的に「綱をつけ、手繰るようにして対象に接近する」という意味を持ち、「尾行する」、さらには、「探り出す」、「見つける」、「つきとめる」という語義までも担うようになっていく。

こうして語史を繙けば、古典を研究している者として、すぐに思い出すエピソードがある。『源氏物語』に描かれた、柏木と女三の宮の出会いの場面である。女三の宮は、光源氏の兄・

朱雀院の三女である。父の本音は、光源氏の長男である夕霧に嫁がせたかったようだが、それは叶わず、光源氏の妻となる。一方、物語の前半で光源氏のライバル・頭中将として名の知れた男（光源氏の亡妻・葵の上の兄弟）の息子・柏木は、密かに女三の宮との恋愛成就を願っていた。だから柏木は、女三の宮が光源氏に降嫁してしまったことを「いとくちをしく胸いたきここちすれば、なほえ思ひ離れず」とルサンチマンと未練を抱き続けていたのである。

柏木は、諦められない未練を胸に深く燃やしつつ、「弥生ばかりの空うららかなる日」、光源氏の六条院に集う。蹴鞠が始まった。そしてそこで柏木は、「いと小さくをかしげなる」「唐猫の」の「綱《つな》」のいたずらによって、友人の夕霧とともに、女三の宮の姿を垣間見することになる。当時、猫を飼うのが流行っていた。「唐猫」という響きも重要だ。後に国風文化などと称されるが、実際には、唐物と呼ばれる舶来品が愛好された時代である（河添房江［2014］ほか参照）。

状況はこうだ。この小猫を「すこし大きなる猫が追ひ続きて、にはかに御簾のつま（＝端）より走り出づる」。部屋の中にいる女性たちは「おびえ騒ぎて」、「衣の音なひ、耳かしかましきここちす」（衣ずれの音がうるさいほどだ）。そして「猫は、まだよく人にもなつかぬにや、綱いと長く付きたりけるを、ものにひきかけまつはれにけるを、逃げむとひこしろふほどに、御簾のそばいとあらはに引きあけられたる」。

人になつかず落ち着きのないこの猫には、いまの犬のように、綱がつなぎの紐として付けられていた。その長い綱が引っかかり、暴れる猫の動きで簾の横の端が引き挙げられて、部屋の中が丸見えになった。かしがましい猫の鳴き声に「見返りたまへる」女三の宮。その「おももち、もてなしに」、「若くうつくしの人や」とこちらの視線もぶつかって、柏木は、とうとう愛しい女三の宮を目の当たりにする。

一連は、女三の宮の軽率さ（「いと端近《はしぢか》なりつるありさま」「軽々《かろがろ》し」）にも原因のある出来事だったが、柏木には、女三の宮の面影――「あやしかりつる御簾《みす》の透影《すきかげ》」が深く強く心に残った。彼女の欠点は目に入らず（「よろづの罪をもをさをさたどられず」）、この垣間見も、我が想いの深さゆえの絆だと勝手に感激して（「おぼえぬものの隙《ひま》より、ほのかにもそれと見たてまつりつるにも、わが昔よりの心ざしのしるしあるべきにやと、契《ちぎ》りうれしきここちして、飽かずのみおぼゆ」）、新たな情動を紡いでいく（以上、若菜上巻）。

柏木は、光源氏を畏れつつ、思いが叶わぬまでも、せめてあの猫が欲しいと、人知れぬ狂気に陥り（原文では「ましておほけなきことと思ひわびては、かのありし猫をだに得てしがな、思ふことかたらふべくはあらねど、かたはらさびしきなぐさめにもなつけむ、と思ふに、もの狂ほしく、いかでかは盗み出でむと」とある）、なんとかして盗んででも手に入れたい、と思うにいたる。文字通り、「綱」が「ツナグ」秘密の想いなのである。

この時の帝は、光源氏の父桐壺帝と藤壺との子、冷泉天皇だが、皮肉なことに彼は、光源氏が藤壺と密通し、紅葉賀巻で生まれた、内緒の実子であった。『源氏物語』の読者はもちろん、冷泉自身も既に知る（薄雲巻）、公然の秘密である。冷泉帝は猫好きで、多くの猫を飼っており、子猫たちが、あちこちへもらわれていく。東宮（皇太子）のところにもいた。その猫に託けて柏木は、光源氏の家・六条院で見た、あの因縁の猫のかわいさを東宮に語る。柏木は東宮の猫を愛でながら、「いづら、この見し人は」――私の見知ったあの人（六条院の猫のこと）はどこかしら、などと、猫を知友のように呼び、女三の宮とだぶらせた表現で東宮と語ったりする。柏木の深層の気持ちなど、もちろん東宮は知らない。

そして柏木は、とうとうあの唐猫を手に入れた。「つひにこれを尋ね取りて、夜もあたり近く臥せたまふ」――夜も一緒に寝たという。猫もよく馴れて、「衣の裾にまつはれ、寄り臥しむつ」れて、「ねうねうといとらうたげに鳴」く。「これも昔の契りにや」。お前がこんなに恋しいのも、前世からの因縁かと「顔を見つつのたまへば、いよいよらうたげに鳴くを、懐に入れてながめゐたまへり」。

それから四年の空白があり、冷泉は退位へ。しかし柏木は思いを募らせ、小侍従という女房に無理矢理手引きをさせて、ついに思いを遂げた。そう、女三の宮と密通してしまうのである。その時、彼は、不思議な猫の夢を見た。「この手馴らしし猫の、いとらうたげにうち鳴きて来たるを、この宮にたてまつらむとて、わが率て来たるとおぼしきを、何しにたてまつりつらむと思ふほどに、おどろきて、いかに見えつるならむと思ふ」――このかわいがっていた猫が、とても可愛らしく小声で鳴いてやってきたが、この女三の宮に差し上げようとして、私が連れて持ってきた、と思われるのに、どうして献上してしまうのだろうか、と思ううちに、ハッと目が覚めて、いったい何の夢を見たのだろうと思う……。

夢なので、中途半端に客観視され、論理も叙述も混乱しているが、ともかくもそれは、柏木の子供を、女三の宮が宿してしまったことの知らせであった。光源氏も、藤壺と密通して懐妊させたときに夢を見た。密通と受胎の夢。拡がりのある面白いテーマなので、これについては、第6章と第7章で、あらためて取り上げたいと思う。

古代語の語源には、人類の記憶の深層が込められることが多い。「ツナグ」もその一つだ。唐猫の長い「綱」こそ、語源的な意味で、柏木と女三の宮の密通をめぐるもろもろを、象徴的にツナいだのである。

3　本を「ツナグ」とは——デジタルライブラリーと同時代性

あらためて、本を「ツナグ」話にテーマを戻そう。亀井孝の前掲論文によれば、「ツナグ」とは、綱でツナグ意味から、「探り出す」、「見つける」、「つきとめる」の語義までも担う。柏木の「ツナグ」にも同様の側面があった。それはまた、リサーチし、隠れていた事実を究明する、という意味にもなる。本を「ツナグ」というのも同様で、鎖にツナグというネガティブな意味と、「リサーチ」して物事の真理を解明するというポジティブな意味と、二重の意味で、図書館という機能の本質を穿つ、象徴的な言葉であった。インターネットの時代になって、「LINK」という類義語も、日本では重要な外来語として加わった。本と本が、また電子情報が、網の目のように「ツナ」がっていく。それはAI機能とも相俟って、あたかもオートマチックに多様なイメージを紡ぎ出し、私たちに提供してくれる。

もう一〇年ほど前のことだが、二〇一二年に、いくどか図書館について考える機会があった。八月には、デンマーク・コペンハーゲンで北欧をテーマとした海外シンポジウムに参加したが、その合間を縫って、コペンハーゲンの王立図書館を訪ねる機会があった。どんなところだろうとWikipedia（英語版）の簡単な解説を見ていたら、同図書館では、図書貸し出しの九割以上が電子版であるという情報が書かれていた。

日本の公立図書館などでも、当時から、すでに類似した試みがなされており、またその後のデジタル化社会における公立図書館の役割については、二〇一七年公開（アメリカ）の映画『ニューヨーク公共図書館　エクス・リブリス』でも議論が紹介されていたが、二〇二〇年の日本でも、一〇〇を超える電子図書館（電子書籍貸出サービス）がある（電子出版制作・流通協議会、https://aebs.or.jp/AboutAEBS.html参照）。ただ従来、日本の国立国会図書館では、電子書籍を貸す、ということは行われてこなかった。そもそも国会図書館では、個人が紙媒体としての本を借りるときでも、公共図書館などを通じて借りる。直接的に個人に本を貸し出す、という制度ではないのが本来である。

しかし、まさに二〇二〇年のコロナ禍で、図書館が休館したり、訪問できないという事態への対応から、インターライブラリー（相互利用）にも大きな変化が起きつつある。二〇二〇年末、「著作権法における図書館関係の権利制限規定の見直し（デジタル・ネットワーク対応）に関する中間まとめ」が提示されてパブリックコメントが求められ（https://www.ndl.go.jp/jp/news/fy2020/201216_01.html）、「国立国会図書館のデジタル化資料の図書館等への限定送信に関する合意事項」に大きな変革期が訪れる。

その後、二〇二一年三月五日に「著作権法の一部を改正する法律案」が閣議決定された。同日、文部科学省のウェブサイト上で「著作権法の一部を改正する法律案」の概要・説明資料・案文等が公開。法律案の改正がなされ、同年五月、「図書館の蔵書を電子データ化し、利用者にメールで送信できるようにする改正著作権法が二六日、参院本会議で全会一致で可決、成立した。国立国会図書館が各地の図書館向けに行っている絶版本などのインターネット送信の対象も一般に拡大」され、「図書館蔵書はコピーのファクス送信もできるようにする。公布から二年以内に施行」という（『共同通信』同日配信）。今後このことは、国内外の学術環境にも大きな影響を及ぼすことになるだろう。

さて、ふたたび二〇一二年だが、一〇月九日付の『日本経済新聞』文化欄の「文化往来」は、国文学研究資料館（東京都立川市）の「和本30万点画像化、検索システム構築着手」という計画の発足を報じていた。この計画は順調に進展している。同館の新日本古典籍総合データベース（グーグルやヤフーからでもすぐにたどりつける）を一覧すれば、その規模と不断の成長に驚嘆するであろう。またその少し前、二〇一〇年には、国立国会図書館の「近代デジタルライブラリー」が発足。六年後に「国立国会図書館デジタルコレクション」に統合された。現在、さまざまな相互連動も含めて、デジタライズの大幅な進化を続けている。文化庁の文化遺産オンライン、また各研究機関や大学など、ネット上には膨大なデータが蓄積されているが、二〇二〇年八月にはジャパンサーチの正式版も公開され、横断検索が便利になった。そしてクリエイティブ・コモンズ・ライセンスの展開により、こうした国内の和本画像（写本・版本他）や絵画などに留まらず、海外の美術館等の画像データの公開と利用のハードルも、特に非営利目的なら、近年一気に下がっている。そして二〇二一年の四月には、ルーブル美術館の無料画像公開が発表されて、世界に衝撃を与えた。それぞれ、本書の執筆にも、また読者への情報補完にも、多大な便宜を与えてくれる。

みたび二〇一二年だが、一〇月七日が、国立国会図書館関西館ができて、ちょうど十周年の記念であった。同年一一月九日には、その開館一〇周年記念として「図書館サービスとe戦略」という国際シンポジウムが開かれ、私もパネリストとして出席することになった。その概要は、現在では「図書館サービスとe戦略　関西館開館10周年記念国際シンポジウム」（『国立国会図書館　月報』No.624、二〇一三年三月）という記事に載っている。オンラインで読むことができるので、参照を乞うとして、当時、この発表準備でネットを検索していたら、Twitterの記事から、国立国会図書館（ＮＤＬと略称する）のデジタル資料に言及した、興味深いつぶやきに出会った。夏目漱石の『三四郎』という小説を話題にして、次のようなことが書かれており、眼を引かれたのである。

知人の話。漱石「三四郎」で三代目小さんを褒めて「彼と時を同じゅうして生きている我々は大変な仕合せである。今から少し前に生まれても小さんは聞けない。少し後れても同様だ」としている。現在この三四郎のテキストと小さんの音源は、どちらもＮＤＬデジタル化資料に載っている。凄い時代じゃない？

（Littlebamb（@Littlebamb）2012/10/04 23:28）

言及されているのは、江戸っ子で落語好きだった夏目漱石（１８６７－１９１６）が、小説『三四郎』の中で、当代の名人落語家であった三代目柳家小さん（１８５７－１９３０）を褒めて紹介した、有名な場面である。

満年齢では明治の年立てと同い年だった漱石は、十歳上の小さんと同時代に生きることの「大変な仕合せ」を喜び、「今から少し前に生まれても小さんは聞けない。少し後れても同様だ」と書き残している。だが漱石は、小さんよりずいぶん前に亡くなっている。結果的に漱石は、晩年の小さんを聴いて、その老耄を歎くことはなかった……、などと、落語好きの私は、別の文脈を読み取ってしまいそうだが、右のTwitterの趣旨は、もちろんそんなことではない。『三四郎』のテキストも、そして、落語の小さんの音源も、どちらも現在、国会図書館のデジタル化資料に載っている。だからだれでも、家で『三四郎』を読みながら、明治の小さんの落語を聞いて、漱石の空間を共有することができる。「凄い時代」ではないか、と嘆息するのだ。デジタル化が奇跡的に復原し、永遠に保全する、新たな同時代性というわけだ。時を同じくして、やはり同年一〇月九日の『京都新聞』のコラム「凡語」にも、「国立国会図書館関西館10年」と題して、次のように書かれていた。

デジタル化した資料中四一万点はネット公開している。モダンな挿絵の明治四〇年刊「吾輩ハ猫デアル」を読んだり、「憲政は世論によって導かるる」と訴える大隈重信の肉声の甲高さに驚いたり……▼東日本大震災後は被災地自治体のホームページ収集が続く。いわば「現代の正倉院」だ。

（『京都新聞』「凡語」二〇一二年一〇月九日ネット版）

それぞれの音源の方は、現在、国会図書館の「歴史的音源（れきおん）」のウェブサイトにまとめられており（https://rekion.dl.ndl.go.jp/）、一九〇〇～五〇年頃のSP盤などの豊富な音源が、カテゴリーごとに分類されて掲載されている。落語については、大衆芸能研究家／SPレコード収集家・岡田則夫による、音源へのリンクも付いた解説（二〇一三年三月）が備わる（https://rekion.dl.ndl.go.jp/ja/ongen_shoukai_02.html）。概観もたやすくなった。

かつては『明治大正　夢の名人寄席』（日本コロムビア、一九八七年）というCDが重宝だった。八代目都家歌六のコレクションをもとに、「初めて」「寄席演芸のSP盤がCDになった」（演芸評論家の保田武宏解説）というレアものだ。代表的な落語家の音源が通史的に並び、解説もわかりやすい。稀代のコレクターであった都家歌六には、『落語レコード八十年史』（上下二冊）という、百科事典なみの大著がある（都家［1987］）。

ただし、今では手軽なライブ録音や配信だが、明治大正時代の落語のSP版録音は、相当に大変だった。『明治大正　夢の名人寄席』の筆頭は、四代目橘家圓喬（1865-1912）である。大正の初年に没した圓喬は「そうそうたる噺家がみんな憧れる」（六代目三遊亭圓生談）、大名人。多くの昭和の名人たちが若き日に聴いて心酔し、その話芸の再現力に、数多くの逸話を残す伝説の人である（荒木［2007］第1章参照）。ところが音源を聴くと、これが？　なんで？　と物足りない。それは、録音環境の劣悪さによる。

明治の圓喬の音源は、もちろん無観客。「不格好なラッパの中へ首を突っ込んで、わずかに二、三分怒鳴り込むといった当時のお粗末極まる録音方法によるものばかりで、到底芸の本質が分かろう筈もない」（都家［1987］）。歌六はそれでも、圓喬の「高座の名人芸をそのまま肌で感じとることまでは不可能としても、わずかながらもかつてのその素晴らしい師匠まさりといわれた入神の至芸を感じとることだけはできると思う」（同上）というのだが……。

「師匠まさり」という圓喬の師匠は、近代落語の祖・三遊亭圓朝（1839－1900）である。圓朝は技術に間に合わず、音源を残さず亡くなった。その演じ方は、もはや速記などをもとにした活字（『圓朝全集』など）でしかたどれない。ちなみに、電子化時代の圓朝の著作やその活字化の意味については、富田倫生「『圓朝全集』は誰のものか」（https://www.aozora.gr.jp/houkokusyo/enchou.html）という興味深いサイトがあるが、この読み物としての落語が、明治の言文一致など、新しい文化の開発に大きな影響力を持った。音源がないので、圓朝のライブは永久に復活せず、残念だが、その語り芸は、違うかたちで伝説や文化を育んだわけである。落語のライブ感が地方の大衆にも少しずつ伝わるようになるのは、大正末年のラジオ放送開始による、ラジオ落語の大人気と、戦後のテレビ開局による、寄席演芸の観客入りの放送、またその録画・録音の拡散を待たなければならない。

少し話がマニアックになったが、つまりデジタルによる同時代性の回復とは、あくまでバーチャルで、きわめて限定的なものなのである。その割り切りも必要だ。「こゑわざの悲しきことは、我が身隠れぬるのち、とどまることのなきなり」（『梁塵秘抄口伝集』巻第十）。一二世紀の後白河院が、今様という歌謡の儚さをめぐって残した名言である。「今から少し前に生まれても小さんは聞けない。少し後れても同様だ」。漱石が指摘した「こゑわざの悲し」さを、よりシビアな姿で私たちに証明してくれるのが、デジタライズの本当の恩恵なのかもしれない。

数年前の、ＡＩ美空ひばりのように……。

ところで『三四郎』には、先の引用の直前に「小さんは天才である。あんな芸術家は滅多に出るものじゃない。何時でも聞けると思うから安っぽい感じがして、甚だ気の毒だ」とも書いてある。これもまた至言であるが、ただし時代のふるいをかけると、状況は一変する。明治・大正の昔の話ではない。昭和・平成の近代でも、かつては誰もが聞くことができ、読むことができたはずの、大衆的で常識だった〈流布版〉が、ほんのちょっと時間が経つと、あっという間に消費され、その共有性が失われて、素材さえ、手に入れにくくなるものだ。むしろ稀少で難解な古典や貴重品ほど、大事にされて世に伝わる皮肉もある。かつてのベストセラー、流行歌、ヒット商品。その儚さは、誰でも具体的に思い浮かべることが出来るだろう。

音・声、身体パフォーマンスの技芸は仕方がない。しかし、うずたかく積まれる本さえ、同様なのだ。たとえば夏目漱石は、帝国大学の学生だった二〇代前半の頃、教授のディクソンから頼まれて、世界で初めて『方丈記』を英訳した。『漱石全集』によれば、小論を付した英訳の完成は明治二四年（一八九一）一二月のことである。当時の夏目金之助が使った『方丈記』の本文と注解は、江戸時代の注釈書『方丈記流水抄』と、近代の活字本『新註方丈記』（武田信賢註、関根正直校閲、明治二四年六月吉川半七刊行）の併用であったと考えられている。『流水抄』の方は、古典的な注釈として、はやく簗瀬一雄によって翻刻・整理され、現在でも、図書館等で一般にも手に入る活字本となっている（簗瀬一雄編『方丈記諸注集成』豊島書房、一九六九年）。しかし明治の『新註方丈記』の方は大変だ。簡略な注解本で、『方丈記』注釈史上、格別特徴のないこの本は、すでに消尽されて、公共図書館にもほとんど入っていない。現在、多くの人が本を探すときに参照する、国立情報学研究所のCiNii（NII学術情報ナビゲータ）で調べても、所蔵は大学の図書館にわずか二館。あとは国会図書館のレアブック所蔵のみだ。かつて図書館検索も、書籍や古書の購入も、今のようにデジタルネットワーク化されていない時代に、この本を手に入れるのは至難の業だったのである。

ところが現在、『新註方丈記』は、国会図書館デジタルコレクションに入っている。短い本だ。日曜日、寝転んでテレビやネット配信でも観ながら、手元のタブレットで同サイトにアクセスし、すぐに読み出すこともできる。「凄い時代」だと私も思う。

『徒然草』も同様だ。江戸時代によく読まれた『徒然草』の流布本は『鉄槌』という注釈書である（川平敏文［2015］など参照）。しかしこれもまた『徒然草』解釈史上に、特筆すべき価値がない。日本の書物の総合目録である『国書総目録』（岩波書店）等を見る限り、意外なことに『鉄槌』の簡便な活字本は存在しないようだ。私が日本文学を専門的に学び始めた一九八〇年代、『鉄槌』には、影印本という写真複刻もなかった。相当手に入れにくい本として、皮肉な過去の「流布本」になっていたのである。その後、写真版がCD－ROM化されて出版され（二〇〇二年）、私も即座に購入した。ところがそのCDが……。現在は、私の書架のいずこかに眠って起きてこない。どこに隠れていることやら。

しかし、もう書架を漁る必要はない。『鉄槌』も現在では、複数のデジタル化された写真素材がネット上に置かれている。早稲田大学の古典籍総合文庫や国文学研究資料館などから、全編、スマホでも、すぐに一覧でき、プリントアウトも可能だ。国文学研究資料館の画像は、クリエイティブ・コモンズ・ライセンスで公開（詳細は同館ウェブサイト参照）されているので、画像引用も出来る。くずし字はちょっと、という人でも、現在は多くのＡＩ読解の試みがある。研究・勉強、そして消閑にも事欠かない。Googleなど、通常の検索サイトや、Twitterのサーチでも、驚くほど豊富な情報に「ツナグ（ＬＩＮＫ）」ことができるのである。こうしたデジタルリンクもまた、私のこの本をめぐる、有用なツールやリソースとして活躍する。

4 海外と「ツナグ」——バイアスこそ文化なれ

だからといって、情報の平準化が進んで、逆にどこを切っても同じ金太郎が出てくるようでは困る。それで数年前、あえて文化のバイアスに焦点をあてて、「超越的文化バイアス論としての古典文学研究の可能性」と題する科研費の調査・分析を試みたことがある（挑戦的萌芽研究、課題番号26580049、二〇一四〜七年度）。本書の出だしに、二つほど、その成果というか、観察の一端を紹介しよう。海外の本や本棚が「ツナグ」、日本文化のバイアスについての印象記だ。それをもって、ひとまずこの第1章を閉じ、次章で夏目漱石が提起する、新たな問題へと移っていきたい。

【その1】フランス・パリ　ギメ東洋美術館での展観から

二〇一六年一〇月、フランスのパリにあるＥＨＥＳＳ（社会科学高等研究院）とパリ日本文化会館（国際交流基金）において、私の職場の日文研が所属する、人間文化研究機構の連携事業のキックオフイベントとして、講演とディスカッションを行う機会があった。ＥＨＥＳＳは、多くのフランスの思想家を輩出した研究院だ。日本文化会館の方は、セーヌ川の橋のたもとに立ち、すぐ側にエッフェル塔を見上げる、おしゃれなビルである。この活動で多くの知見と刺激を得たが、それとは別に、とても印象的だったのは、エッフェル塔にもほど近い、ギメ東洋美術館での展観とミュージアムショップの光景である。

私が訪ねたとき、折しも最上階の日本ギャラリーでは、Miroir du désirという特別展示中であった。江戸期の女性形象を追いかけ、「欲望の鏡」と捉えて日本文化を切り取るものだ。浮世絵、屏風、木版画など多様な形態のメディアと、女性の仕草、そして海女のnudity（裸体）から春画へ、また吉原の風俗など、美しい女性の絵画が展示されていた。

しかし私が驚いたのは、この展観の図録を求めてミュージアムショップに足を伸ばしたときに見た書籍類である。真っ先に目に入ったのは、入口近くに、二〇〇二年に刊行された、ランス・デイン（Lance Dane）の*Erotique Japonaise*（前年に出た英文のJapanese Eroticaの仏訳）と一九九四年のアレン・ウォルター（Alain Walter）の*Erotique du Japon classique*という本が並べられていたことである。「欲望の鏡」展示と相俟って、まさにエロチカＪＡＰＡＮとしての日本表象（ジャポニスム）を目の当たりにする感があった。しかもアレン・ウォルターの本は、在原業平や光源氏をその中心的考察の一つとする、二〇年以上前に出版された古典文学論なのである。日本古典文学の研究者として、この状況から目をそらすわけにはいかない気がして、両書をあわてて購入した。いまは研究室の書架にある。

その一方で、展観とは直接関係なく並べられた、日本絵画関係のコーナーにも目が留まる。国際的に人気がある葛飾北斎の図録類に交って、中央に『水木しげるの妖怪事典』の仏訳本が置かれ、その隣には仏訳の『孤独のグルメ』があった。言語や文化をスライドすると、古典性なるものが相対化されて、新しい光のもとに照らし出される。そんないまさらの常識を、遅まきながら再確認する次第となったのである。

【その2】タイ・バンコクでの日本文化・古典の受容とポピュラーカルチャー

もう一つは、東南アジアでの事例である。「はじめに」でも記したように、二〇一六年八月から六週間、タイのバンコクにあるチュラーロンコーン大学に客員教授として滞在した。大学に到着してすぐ、当地では、タイ語訳の『人間失格』が大人気だと教えられた。早合点が習性の私は、すぐにその理由を推測して、日本文学の受容の深まりや、日本のコメディアンで芥川賞を取った又吉直樹が、太宰や『人間失格』を喧伝することの影響かと思った。が、まったく違った。

『文豪ストレイドッグス』というアニメーションの人気が引き金だ、というのである。このアニメには、さまざまな作家名がキャラクター化されて登場する。中島敦や夏目漱石、芥川龍之介などもその一人だが、タイでは、その中でとりわけ、太宰のキャラクターが人気なのだそうである。その代表作『人間失格』がタイ語訳されるや、着実な売り上げを重ね、高い人気を得ていると、大学を訪ねてきた出版元のJLIT社の担当の方の話をうかがった。同時に翻訳が出来しました、と言って見せてもらったのが、同じシリーズのタイ語訳夏目漱石『夢十夜』である。太宰ほどではないが、こちらも好評だと聞いた。

こうした事情の前提として、根強い日本人気があった。タイのバンコクには、二〇一六年二月に、アニメイト（ANIMATE）というアニメグッズ専門店が東南アジアで初出店した。私の滞在先のホテルのすぐ側だったので、いくどか通って、その熱気も肌で感じた。国際性・現代性という時空の中では、従来とはまったく異なる古典性の拡がりや投影《プロジェクション》があることを、ここでも強く認識した。その後、アニメ映画『君の名は。』（新海誠監督、東宝、二〇一六年）が、タイで、日本映画の歴代興収の新記録を樹立したことも記憶に新しい。新海は、この映画の「君の名は」というタイトルは、古語の「たそかれ」であって『万葉集』に遡及すると語り、その後の自作『天気の子』（東宝、二〇一九年）もまた『万葉集』にインスパイアされたと、インタビューで述べている。興味深いトレンドだ。

タイから帰国してしばらくすると、『朝日新聞』が『文豪ストレイドッグス』のマンガ版（アニメではなく）のユニークさと人気に言及した記事を読んだ。「イケメン文豪、超能力で事件解決 バトル漫画人気沸騰」（『朝日新聞』デジタル版、二〇一六年一〇月六日）。また「文学館へ文豪キャラがつなぐ」（『朝日新聞』大阪版夕刊、二〇一六年一一月二八日）などである。いずれも一〇月に入ってからのことだ。この件については、圧倒的に海外のレスポンスが早く、ビビッドであること、そして日本ポピュラーカルチャーの国際的人気と速達性を、あらためて感じさせられた。この『文豪ストレイドッグス』を題材にした『文豪ストレイドッグス 公式国語便覧』が、二〇一六年一二月にKADOKAWAより刊行された。その後も、ゲームを含め、関連のメディアミックスはさらに進化を続けている。

古典人気の背景には、意外なコンテクストが潜んでいる。『刀剣乱舞』のようなゲームの人気や、刀剣女子なるファンの存在も重要だ。同じ二〇一六年の一一月にニュージーランドで出会ったコスプレ研究者は、現代的なコスプレのみならず、自ら『源氏物語』の装束を模して縫い、コスプレを楽しむという。こうした「古典オタク」の国際的拡がりも、日本文化論において、見逃せない視界である。

第2章 『平家物語』と『ハイドリオタフィア』
――夏目漱石とベネディクト・アンダーソンを「ツナグ」もの

1 夏目漱石というベストセラー

前章末尾で述べたように、二〇一六年に夏目漱石『夢十夜』のタイ語訳が出来して、現地でも話題になった。じつはこの年の一二月九日は、漱石の没後一〇〇年のアニバーサリーでもあった。翌二〇一七年が明けてまもなく、近藤ようこによる、美しい漫画版の『夢十夜』（岩波書店、二〇一七年一月一九日）が出版された。連続するが、同年二月九日は漱石の生誕一五〇年の区切り（漱石が生まれた時は旧暦だが、ここでは現代の新暦で計算する）となる。いくつかの新聞で、漱石が話題に取り上げられた。

『日本経済新聞』では「一〇〇年以上続く新潮文庫の中で最も売れているのは漱石の「こころ」で、発行七一八万部。新潮社広報宣伝部長の私市憲敬さんは「一万点以上のタイトルの頂点。作家が亡くなると、本が売れなくなる例は多いが、漱石は一〇〇年たっても売れている。驚きです」。新潮文庫の漱石作品は一七冊で計三〇二〇万部超。全国の書店でブックフェアを始めた」などと報じた（二〇一六年一二月一四日、ウェブ版閲覧）。その二年前の『デイリー新潮』によると、「夏目漱石の代表作『こころ』の連載が、新聞紙上で始まったのは、一九一四年の四月二〇日。一〇〇年目にあたる今年、新潮文庫版『こころ』の累計部数が二〇一四年七月三〇日に七〇〇万部を突破した」という。

新潮文庫の『こころ』は一九五二年初版だが、二〇一四年七月末日の集計では、『こころ』に続く、新潮文庫の売り上げ第二位は太宰治『人間失格』（一九五二年初版）で六七〇万五〇〇〇部。そしてヘミングウェイ『老人と海』、夏目漱石『坊っちゃん』と続く（以上『デイリー新潮』二〇一四年八月一一日、ウェブ版）。現在はさらに部数が伸びていることだろう。『こころ』は、文庫などばかりでなく、教科書の定番であり、また青空文庫など、無料で読めるネットのデジタルテキストもある。青空文庫には、専用の表示・読書用のスマホやタブレットのアプリがいくつかあり、とても読みやすくなっている。今日まで、どれだけ多くの読者が目を通したか。実数は、はかりしれない。まさしく国民文学である。

前章では、漱石の『三四郎』と、落語家の柳家小さんの関係にも言及した。本章では、この『三四郎』に出てくる『ハイドリオタフヒア（ハイドリオタフィア）』という、聞き慣れない書物をめぐって、ベネディクト・アンダーソンとの関係を少し掘り下げてみたいと思っている。意外に意外が重なるが、さらに問題は、「擬人化」という、現代的なテーマをも含み込んでいく。

2 『想像の共同体』の国民文学――『平家物語』と『ハイドリオタフィア』

現代のナショナリズム研究の原点の一つに、ベネディクト・アンダーソン『想像の共同体』があることは、よく知られているだろう。『想像の共同体』は、白石さや・白石隆訳『想像の共同体――ナショナリズムの起源と流行』（リブロポート、一九八七年）を皮切りに日本でもよく読まれ、同訳『増補 想像の共同体――ナショナリズムの起源と流行』（NTT出版、一九九七年）を経て、二〇〇七年刊行の同訳『定本 想像の共同体 ナショナリズムの起源と流行』（書籍工房早山）が刊行された。同書の帯には「ナショナリズム研究の今や新古典」と銘打たれている。

この本を読み進めていくと、言語習得をめぐる宿命性、そして共同体形成と排除、さらにナショナリズムとの関係について、次のようなユニークな指摘に遭遇する。一読して、私はいたく関心を深めた。引用が長くなるが、大事なところなので一覧されたい。

国民を、歴史的宿命性、そして言語によって想像された共同体と見れば、国民は同時に開かれかつ閉ざされたものとして立ち現れる。この逆説は、コルーニャの戦いにおけるジョン・ムーアの死を詠った次の有名な詩句の移りゆく韻律によく示されている。（詩句の引用は省略する、引用者注）この詩句は、英雄の思い出を、英語――それも、いかにしても翻訳しえない、そしてただそれを話し読む者だけに聞こえる英語――と分かち難く結びついた美しさで、讃える。しかし、ムーアもその賞讃者もともにアイルランド人であった。そして、ムーアの「敵」であったフランス人、スペイン人の子孫が、この詩の響きを十分に味わうことはできないなどという理由はなにもない。英語は、他のいかなる言語とも同様、常に、新しくこれを話し、聞き、読む者に対して開かれている。

数行の文章の中に人の歴史の長さと広さをつつみこんだ『平家物語』に耳を傾けてみよ。

祇園精舎の鐘の聲、諸行無常の響あり、沙羅雙樹の花の色、盛者必衰の理をあらはす。驕れる者久しからず、たゞ春の夜の夢の如し。猛き人もつひには滅びぬ、ひとへに風の前の塵に同じ。

遠く異朝をとぶらふに、秦の趙高、漢の王莽、梁の朱异、唐の祿山、これらは皆舊主先皇の政にも從はず、樂しみを極め、諫をも思ひ入れず、天下の亂れん事をも悟らずして、民間の憂ふる所を知らざりしかば、久しからずして亡じにし者どもなり。近く本朝を窺ふに、承平の將門、天慶の純友、康和の義親、平治の信賴、これらは驕れる事も猛き心も、皆とり〴〵なりしかども、間近くは、六波羅の入道前の太政大臣平の朝臣清盛公と申しゝ人の有様、傳へ承るこそ、心も言も及ばれね。

ここには、古代インド、中国、そして「本朝」が、数千年の時、数千マイルの距離を越えて、一七世紀の『平家物語』流布本の文章のなかで結ばれている。これらの文章は、もちろんある程度は翻訳可能であろう。しかし、その冒頭のあまりにも有名な一文、この文章の想像の響と想像の色が生みだす身の毛のよだつような空虚な情景は、日本語を読む者だけに見えまた聞こえる。

いま、このページにおいて、『平家物語』の情景は読者に向かって広く開かれている。しかし、その一方、『平家』におとらず身の毛のよだつ次のような情景を描いたインドネシアの偉大な作家プラムディア・アナンタ・トゥールのYang Sudah Hilangの最後の一節は、同じ紙面に印刷されていても、たいていの読者には閉ざされているだろう。（詩句は省略した。引用者注）

我々はいかなる言語でも修得することができる。しかし、言語の修得には人生のかなりの部分を必要とする。新しい征服のたびに、人生の残りの日々は減っていく。人が他者の言語に入っていくことを制限するのは、他者の言語に入っていけないからではなく、人生には限りがあるからである。こうして、すべての言語は一定のプライバシーをもつことになる。

（ベネディクト・アンダーソン［2007］『定本　想像の共同体』）

私がとりわけ興味深く読み、その後、自分の論著にもいくどか引用することになるのは、世界観・国民の形成と「言語のプライバシー」という概念の関係である（荒木『『今昔物語集』の成立と対外観』他）。そのことを論ずる中に、唐突に『平家物語』（以下『平家』とも表記）の例示が出現している。日本中世文学を研究対象とする私には、新鮮な驚きであった。なるほど、『平家』の世界にはこうした拡がりがあるのか。そして『平家』について本質的な言及を行うなど、ベネディクト・アンダーソンは、なんと広い視界と学識を有していることかと、一読三嘆したのである。しかし、あらためてテクストを見てみると、ふと気になることがある。それは、「一七世紀の『平家物語』流布本の文章」という限定である。一七世紀？

厳密な意味での『平家物語』成立論義は、とても難しい問題だ。しかしひとまず、文学史上の基礎知識としては、仁治元年（一二四〇）七月一一日付の「兵範記紙背文書」に「治承物語六巻号平家……」とあり、一四世紀前半成立の『徒然草』二二六段に『平家物語』の成立伝承が載る。その生成が、一三世紀以前であることは疑う余地がない。なのに、ことさらここで、一七世紀の江戸時代の「流布本」の『平家』と明示して論じる意味とは何か。原文はどう書いてあるのだろう。気になって探索してみた。当該部分だけを英語で引用する。拙訳を交えた日本語訳とともに参照してもらいたい。

Listen to Thomas Browne, encompassing in a pair of sentences the length and breadth of man's history:

（ほんの数行のうちに、人の歴史の長さと拡がりを包み込んだ、トーマス・ブラウンの言葉に耳を傾けてみよ。）

Even the old ambitions had the advantage of ours, in the attempts of their vainglories, who acting early and before the probable Meridian of time, have by this time found great accomplishment of their designs, whereby the ancient Heroes have already out-lasted their Monuments, and Mechanicall preservations. But in this latter Scene of time we cannot expect such Mummies unto our memories, when ambition may fear the Prophecy of Elias, and Charles the Fifth can never hope to live within two Methuselah's of Hector.

（古の人々は虚栄心を満足させようと試みる際に、私たちよりも有利な立場に置かれていた。彼らは、時の歩みの中間点と思われる時期よりも早くに活動し、すでに、自らの目論みが成功した偉大な例を目の当たりにしていた。それによって、古の英雄たちは、自らの記念碑や粋を凝らした墓が滅びた後も、その名を長く留めることが出来たのであった。だが、折り返し点を過ぎた時代に生きる私たちには、記憶がミイラのごとく残り続けることなど期待出来はしない。野心を抱いたところで、エリヤの予言を恐れることになろうとし、たとえシャルル五世ですら、メトセラの二倍の寿命を持ったヘクトールほどに長く生きることを望めはしないのである。）

Here ancient Egypt, Greece, and Judaea are united with the Holy Roman Empire, but their unification across thousands of years and thousands of miles is accomplished within the particularity of Browne's seventeenth-century English prose. The passage can, of course, up to a point be translated. But the eerie splendour of 'probable Meridian of time,' 'Mechanicall preservations,' 'such Mummies unto our memories,' and 'two Methusela's of Hector' can bring goose-flesh to the napes only of English-readers.

（ここには、古代エジプト、ギリシャ、そしてユダヤが、神聖ローマ帝国と結びつけられている。しかし、数千年の時、数千マイルの距離を越えたこの結合は、ブラウンの一七世紀の英語の散文という独自性の中で、成し遂げられている。これらの文章は、もちろん、ある程度は翻訳しうるものであろう。しかし、「時の歩みの中間点と思われる時期」、「粋を凝らした墓」、「記憶がミイラのごとく残り続けること」、「メトセラの二倍の寿命を持ったヘクトールほどに長く生きること」などという、無気味な壮麗さは、英語を読む者たちだけに対して、うなじに鳥肌を立てさせることができる。）

（原文はAnderson [2006] *Imagined Communities*より）

『平家物語』はまったく登場しない。原文の当該箇所には、「一七世紀の『平家物語』流布本」ではなく、「ブラウンの一七世紀の英語の散文（Browne's seventeenth-century English prose）」が引用され、「*Hydriotaphia, Urne-Buriall, or, A Discourse of the Sepulchrall Urnes lately found in Norfork*, pp. 72-73. On 'the probable Meridian of time' compare Bishop Otto of Freising.」という脚注がある。そこで事情は後述するが、右引用の関係箇所については、本邦初訳の「サー・トマス・ブラウン著 ハイドリオタフィア（その二）」（生田・宮本［１９９４］）の翻訳によって掲げてある。同翻訳の注によれば「時の歩みの中間点」、「折り返し点を過ぎた時代に生きる私たち」という表現は、『ヨハネ黙示録』などに誌される「世界が紀元前四千年に創造され、紀元後二千年まで続くという、伝統的な考えに則っている」という。引用が全然違うのである。不審に思ってもう一度日本語版に戻ってみると、「原注」の後ろに「訳注」があり、次のコメントが付されていた。

原文では、Thomas Browne, *Hydriotaphia, Urne-Buriall, or, A Discourse of the Sepulchrall Urnes lately found in Norfork*の一節（pp.72-73）が引かれている。ここでは、しかし、論旨から判断してこれを『平家物語』（佐藤謙三校註『平家物語』上巻、角川文庫、昭和三四年、一七ページ）と差し替えた。

（前掲『定本 想像の共同体』）

この注記は、私が確認したリブロポート版以来、定本版にいたるまで継続して付されている。原著で引用されていたのは『平家』ではなく、一七世紀のトマス・ブラウン著『ハイドリオタフィア――壺葬論あるいは最近ノーフォークで発見された埋葬の壺に関する小論』なる書なのであった。

なぜこうしたすれ違いが起こったか。ここには、なかなか興味深い、そして本章の論旨に関わる重要な問題がある。

『ハイドリオタフィア』は、欧米では古典的な著作である。今日でも、*Religio Medici, Hydriotaphia, and the Letter to a Friend*というかたちで複数のペーパーバックに収められ、電子テキストとしても流布している（プロジェクト・グーテンベルグ、一九九六年）。ところが日本では、ほとんど読まれない作品であった。

英文学史上、サー・トマス・ブラウン（Sir Thomas Browne,1605-82）と言えば、つとに名文家として知られている。英本国に限らず日本に於いてもその評価はそのまま通用していると思われる。ただ、英米とは異なり、日本でその作品が広く読まれてきたとは言い難い。

（河野豊［1998］「日本におけるサー・トマス・ブラウン書誌」）

この作品の翻訳の刊行も遅かった。先述したように、一九九〇年代になってようやく翻訳が出来して、全文を読めるようになった（生田・宮本［1993-96］）。それと期を接して、飛ヶ谷美穂子「ハイドリオタフヒア、あるいは偉大なる暗闇——サー・トマス・ブラウンと漱石」［1997］と河村民部「『三四郎』と『ハイドリオタフィア』」［1997］の二つの論文がほぼ同時に出来する。河村は《付録》に「トマス・ブラウン卿著『ハイドリオタフィア：壺葬論——ノーフォーク州にて近頃発見されし骨壺に関する短き論述』概略」として、同書の概要を訳出した。二〇世紀の終わりになって、ようやくこの作品の全貌が、日本語でも把捉できるようになったのである。

しかし、ここで原著者ベネディクト・アンダーソンが引用するテクストは、『想像の共同体』本文で「国民を、歴史的宿命性、そして言語によって想像された共同体と」捉え、「国民は同時に開かれかつ閉ざされたものとして」ある、という論説の例示に耐える国民文学であることが必要十分条件だ。誰の目にも有無を言わさぬ大文学でなければならない。日本語訳においては『想像の共同体』の「論旨から判断して」、提示される作品が変更された直接的理由は、ここにあった。

翻訳の最新バージョンは、繰り返し言及する『定本 想像の共同体』（Revised Edition. 2006による翻訳）である。同書にはあらたに、ベネディクト・アンダーソンによる「旅と交通——『想像の共同体』の地伝《ジオ・バイオグラフィ》について」（白石隆訳）という文章（原題は、Travel and Traffic: On the Geo-biography of *Imagined Communities*.）が付けられている。それは『想像の共同体』という著書が刊行されてから、この「書物がトランスナショナルにどう拡がっていくか」ということを、著者ベネディクト・アンダーソン自身が論じたものである。著者はその中で、この書の翻訳が「最初」「東京で出版された」こと、訳者が「かつてのわたしの学生」であることなどを述べながら、次のように『平家物語』への代替についてもコメントしている。

……かれらがIC翻訳を思い立ったのは、日本人の島国性、そして日本の歴史と文化は日本特有のものでこれを他国と比較することはできないし比較しても意味は無いという保守的信仰と戦う上で、本書が教育的一助となると考えたからだった。またこの訳では、訳者は、原書を忠実に訳する代わりに、原書ロンドン版の論争的ねらいをそのまま生かすことを試みた。その結果、原書におけるイギリス文学への言及、引用はときに日本文学への言及、引用に置き換えられた。たとえば、Urne-Buriallからの長い引用は『平家物語』の引用に置き換えられた。

（前掲『定本 想像の共同体』、傍点著者）

ICとは『想像の共同体』の「原書」*Imagined Communities*をさす。そのような省略形を用いることについて著者は、「旅と交通」の原注で「ICと略称することで紙幅を節約できるだけでなく、今となっては陳腐という名の吸血鬼によってすでにほとんどすべての血を吸い取られてしまった二つの単語（「想像」と「共同体」）のすき間を安らかに埋めることにもなる」と誌す。なお右の引用で私が傍点を付した一節だが、原文では「The translation was itself novel, in that it kept to the polemical thrust of the London version rather than to its letter.」（Anderson［2006］, p.211）とある。上記で破線を付した部分に相当する「その翻訳はまさしく斬新であって」という意味の（おそらく）褒詞は、訳者によって慎み深く（もしくは誤解を避けて）排除されている。

3 『ハイドリオタフィア』と夏目漱石

では『ハイドリオタフィア』とは何か。それは、冒頭の序文的書簡のあと、全五章からなる作品だが、飛ヶ谷美穂子は、その概要を以下のようにまとめている。引用は、改稿して著作化された、『漱石の源泉——創造への階梯』（飛ヶ谷［2002］）による。

第一章ではまず、聖書やギリシャ・ローマ古典はもとより、インド・エジプト・イスラム・ユダヤはては中国まで膨大な資料を繙いて、土葬・火葬・風葬・水葬・鳥葬など多彩な葬送習俗とその背景にある死生観を論じる。第二章ではやや趣を変え、ウォルシンガムで発見された古代の壺とその中の人骨について、その副葬品を他の発掘例とも比較しつつ、科学的・歴史的考証を展開する。第三章では前章にひきつづきこれらの壺の形態や製法を検証し、さらに古今の文献からさまざまな遺体の処理やその利用方法までを紹介する。第四章は歴史や文学から豊富な例を引きつつ、厭うべき死を美化するための儀式、あるいは霊魂や来世への信仰について論じる。そして第五章で、現世の栄華や名声を求めるむなしさを説き、真の信仰の中につつましく生きる者こそ永遠の魂に還ると結ぶ。

（飛ヶ谷［2002］『漱石の源泉』）

ベネディクト・アンダーソンの引用する箇所は、『ハイドリオタフィア』が格調高くその主張と結語を述べる、最終、第五章にある。当該部分を、河村は「つまり骨だけ残して名を残さないのは片手落ちのアイデンティティー保存方法でしかないのであって、それは愚かにも人間は忘却の動物であるということを無視した虚栄のなせる技でしかない。それでも古代人は骨をも名をも残し得たが、現在我らが後世に名も骨も残そうとしても、これまでの様にうまくはいかない。なぜというに、この世の残りは、エリアの予言にいうところによると、わずかに四〇〇〜五〇〇〇年ということになっているからである」（河村［1997］）と要約する。

この『ハイドリオタフィア』を、日本でごく初期に言及した作品として著名なのが、明治四一年（一九〇八）、『朝日新聞』に連載された、夏目漱石の『三四郎』の一〇章、一一章であった。漱石は「ハイドリオタフヒア」と表記する。三四郎が広田先生の見舞いに行ったとき、先生から「これがこのあいだ話したハイドリオタフヒア。退屈なら見ていたまえ」と手渡されたのが、この本だ。漱石が翻訳し、作品内に引用する部分も、『ハイドリオタフィア』の最終章に集中する（河村［1997］参照）。

飛ヶ谷論文は、この書の日本での受容の嚆矢として、坪内逍遙の講義録と、ラフカディオ・ハーンの言及を挙げ、考察を加えて、それぞれの漱石との関係について分析する。そして飛ヶ谷は、広田先生の隠喩である「偉大なる暗闇」と『ハイドリオタフィア』の「a great obscurity」とが通底することを指摘する。さらに、著者ブラウンと『ハイドリオタフィア』に関する考察と、同書の漱石文庫本（ボーン叢書）の書誌的考察についてまで詳述し、著作に所収された論文では、同書外観の写真も一枚掲載している（飛ヶ谷［2002］）。一連の理解にきわめて有益である。

ちなみに、河野豊によれば、漱石に続いてトマス・ブラウンを受容したのが、南方熊楠『十二支考』「虎に関する史話と伝説」（一九一四年）である（河野［1998］）。熊楠の同論文には「英国サー・トマス・ブラウンの『俗説弁惑（プセウドドキシヤ　エピデミカ）』にプリニの説を破り居る」などとある（青空文庫でも読める）。前章でも触れたように漱石は、鴨長明の『方丈記』を世界で初めて英訳した人であり、後に熊楠も『方丈記』を英訳している。漱石と熊楠は同い年で、いずれも英国滞在の経験を持つ。以下『ハイドリオタフィア』の受容は、岡倉由三郎（一九二五年）、竹友藻風（一九二七年）と続く。岡倉由三郎は天心の弟で、漱石の友人であった。それぞれ相俟って、文化史的に興味深い事実の交差がある。

『三四郎』では、『ハイドリオタフィア』に対して、いささかネガティブな評価をともなって叙述されている。

広田先生から聞くところによると、この著者は有名な名文家で、この一編は名文家の書いたうちの名文であるそうだ。広田先生はその話をした時に、笑いながら、もっともこれは私の説じゃないよと断わられた。なるほど三四郎にもどこが名文だかよくわからない。ただ句切りが悪くって、字づかいが異様で、言葉の運び方が重苦しくって、まるで古いお寺を見るような心持ちがしただけである。この一節だけ読むにも道程《みちのり》にすると、三、四町もかかった。しかもはっきりとはしない。

(夏目漱石『三四郎』)

この後さらに小説は、三四郎の視点で、『ハイドリオタフィア』について「覚えるのにさえ暇がいる」「こんなむずかしい書物」などと、念を押す。しかしその強調もまた、漱石の意図する、「偉大なる暗闇」広田先生になぞらえるための誘い水であったようだ。「はっきりとはしない」というのはまさしく「obscurity」という英単語の意味するところである。三四郎は、「このむずかしい書物が、なぜわからないながらも、自分の興味をひくのだろうと思った」。そして思索の末に、「最後に広田先生は必竟ハイドリオタフヒアだと思った」という。飛ヶ谷の先の分析が、確認される場面である。

4 『ハイドリオタフィア』と音楽のメタファー

ところで「句切りが悪くって、字づかいが異様で、言葉の運び方が重苦し」い、というのなら、『ハイドリオタフィア』は、およそ音楽的でないはずだ。ところがイギリスでは対照的に、この書に深い敬愛を捧げて作曲がなされている。オルウィン(William Alwyn, 1905-1985)の交響曲五番*Hydriotaphia*である。二〇〇五年に発売されたCDの日本語版(『ALWYN: Symphonies Nos. 2 and 5 / Lyra Angelica』ロイヤル・リヴァプール・フィルハーモニー管弦楽団演奏、デーヴィッド・ロイド=ジョーンズ指揮、Naxos, 2005)では「アルウィン」と表記されるが、帯には、次のように書かれている。

「壺葬論」とは、夏目漱石の「三四郎」に引用されることでも知られる、17世紀イギリスの医師トマス・ブラウンによる著作ですが、そのタイトル通り、交響曲第5番は暗い雰囲気に満ちており、最終部分では弔鐘に導かれて、美しくも哀しい葬送行進曲となり、一大クライマックスが築き上げられます。

(前掲CD帯より)

ふたたび『三四郎』である。どうやら『ハイドリオタフィア』の日本での享受は、結局のところ、今日にいたるまで『三四郎』に象徴され、収斂する。ところが、肝心の『三四郎』が所引した部分について、読解の研究史は、長い間、きわめて不十分だったらしい。たとえば英文の書名について、「『三四郎』の註は全集、文庫本を問わず、どれもこれも皆一様に、Urn Burial or Hydriotaphiaとorの前後が逆転した誤った記述が不用意にも踏襲されている。註釈者が如何に腕をこまねいて、原作にあたらないでいるかを例証するものである」というのだ（河村［1997］参照）。

先に紹介したように、漱石が小説上にほどこした「このむずかしい書物が、なぜわからないながらも、自分の興味をひくのだろう」というテクスト布置の思惑——飛ヶ谷の論文によれば、漱石手沢本には随所に傍線などが引かれ、『ハイドリオタフィア』「熟読」の様相がうかがい知れるという——を越えて、『三四郎』の記述がそのまま、この本の「むずかしさ」、曖昧さ、古くささとして言葉通り受けとられ、定着する。『ハイドリオタフィア』のすぐれた紹介者であったはずの『三四郎』は、皮肉なことに、むしろこの書の本邦での受容の途絶に決定的な役割を果たしてしまったようだ。

一方、さきほどのCDだが、ケースの中に入っているライナーノーツの方には、オルウィン自身のこの曲に関する詳細な自注が引用されている。それを読めば、印象はまったく異なる。

叙述の端々から、作曲家の『ハイドリオタフィア』に対する深い尊崇が、その創作を導いたことを感じ取ることができるだろう。ここにも拙訳を付しておく。

This fifth symphony is dedicated, appropriately 'to the immortal memory of Sir Thomas Browene（1605-82）', physician, philosopher, botanist and archaeologist, Norwich's most famous citizen, whose great elegy on *Hydriotaphia: Urn Burial, or a Discourse of the Sepulchral Urns lately found in Norfolk*（now more generally known by its sub-title: Urn Burial）, and whose own mortal remains lie buried in the magnificent church of St Peter Mancroft in the heart of the city.

Although each section is headed by a quotation from the book, the symphony is not intended as 'programme music'; Browne's wonderful prose sets the mood of each section and is an expression of my personal indebtedness to a great man whose writings have been a life-long source of solace and inspiration.（William Alwynの文章より）

（この五番交響曲は、まさしく「サー・トマス・ブラウン（１６０５-８２）の不朽の記憶に」捧げられている。彼は、医師であり、哲学者であり、植物学者であり、考古学者であり、ノーウィッチのもっとも著名な市民であったが、その偉大な『ハイドリオタフィア——壺葬論あるいは最近ノーフォークで発見された埋葬の壺に関する小論』（現在より一般には、副題の『壺葬論』の名で知られている）に対する哀悼歌である。彼の亡骸は、ノーウィッチの中心部にある、荘厳なセントピーターマンクロフト教会に今も埋葬されている。
それぞれのセクションは、その本の引用から始まっているが、この交響曲は、いわゆる「標題音楽」を意図して作られたものではない。引用されたブラウンの素晴らしい文章は、それぞれのセッションの雰囲気を盛り上げ、そして私の一生において、その著作が、慰安とインスピレーションの源でありつづける一人の偉大な人物に対する、私の個人的な恩義の表現の一つとしてある。）

（前掲CDライナーノーツより）

深いオマージュを込めて、隠喩的に作品の各節を領導しつつ『ハイドリオタフィア』の原文が引用される。その言葉は、オルウィンの魂に深く響き、ミューズとして音楽に転換されていった。オルウィンは、五番交響曲の構成と『ハイドリオタフィア』の関係について、以下、詳細かつ具体的に説明するが、ここでは省略にしたがう。
譬喩的な意味での『ハイドリオタフィア』と音楽との関係ということなら、じつは『三四郎』にも見出せる。三四郎は、
口の中で「ハイドリオタフヒア」という字を二度繰り返した。この字は三四郎の覚えた外

国語のうちで、もっとも長い、またもっともむずかしい言葉の一つであった。意味はまだわからない。広田先生に聞いてみるつもりでいる。……ハイドリオタフヒアは覚えるのにさえ暇がいる。二へん繰り返すと歩調がおのずから緩漫になる。広田先生の使うために古人が作っておいたような音がする。

（前掲『三四郎』、傍点著者）

という述懐を漏らしていた。三四郎にとって、その「音」は、広田先生と共鳴するのだ。

私たちは三四郎のように、その「音」を口ずさんでみてもいいし、オルウィンという「English reader」の手を経て変奏された音楽という形式で、『ハイドリオタフィア』という世界を感得することもできる。先に引いたCDの帯では、「そのタイトル通り、交響曲5番は暗い雰囲気に満ちており、最終部分では弔鐘に導かれて、美しくも哀しい葬送行進曲となり、一大クライマックスが築き上げられ」とこの曲をパラフレイズ――この「パラフレイズ」ということば自体が、音楽用語でもある――している。

だがもし、「そのタイトル通り」という先入見がなかったならば、どうだろう？　私たちがどこからともなく聞こえてくる「ハイドリオタフィア」という「音」に耳を傾けたり、だれかが鳴らす、オルウィンのシンフォニーを、無意識のうちに聴いたりすることができたならば……。はたしてそれぞれは、どのような隠喩的な拡がりを持ったサウンドとして響いてくるのだろうか。そしてそれぞれは、いつしかどこかで同一作品の名のもとに、無事、同一世界に着地するのだろうか。

5 擬人化という問題へ

先にも引いたように、『三四郎』には、次のような主人公の感想が述べられている。これこそ漱石が『ハイドリオタフィア』を引く、もっとも大事なポイントであった。

このむずかしい書物が、なぜわからないながらも、自分の興味をひくのだろうと思った。最後に広田先生は必竟ハイドリオタフヒアだと思った。

（前掲『三四郎』）

すぐれた書物は、いつも読者に本質的な「謎」をしかけ、問いかけるものだ。そして三四郎は、広田先生から提出された『ハイドリオタフィア』という問いを、隠喩としての擬人化の問題として解こうとしていた。

『想像の共同体』をめぐって、こんなふうに『ハイドリオタフィア』『平家物語』そして『三四郎』という、国民文学の出会いとすれ違いを発見する。それは、言語論、音楽、そして擬人化という、言語と非言語の輻輳として、文化を横断する芸術様式が内在する、象徴性の問題としても立ち現れてくるだろう。著者と訳者による「地伝《ジオ・バイオグラフィ》」的冒険は、かくしてとても興味深い地平に、私たちを導いてくれるのである。

そして最後に見出された「擬人化」といういとなみは、日本の現代文化の中で、きわめてポップな話題となっている。以下は、一〇年ほど前の新聞記事である。

人間以外のものをキャラクター化する「擬人化」が大人の領域でブームを巻き起こしている。化学の元素を女性キャラにしたり、世界の国々をさまざまな性格の人物にしたり、果ては中国人が使った日本人の蔑称まで……。「何でも擬人化する」サービスを提供する企業も登場。背景には、豊かな漫画文化を持つ日本独特の感覚があるようだ。最近目立ったのが、「日本鬼子（ひのもとおにこ）」という女性キャラクター。元来は先の戦争で中国人が日本人に対して使った蔑称（中国読みはリーベンクイズ）で、昨年9月、尖閣諸島沖での中国漁船衝突事件後に中国で繰り広げられた反日デモで横断幕によく掲げられた文字だ。この「日本鬼子」が、ネットユーザーにより美少女キャラに仕立てられた。擬人化されたキャラクターの代表格が、やなせたかしさん原作のアニメキャラクター「アンパンマン」。米国でも「きかんしゃトーマス」が人気で、身近なものがしゃべり出す親近感で子供たちの心をとらえてきた。しかし、近年は政治や世界史など大人向けの題材を擬人化する動きが盛り上がっている。……他にも、元素記号を擬人化した書籍『元素周期萌えて覚える化学の基本』（ＰＨＰ研究所）が出版されたり、戦争で敗れたイタリアを「ヘタリア」という弱々しいキャラで表現するなど世界の国々を擬人化した漫画が人気を呼んだりするなどブームは進行中だ。擬人化をビジネスとする企業も現れた。アニメなどの制作会社「ＭｙＢＳ」（京都市下京区）は1月、「何でも擬人化する」というたい文句のサービス「ぎ・じんか」を開始。費用は1体当たり5万円で、サンプルとして東大など旧帝国大学をモチーフにした女性キャラを掲げた。擬人化ブームについて、京都精華大マンガ学部の吉村和真准教授は「日本は多様なキャラクターの文化が発達してきた。擬人化されたキャラクターに共感したり、楽しんだりできる土壌が育っている。日本の漫画的文化の豊かさの表れでもある」と分析している。

（『産経新聞』二〇一一年二月二日、小野田雄一記）

かくして「擬人化」は、アニメ文化と併行する、本来、とても日本的な現象であった。そこにはなんとなく、日本のロボットに典型的な、何でも人間化するヒューマノイド志向もほの見える。もっとも二〇二一年八月一九日には、アメリカのテスラからヒューマノイドロボット「Tesla Bot」の開発が発表され、二〇二二年にも登場とアナウンスされた。ジャポニスムの流行から一世紀半以上を隔て、クールジャパンの活況も、遠い昔の響きがある。もはや日本は、そう特殊な存在ではないのかもしれない。

さて擬人化とは……。それはたとえば、言語的な図式にブラックボックスをかぶせた恣意的な変換であり、譬喩と翻訳と絵画化をめぐって、不可思議なローカリズムの問題を本質的に内在するテーマだろうか、などと素人頭で考えてみる。だとすればそれは、「修得」可能な「言語」と表裏しつつ、宿命的な地域性のバイアスを含み込む表象として、グローカル（グローバル×ローカル）な今日的問題の根源にもつながりそうな、ふところの深いテーマでもあるだろう。

議論はポピュラーカルチャーに留まらず、際限なく拡がりうる。だが本書では、そうした問題設定の拡散を避け、一〇年ほど前から私が関心を継続してきた、「月の擬人化」というテーマに限定して、次章で、少し考察を進めたいと思う。

第3章

煙たい月は泣いているのか？

——日本文化と擬人化の一面

1　月の顔の擬人化

擬人化ということ。本章では、その考察の手立てとして、月の顔という、具体的な擬人形象をめぐって、話題を拡げてみたい。

日本の古典文学にも「月の顔」という表現がある。

ある人の、月のかほ見るは忌むこと、と制しけれども……（『竹取物語』、一〇世紀？）

見あげ給へれば、人もなく、月のかほのみ、きらきらとして、夢の心ちもせず……（『源氏物語』明石、一一世紀初？）

隈《くま》もなき月のみかほのならひしに四方の人さへ空にすみにき

（藤原教長『教長集』、一二世紀）

ところで、日本の古典がイメージした月の顔とは、どんなものだったろう？　愚問だろうか？　月は時空を超えて、どこでも同じ。シンプルな姿で空に昇る。もちろん、その色合いや風貌は、見る場所や、眺める状況で違いがある。ヨーロッパの青い月、インドの赤い月……、個人的に印象的な想い出もある。しかし望遠鏡の発達によって、月の表情は、歴史的・科学的に大きく変わった。日本にも、一七世紀初頭にガリレオ式望遠鏡が伝来する。それが運ばれたスリリングな国際情勢については、タイモン・スクリーチに詳細な考察があるが（Screech［2020］）、後述するように一八世紀には、望遠鏡を用いたリアルな月の観測も行われている。しかし、肉眼で仰ぐ月は、いつも同じように照り輝く。平安時代の人たちと、今日の私たちと。「月の顔」ということばから喚起されるイメージに、大きな差異があるなどとは、普通、考えにくいことである。

英語にも「月の顔」、Moon faceという表現がある。丸い顔を指す。満月のイメージである。ところが西洋では、擬人化の通例に沿って、人々は月の表面に、目・鼻・口を備えた、実際の人間の顔の投影を見るのである。ダイアナ・ブルートン［1996］やジャン＝ピエール・ヴェルデ［1992］、また林完次［1997］などを参照しながらヨーロッパの絵画を見てみると、月に目鼻を描いて人の顔になぞらえる形象は、中世以来、太陽の顔とともに、おなじみの図柄であった。現代人の私たちも、すでに童話などを通じて、月に目鼻を描く図柄を幼い頃から見慣れている。しかしたとえば『竹取物語』の読者は、月に、目や口を見ていたのだろうか。いや、そんな様子を想像することができただろうか？　この問いが、本章の大事な始まりである。

月読命《つくよみのみこと》という月の神様が、日本の神話には登場する。太陽神としての天照大神と同様、その神格は人の姿として形象されるが、そのことと、図柄として月自体に目鼻を描くこととは別である。中国の絵画でも、月の神は、月自体を手に持つ女神のように描かれたりするが、私の小さな見聞では、景物としての月に目鼻を付けて、人のように描いた絵を見ることはないように思う。近代以前の日本の月も、基本的には人間の顔立ちでは描かれない。

もちろん、近代以前の日本人が、一般論として、いわゆる擬人化や神人同形の視点を持たなかったわけではない。中世以前でも、神は人のかたちに描かれる（奈良国立博物館編［2007］『神仏習合　特別展かみとほとけが織りなす信仰と美』など参照）。中世から近世にかけて、幼童や婦女子に向けて多く描かれた御伽草子などには、文芸の趣向として、「異類物」を代表として、たくさんの擬人化物語が描かれている。拙論「釈教歌と石鹼」（荒木［2012］）でも言及したが、たとえば絵はないものの、石川透蔵『花鳥風月の物語』（石川［2001］に翻刻）には、月の擬人化の物語がある。また、後世の読者のいたずら書きか区別が付きにくいが、『毘沙門の本地』（伊藤慎吾蔵）には、月に目鼻らしき点を付した絵がある（伊藤［2010］、二四三頁）。黄表紙など、江戸の絵本を通覧すれば、もっと奇想天外な図像があるかもしれない。

しかし、ヨーロッパ文化における月が、目や鼻を持つのは、広い意味での「神人同形論」（anthropomorphism）という、大きな思想的テーマを前提とする（ヴェルデ［1992］など）。日本が学んだ、インドや中国の月はそうではない。月の神を人のように捉えても、月の造型自体を人の顔のように描き崇める文化には、立脚しないのである。

私たちもよく知るように、古来日本の月は、生き物の住む場所であった。たとえば、かぐや姫。『竹取物語』は、罪を得て地上にやってきた、かぐや姫の奪還をめぐる、月人の到来と、日本の天皇軍との戦いを後半に描く。そしてかぐや姫が戻った月は、遥かに遠く、天上に輝き続けた。あるいは月には桂が生え、兎が住むという。兎が餅をつく図像など、多く残る。一八世紀初頭の寺島良安『和漢三才図会』では、烏と兎がその住者として描かれている。本書第5章で分析することになる『今昔物語集』巻五第十三の説話では、火の中に身を投げて焼け死んだ兎を、帝釈天が「本形《もとのかたち》ニ復シテ、此ノ菟ノ火ニ入《いり》タル形ヲ月ノ中ニ移シテ……月ノ中ニ籠メ給ヒツ」という。そして続けて『今昔』は「然レバ、月ノ面《おもて》ニ雲ノ様《やうな》ル物ノ有《ある》ハ此ノ菟ノ火ニ焼《やけ》タル煙也。亦《また》、月ノ中ニ菟ノ有ルト云《いふ》ハ此ノ菟ノ形也」と空に輝く月の由来を語る。この「月ノ面」は、目鼻のある顔とはほど遠い。

神としての太陽や月そのものを、顔のかたちとして枠取って、人の姿になぞらえて形象することを、普通、正統的にはしてこなかった。そのことは、日本、あるいは広くアジアのメンタリティを考える上で、重要な問題を含んでいるように思う。

2　顔を描く月と近代

日本で、誰もが月の顔の目鼻立ちを描くようになるのは、近代化・西洋化と密接に関係する。一つ象徴的でエポックメイキングな事例がある。花王石鹼の広告である。

ちなみに今日の花王石鹼は、上弦の月に顔を描くが、それは昭和一八年（一九四三）四月に変更されたイメージである。それまでは向きが反対の下弦の月に男性の顔を描いていた。花王石鹼のホームページに「右向きだった顔が左向きに変わります。これから満ちていく左向きの月の方が縁起がよいという考えから変更されました」という（「花王ロゴマークの変遷」https://www.kao.com/jp/who-we-are/globalhistory/logo_mark/）。そこには戦時中という時代背景があった。古代より満月から月を読むインド（『大唐西域記』巻一参照）はともかく、一般に新月から数えると、上弦の三日月（waxing moon）は成長・増大を表し、下弦の月（waning moon）は衰えの象徴なのである。戦後、顔は女性に変わり（一九四八年）、やがて子どもの形象となった（一九五三年）。

なお花王のロゴマーク変遷については、右のウェブサイトや、『図解　誰かに話したくなる社名・ロゴマークの秘密』（本間之英［２００５］）などでも簡便には一覧できるが、すべてが掲載されているわけではない。発表メディアや、その都度のアレンジ・デザイン、また歴史的コンテクストとの関係も重要だ。以下の分析には、『花王石鹼八十年史』（花王石鹼株式会社資料室

［1971］）など、個別の社史や関連研究の参照が、最低限、必要である。
花王の創業者長瀬富郎は、花王ならぬ「香王」として、次のようにその商標を叙述した。デッサンも描いている。

此ノ商標ハ丸ノ左側ニ人物ノ顔ノ図ヲ書キ其口中ヨリ香王石鹼ト吹キ出シタル図ヲ書キ其上ニ旭日ノ正中ニ二本ノ打違ヒノ印ヲ書キタルモノナリ
一、此ノ商標ノ要部ハ半月ナリノ人物ノ顔ニ口中ヨリ香王石鹼ト吹出シ其上ニ旭日ノ正中ニ二本ノ打違ヒノ印ヲ書キタル図ナリ

（服部［1940］『初代長瀬富郎伝』所引）

この記述は、本書最終章で考察する「フキダシ」という語の古い例としても重要である。かくして花王のマークは、長瀬の意匠である「半月の内側に顔をあらわし、口から「花王石鹼」という文字を吐きださせ、その上に小さく×の店印を旭光で包んで出している」像を原点とする（『初代長瀬富郎伝』ほか）。
明治二三年（一八九〇）七月二四日付で、右の画像が商標登録出願された。長瀬の描いたイメージは、力強い男性の形象であり、のちには、雲に囲まれた下弦の月が、その口からも、もくもくと勢いよく煙を吐き出す図像として展開する。広告の一翼を担った図案家の奥田政徳か

ら、次のように回顧されているものである。

　このマークは明治三十二年、花王石鹼発売十周年に当り、同年一月十五日東京小間物商報に掲載の広告に用ひられたもので、発売時の新聞広告や当時の現品包装にも、大体同様の筆法に依るマークが使はれてゐる。何といふ力強い生々とした表情であらう。これは現代の若い人達には余りにも近づき難い表情であるかも知れない。蓋し、これ程厳粛なそして烈々たる気魄に満ちた人間の顔は、到底今の吾々などに描き得るわけのものではない。この炯々たる眼光と、いかにも生きて動いてゐる口のあたり、それに少しの贅肉もない引き締つた顔はまことに頼もしく、そして気品が高い。周囲の煙はあくまで自由奔放思ふ存分に描きまくり、吐き出す煙は伸びやかに何処までも続いて壮観極まりない。原図はおそらく木版であらうと思はれるが一見金属的なかたい線描は少しも機械的な冷たさを感ぜしめず、溌剌として清新である。よく人はこの当時のマークを年寄の顔だといふ。然しそれは大きな間違ひだ。これこそ叡智と情熱に緊張した、真に若者らしい希望に充ちた顔なのだ。

（『ナガセマン』所収、『初代長瀬富郎伝』より）

奥田政徳（1901－?）は、明治三四年（一九〇一）生まれで、東京美術学校を大正一四年（一九二五）に卒業。昭和七年（一九三二）に花王シャンプーのデザインを手がけている（京都国立近代美術館編［1969］『近代デザインの展望』など）。そして留意すべきことに、右に描き出された月の顔に類似するイメージの多くは、ヨーロッパの月の表象に見出すことができるのである（前掲ブルートン［1996］、ヴェルデ［1992］、林［1997］など参照）。

留学経験のない長瀬は、日本に移入された西洋の画像からこうした月の顔を知って、ヒントを得、模倣して創り上げたものだろう。なにより花王には、月の顔を描く必然性があった。まだ国内石鹼産業が低調だった明治期に、輸入品などの高級石鹼は「顔石鹼」と呼ばれた。それが、「kao」という石鹼会社の社名の由来だったのである。

「花王石鹼」の名を撰ぶに際しても、富郎は、当時の一般に洗濯石鹼と併称したカホ（顔）石鹼の名を撰び、これを、「香王」ともぢつて、永坂（石埭）氏に相談した処、永坂氏は「華王」とした方がよいとの事であつた。これは、少々読みにくく又書きにくいから、「花王」の方がよいのではないかとは、富郎の意見であり、両者の考へがこゝに一致して、花王石鹼に定まつた。

（小林・服部［1940］『花王石鹼五十年史』）

かくて、化粧石鹼とシノニムの顔洗い石鹼から、顔を洗う高級石鹼を標榜して、「顔」に通じる「花王」の名称が選ばれ、能書の表紙にはボタンがあしらわれた。

（前掲『花王石鹼八十年史』）

化粧石鹼で洗顔する習慣が、花王石鹼の売行と共に日本国民一般に行渡つて、@（原文は当時の花王石鹼のマーク）が「顔」を意味する理由が忘れられて後も、このマークがそれ自体として愛好され、顎の長い人が「花王石鹼」と呼ばれるやうになつたことは誰もよく知るところです。

（前掲『初代長瀬富郎伝』）

このように花王には、月に顔を描く本質的な必要性があり、それが一つの文化史的ジャンプを生むスプリングボードとなった。それを増幅したのが、宣伝の推進である。花王石鹼は戦略的に、新聞を中心にたくさんの広告を出す。この花王石鹼のイメージインパクトは強烈で、図像までそっくりの「兎月石鹼」をはじめとする、多くの模造品を生んだ。しかし、長瀬は、それがまた花王のイメージ増強に役立つと考えた。だから長瀬は、そうした模造品や便乗商法に対して否定や反論をせず、むしろ利用すべきだと思っていたという（『初代長瀬富郎伝』）。きわめて先進的な広告戦略であった。

3　宮澤賢治の下弦の月

宮澤賢治（1896-1933）もまた、多くの擬人的な月をその文学世界に描き出した。賢治は、あたかも花王の月のように、夜遅く出る二〇日過ぎの下弦の月を愛したが、その象徴的な月が『烏の北斗七星』（『注文の多い料理店』所収）に描かれている。


夜になりました。

それから夜中になりました。

雪がすっかり消えて、新しく灼かれた鋼の空に、つめたいつめたい光がみなぎり、小さな星がいくつか聯合して爆発をやり、水車の心棒がキイキイ云ひます。（中略）たうたう薄い鋼の空に、ピチリと裂罅《ひゞ》がはひつて、まつ二つに開き、その裂け目から、あやしい長い腕がたくさんぶら下つて、烏を握《つか》んで空の天井の向ふ側へ持つて行かうとします。烏の義勇艦隊はもう総掛りです。みんな急いで黒い股引をはいて一生けん命宙をかけめぐります。兄貴の烏も弟をかばふ暇がなく、恋人同志もたびたびひどくぶつつかり合ひます。

いや、ちがひました。

さうぢやありません。

月が出たのです。青いひしげた二十日の月が、東の山から泣いて登つてきたのです。そこで烏の軍隊はもうすつかり安心してしまひました。

賢治は、この場面らしき絵画を描いている。「無題（空のさけめ）」などと呼ばれる月の顔の絵だ。『【新】校本宮澤賢治全集』第十四巻、口絵「〔絵画　四〕」や朝日新聞社『生誕百年記念「宮澤賢治の世界」展図録』〔1995〕などに載る著名な絵である。その月も下弦の月で、目鼻を有し、初期の花王の月にそっくりだ。

既述のごとく花王石鹼は、「新聞広告」を「積極的」に「利用」する「宣伝活動」を行った。新聞広告は、関東・関西はもちろんのこと、「東北・北海道・北陸・東海方面の地方紙は十二紙を用いている」（前掲『花王石鹼八十年史』）。それは広く東北・北海道にも及んだ。こうした花王の自覚的な戦略のなかで、岩手の賢治もおそらく、印象深くその広告形象を脳裏に刻印したはずである。

新聞広告以外のものは今日のいはゆる援助宣伝費で、これは大都市にのみ向けられたものですから、地方における宣伝は新聞広告だけです。けれどもそれがはじめてその新聞に現れた石鹼の広告であること、そして仙台の奥羽日日の場合ならば代理店近八商店の当時の勢力範囲たる宮城県全県、岩手県では水沢、前沢、一ノ関以南と三陸一帯、福島県飯坂以北、以上一円の小売店にとつては数十年来、仙台大町に仕入に通ひ、馴染み親しんでゐる近八商店の店名が、新商品花王石鹼の名前と共にはじめて新聞紙上に表現されてゐるのを見ることであり、各家庭にとつては、日頃買親しんでゐる小売店頭に、現に陳べられてゐる商品をはじめて新聞紙上に再発見する、或ひは正にその逆の場合をはじめて経験することが出来たといふこと――に想到するならば、いかに一地方新聞紙上の小広告が微妙な効果をもつたかは想ひ見るべきであります。

（前掲『初代長瀬富郎伝』）

『岩手日報』に載った花王石鹼の広告は、著名な賢治のミミズク（ふくろう）の絵（『生誕百年記念「宮澤賢治の世界」展図録』四〇頁など）に似ているという指摘もある（前掲荒木［2012］参照）。当時の花王の宣伝効果については、他にも注目すべきところが多いが、『花王広告史』他の参照を願ってひとまず措こう。ここではもう一点、『花王石鹼八十年史』が強調するように、「大都市」に留まらない花王の宣伝展開として、長瀬が「鉄道沿線の野立看板の採用」を「着想」したことに注意したい。

明治二八年八月から東海道線沿線に設けられた花王の野立看板は、鉄道沿線広告の第一号といわれ、翌二九年には総武・甲武・川越・青梅・東北・直江津の各沿線を完了し、林立した数万本の大鉄板は、花王のイメージアップに大いに役だった。

（前掲『花王石鹸八十年史』）

野立の広告は、当時の鉄道敷設の波に乗って、広く流布していった。〈月夜のでんしんばしらと下弦の月〉の絵（前掲朝日新聞社［1995］など参照）もある賢治が、鉄道を好んで描く作家であったことも想起しておきたい。

花王の第一義的な魅力は、「香王」（のちに「花王」）と吹き出すその香りである。初期の花王石鹸は高級な桐箱入りで、次のような能書が収められていた。

這般《コノタビ》弊舗《ヘイホ》ニ於《オイ》テ、新タニ製造発売セル花王石鹸ハ、一種佳良ナル芬芳《フンホウ》ヲ有シ、皮膚ニ美麗ナル色沢ヲ賦《アタ》フル所ノ化粧料ニシテ、貴嬢紳士ノ浴室鏡窓ニ、日常闕《カ》クベカラザル者ナリ。彼ノ牡丹ノ国色天香《コクショクテンコウ》アルヲ以テ花王ノ称ヲ得タルニ擬《ナゾ》ラヘ、此名《コノナ》ヲ附シタリ。……

（前掲『初代長瀬富郎伝』など。傍点著者）

以上を通覧すれば、賢治の描く月が、次のようなイメージを持つことの意味は、ほぼ覆われるであろう。

いざよひの

月はつめたきくだものの
匂をはなちあらはれにけり

（山を出でたり）（歌稿一九八）

……おもては軟玉と銀のモナド
半月の噴いた瓦斯でいつぱいだ
巻積雲のはらわたまで
月のあかりはしみわたり
それはあやしい蛍光板になつて
いよいよあやしい苹果の匂を発散し
なめらかにつめたい窓硝子さへ越えてくる…

（『青森挽歌』。傍点著者。なお詳細は、前掲荒木［2012］参照）

4　二つの月——信仰の月と科学の月

この宮澤賢治に『月天子』という興味深い詩がある。全文を引いておこう。

私はこどものときから

いろいろな雑誌や新聞で
幾つもの月の写真を見た
その表面はでこぼこの火口で覆われ
またそこに日が射してゐるのもはっきり見た
後そこが大へんつめたいこと
空気のないことなども習つた
また私は三度かそれの蝕を見た
地球の影がそこに映って
滑り去るのをはっきり見た
次にはそれがたぶんは地球をはなれたもので
最後に稲作の気候のことで知り合ひになった
盛岡測候所の私の友だちは
――ミリ径の小さな望遠鏡で　その天体を見せてくれた
亦その軌道や運転が　簡単な公式に従ふことを教へてくれた
しかもおゝ
わたくしがその天体を月天子と称しうやまふことに
遂に何等の障りもない

もしそれは人とは人のからだのことであると
さういふならば誤りあるやうに
さりとて人は
からだと心であるといふならば
これも誤りであるやうに
さりとて人は心であるといふならば
また誤りであるやうに
しかればわたくしが月を月天子と称するとも
これは単なる擬人でない

（宮澤賢治『月天子』昭和六年（一九三一）「雨ニモマケズ手帳」所収）

この詩は、賢治の晩年、著名な『雨ニモマケズ』の詩が誌された手帳に書き込まれた作品である。心身論についても言及があり、いろんな意味で、重要な詩であろう。宮澤賢治はこれ以前にも、月を月天子と呼びかける神秘的な作品をいくつか発表している。

「月天子」とは、宮澤賢治が深く信仰した『法華経』に登場する呼称である。月天子をめぐる宮澤賢治の作品と『法華経』との関係などについては、『二十六夜』という短編小説を取り上げながら、別に論じたことがある（荒木［2013］「宮澤賢治『二十六夜』再読——浄土教から法華世界への結節と「月天子」」)。ここでは措こう。だがこの詩は、一読して明らかなように、科学が解明するリアルな月と、「擬人」の問題を捉えつつ、自らの信仰として、あえて月天子と呼びかける決意が読み込まれている。それは、宮沢賢治の作品論を超えた時代の声として、近代人が直面した月の本質をめぐる分かちがたい多層的な文化的・歴史的な一体性——いわば知の考古学——をそのまますべてさらけ出し、人の心とカラダの関係を比喩として真摯に問いかけた、すぐれた作品なのである。詩は「これは単なる擬人ではない」と象徴的に終わる。

5　月世界旅行をめぐって

ユニバーサルなコンテクストで見ると、この詩は、その劃期的な真価を、より強く発揮するだろう。というのは、宮澤賢治が生きた時代に、フランス映画『月世界旅行（Le Voyage dans la Lune）』（一九〇二年）が発表されているからである。ジョルジュ・メリエス脚本・監督のこの映画は、世界最初のSF映画とされる。一〇数分の短編で、現在ではパブリックドメインになっており、インターネットで容易に視聴が可能である。そのごく簡単な情報も、Wikipedia他で一覧できる。ジュール・ベルヌ（1828－1905）の一九世紀後半の古典的SF長編小説『月世界旅行（De la Terre à la Lune）』（一八六五年）とその続編『月世界へ行く（Autour de la lune）』（一八七〇年）をもとに、H・G・ウェルズ（1866－1946）の『月世界最初の人間（The First

図2　映画『月世界旅行』より

Men in the Moon)』（一九〇一年）という小説の内容を加味して創られた映画だが、そこには、図2のような印象的な場面がある。

このように、この映画には、近代科学を象徴する、望遠鏡で覗いたような、クレーターのあるリアルな月が登場する。ところがその反面、この画像には、微笑ましくも古代的な「擬人化」が残されていた。この月の顔には、眉と目、そして口・鼻という、人間そっくりの形象が描かれている。それはちょうど、宮澤賢治『月天子』描写の背景を、画像として、説明したかたちのようになっている。そうした複雑な姿の月に、いささかスケールをデフォルメして、SF的な大砲のロケットが衝突して、突き刺さっているのである。

この映画には、また別のコンテクストも

ある。月旅行の小説は、一七世紀のシラノ・ド・ベルジュラックにもすでに名の知れた古典作品があるが（『日月両世界旅行記』［2005］）、この映画の時代は、コンスタンチン・エドゥアルドヴィチ・ツィオルコフスキー（1857-1935）のロケット理論の頃である。世界は、現実に月へと到達する、科学的なモチベーションが高まっていた時期であった。月面に刺さるロケットは、「単なる」SFの絵空事ではなかった。

信仰される月。擬人化される月。観測される月。大砲やロケットという科学で到達し、あるいは衝突する月……。宮澤賢治がいささかの葛藤をもって受け止めた『月天子』の月の姿は、日本の文化伝統の中ではどのような位置に置くべきものだろうか。

6 月との距離――古典文学の月

時代を大きく遡って、『源氏物語』（絵合巻）が物語の始まり・祖先だ（「物語の出来《いでき》始めの祖《おや》」）と呼んだ『竹取物語』の終盤には、月からやって来たかぐや姫が、月へと帰って行く様子が描かれる。それから人は、もはや永遠に月へは行けず、かぐや姫も、地球での記憶を奪われる。すべてを忘れるその前に、かぐや姫は、天皇と竹取翁に、不死の薬を置いていく。だが、かぐや姫を失ったことが人生最大の痛恨事だと考える二人には、それは無用の長物だった。天皇は、空にもっとも近い場所はどこだと探して、日本一高い富士山を見出し、そこで燃やすことにするのである。

（帝）「いづれの山か天に近き」と問はせ給ふに、ある人奏す、「駿河の国にあるなる山なん、この都も近く、天も近く侍る」と奏す。嶺にてすべきやう教へさせ給ふ。御文、不死の薬の壺ならべて、火をつけて燃やすべきよし仰せ給ふ。そのよしうけたまはりて、つはものどもあまた具して山へ登りけるよりなん、その山をふじの山とは名づけける。その煙いまだ雲のなかへたち上るとぞ言ひ伝へたる。

（『竹取物語』。傍点著者）

富士山は、古代から一一世紀末まで噴火を繰り返している。そこで、薬を燃やした煙が、どうぞ月に届くように、と祈りをこめる。煙だけが、永遠に届かない月への交信方法であり、願いの象徴であった（こうした視点については、益田勝実［1985］など参照）。

一二世紀になって、富士の煙を読んだ西行法師（1118－90）の著名な和歌がある。「富士見西行」として絵画化され、広く流布したので――ネットで画像検索を試みれば、豊富な用例が一覧できる――、後世にはよく知られる歌である。

風になびく富士《ふじ》の煙《けぶり》の空《そら》にきえて　ゆくへも知《し》らぬわが思ひかな

（『新古今和歌集』1615番歌）

西行は、風になびいて、いつしかどこかの空へと消えていく富士の煙のように、私の恋も、これから先、どうなっていくか、想像も付かない、と歌う。富士の煙はただようばかり。西行はたくさん月の和歌を読んだが（「嘆けとて月やはものを思はする　かこちがほなる我が涙かな」という擬人的な歌もある）、この和歌は、富士の煙が月へ届くことなど、そもそも考えもしない境地である。

現実の空との距離感という点では、江戸時代の安楽庵策伝《あんらくあんさくでん》『醒睡笑《せいすいしょう》』（一六二三〜二八年頃成立）に載る、星を取る笑話が、逆説的に参考となるだろう。

> 小僧あり。小夜《さよ》ふけて長棹《ながざを》をもち、庭をあなたこなたと振りまはる。坊主これを見付け、「それは何事するぞ」と問ふ。「空の星がほしさに、うち落さんとすれども落ちぬ」と。「さてさて鈍なやつや。それほど作《さく》がなうてなる物か。そこからは棹がとどくまい。屋根へあがれ」といはれた。
>
> （『醒睡笑』巻之一、岩波文庫）

庭で棒を振り回して、月を落とそうとする愚かな小僧。それに対して、馬鹿な奴だ、届くものか、といさめる大人の坊主。だが坊主は、不可能なことだ、と理を説くわけではなかった。そこでは棒が届かない。屋根に登れと、予想外の馬鹿な答えを出して読者を嗤わす。届くはずもない空。二段構えのありえない愚かさが、この笑い話の勘所であった。

7 近代の月／煙たい月

しかし一八世紀になり、西洋の技術や文化が流入する中で、日本でも、一部の知識人たちの間では、月の素顔を見ることが出来るようになった。文化三年（一八〇六）刊の伴蒿蹊《ばんこうけい》『閑田次筆《かんでんじひつ》』（日本随筆大成）巻一冒頭に、「和泉国貝塚の人岩橋善兵衛」作成の望遠鏡で、寛政五年（一七九三）七月二〇日に天体観測をした記事があり、精細な月面の観察の記述と図が載っている。また国友藤兵衛一貫斎自作の反射望遠鏡（中村士［2012］など参照）でのぞいた月の観察図も知られている。こちらは一八三〇年代のものという（前掲林［1997］参照）。宮澤賢治『月天子』が描くような「でこぼこの火口で覆われ」た「表面」もそこには明確に図示されている。さすがに月に行ける、というイメージは形成されていないが、日本でも、畏怖すべき信仰の月、神格としての月、そしてリアルな月という思想的な対立は、このアーリーモダン（近世）末期の時代に始まっていた。

そこで注目されるのは、近代になって進展した鉱業の世界と月との関係を歌った、『炭坑節』

（福岡県田川市発祥という）という民謡である。

月が出た出た月が出た
伊田の炭鉱の上に出た
あんまり煙突が高いので
さぞやお月さん煙たかろう
サノヨイヨイ

（深町純亮［1997］『炭坑節物語』より引用）

「伊田の炭鉱の上に出た」の部分は、通常「三池炭坑の上に出た」の一節で知られている。日本初のユネスコ世界記憶遺産に登録された山本作兵衛の絵にも、この民謡と同様に、当時の現実を反映して、煙突から煙がたなびく印象的な絵が何枚も描かれている。ただし『炭坑節』の原曲は、演歌師・添田唖蟬坊（1872-1944）の『奈良丸くづし』という演歌である、という説もある。

月が出た出た月が出た
セメント会社の上へ出た

東京にゃ煙突が多いから
さぞやお月さま煙たかろ
（大正初年頃（一九一〇年代）流行）

その詳細は、添田知道などが考察しているが（添田［2008］）、当時の炭坑での回想では、炭坑節の歌詞がそれより以前の明治末年（一九〇〇年代）にすでに流行していたと伝えており、真偽は定かではない。

明治三十八年から伊田竪坑とかま場……の煙突工事にとりかかりました。地元の者は東洋一の大竪坑と高い巨大な煙突が出来るのを誰しもが期待で胸をはずませていました。いよいよ工事が完成して火入れ当初は高く聳える煙突からもうもうと出る煙を見て目をみはり、月夜などにはお月さんも煙たかろうなどと話しあったことを記憶しています。この歌詞はそうした当時の地元民の驚異と讃嘆の気持から生まれたもので、明治四十二年既に場打ち選炭節の中でも歌われていました。
（小野芳香の述懐、前掲『炭坑節物語』参照。傍点著者）

本章の問題意識においては、煙突が〈高くそびえる〉ので月が煙たいという形象がなされる

『炭坑節』の方が、より文化史的興趣は深い。宮澤賢治の時代に隣接して、「高い」工場の煙突の煙があたかも月に届き、月を煙たがらせる、という見立てがなされていたことになるからだ。まるで、かぐや姫の富士の煙に先祖返りするかのように、月はふたたび私たちの手の届くところに立ち現れた。ただしそれは、もはや古代の幻想ではない。『醒酔笑』の戯れとも重なりつつ、やはり決定的に違う。いまや大砲のロケットが月へ飛び、クレーターの月面へとぶつかりかねないイメージの時代のことであったのである。

それでも宮澤賢治は「擬人」を試み、信仰と科学の狭間で美しい詩を歌う。一方、宮澤賢治より一回り以上年上の高村光太郎（1883－1956）は、対抗して、「月を月天子《ぐわってんし》とわたくしは呼ばない」と謳った（『月にぬれた手』一九五〇年、『日本の詩歌10　高村光太郎』）。このコンフリクトも、時代を超えた、宮澤賢治という人の知の位相の独特さを顕しており、印象的である。

8　花王石鹸の月——月の顔の近代と現代

ところでこの煙たい月は、どのような顔をした月をイメージして歌われたものだったのだろう。私は、時代性に鑑み、それはちょうど『月世界旅行』に描かれたような、目鼻を持つ月の顔のイメージをまとっていたのかもしれない、と考える。それ故に、「煙たかろう」という詞が利いてくると思うのである。

「月の顔」という日本でも古代からある語彙は、一種の比喩的用法であった。月を絵に描くとき、日本では伝統的に、鏡のように、無垢で澄み切ったのっぺらぼうの単色で彩られる。神としての月に目や鼻を書く伝統は、日本には、あるいは中国など、広くアジアの正統的文化には、ない。月に兎を描く絵が古くから知られ、月の神が月の球を手にしたりする画像はあるものの、満月や三日月の表面に、直接目鼻を書いて、人間の顔のように表現をする例は、一般的ではないのである。

これまで論じてきたように、そのような月の顔を描くことが普通になるのは、明治以降のことである。神人同形論の思想のもとに、太陽や月に人間の姿を投影する、西洋思想の影響があった。だが、単純な近代化や西洋化の一つとして、この問題を普遍化すべきではない。そこには画期的な転換点があった。これも既述のごとく、花王石鹼の広告戦略である。

花王のロゴは、さまざまなかたちで図案化され、変遷を経ているが、その原型である創業者のデザインは、半月の月に人物の顔を描き、目鼻があり、口からは雲のようなものを吐き出し、「香王石鹼」、のちには「花王石鹼」という文字を吹き出す形象であった。この基本をもとに、花王はさまざまな広告画像を展開した。月の顔と煙はいつも一体であり、「力強い生々とした表情で」、「周囲の煙はあくまで自由奔放思ふ存分に描きまくり、吐き出す煙は伸びやかに何処までも続いて壮観極まりない」。「これこそ叡智と情熱に緊張した、真に若者らしい希望に充ちた顔なのだ」（前掲『初代長瀬富郎伝』）。

それらはいずれ、富国強兵や殖産興業的なイメージをまとうだろう。羽島知之編『新聞広告美術大系　医薬・化粧品』を参照すると、花王の広告には、実際の文言として「進歩発展」が謳われ、花王の月は、黒い煙を勢いよく吐き出す（明治四五年（一九一二）七月）。大正になると、同じ図柄で、「富国強兵」の文字が躍るようになる（大正三年（一九一四）一二月）。そして昭和四年（一九二九）一〇月には、「東洋第一の大工場から」と題して、月の顔が生産ラインに浮び、その口からぷかりと煙を吐き出しくゆらせる図柄が描かれる。ちなみに、大正三年一〇月には富士山と月、大正五年九月にはかぐや姫らしい姿と月をコラージュした広告がある。

9　宮沢賢治の泣きながら昇る月――花王石鹸との重なり

こうした視点から見て、あらためて注目されるのが、ふたたび花王石鹸の広告と宮澤賢治の月の形の連環である。前掲した『鳥の北斗七星』は、爆発（「いくつか聯合して爆発をやり」）、艦隊（「鳥の義勇艦隊」）という富国強兵的な表現とともに、泣きながら昇る月を描く（「月が出たのです。青いひしげた二〇日の月が、東の山から泣いて登ってきたのです」）。

一方で、その月は、これも前掲したようにガスを噴き出し、雲に囲まれ、かぐわしい香りを纏っていた。関連する部分を、もう一度引用しておこう。

いざよひの月はつめたきくだものの匂をはなちあらはれにけり（山を出でたり）

（宮澤賢治歌稿一九八。傍点著者）

……おもては軟玉と銀のモナド　半月の噴いた瓦斯でいつぱいだ
巻積雲のはらわたまで　月のあかりはしみわたり
それはあやしい蛍光板になつて　いよいよあやしい苹果の匂を発散し
なめらかにつめたい窓硝子さへ越えてくる
青森だからといふのではなく　大てい月がこんなやうな暁ちかく
巻積雲にはひるとき……

（『青森挽歌』。傍点著者）

そして「顔石鹼」の「kao」が描く「花王石鹼」の図像は、一九〇〇年代には、「花王石鹼」という言葉そのものが、あごのしゃくれた人間の顔の形の譬喩になるほど浸透した（『花王石鹼五十年史』）。宮澤賢治が花王石鹼という固有名詞に言及することこそなかったが、彼が描いた「無題（空のさけめ）」の絵を見ても、花王石鹼との類似性は明らかであった。ただし賢治の月は、煙たがっているのではなく、泣いていた。あるいはそれは、彼の感覚が鋭敏に察知した、近代化の陥穽への警鐘であったのかもしれない。

10　月の光と繁栄の証しとしての煙

もちろんそれは、宮澤賢治という不世出の作家の天才的な先見的感性であった。日本はその後、むしろ違うかたちで繁栄の道を選ぶ。それを象徴するものとして、最後に、福岡県小倉市（現北九州市小倉北区）にあった旧制小倉中学（現福岡県立小倉高校）という、日本の知的エリートを生み出す源泉の一つとなった学校の校歌を挙げておこう。そこでは、有望なる若者たちの未来を言祝いで、印象的に工場の煙と月の関係を表象して歌い上げる。

一、喜久の長浜風清く　朝靄《もや》霽《は》るる六連《むつれ》島　波路遥かにこがれ行く
船に世界の文明を　送り迎ふる関門は　是ぞ我等が学ぶ里
二、紅焔高く天を燬《や》き　黒雲低く地を鎖《とざ》し　昼はひねもす夜もすがら
不断の生気漲れる　四市《しいし》の繁華に育まれる　我に不撓の勇気あり
三、北九州の鎮座《しづめ》ぞと　そそり立ったる足立山　麓をめぐる紫の
ゆかりの色のなつかしき　其の秀麗の気をうけて　我に閑雅の度量あり
四、春爛漫の花の色　愛宕の丘の桜がり　秋の夕は硯海や
月の光に棹をさし　其の月花を伴侶《とも》として　栄ある歴史謡《うた》はなん

（出口隆治作詞、旧制小倉中学校校歌。大正一二年（一九二三）五月二二日制定。福岡県立小倉中学校・小倉

高等学校明陵同窓会ホームページ（http://www.meiryo.net/schoolsong/index.html）による。傍点著者）

校歌は、誇らしげに天を焼く工場の「紅焔」と、あたりを黒く澱ませるスモッグの煙を勇壮に描きつつ、最後に、夜空に光る美しい月の形象を伝統的に謳って閉じる。現在では、悪質な公害としか見えない風景だ。美しい月は、煙たくはなかったのだろうか。あるいは、泣いてはいなかったのだろうか。

第4章 視覚文化と古典文学——スパイラルなクロニクル

1　一九五一・五二～六三年というエポック

前章では、月の顔という視覚的な形象をめぐって、初期の映画にも触れながら、文学的表現との関係を考察した。本章では、カラー画像という近現代の視覚文化に焦点を当て、天然色映画の日本への移入、という歴史を皮切りに考察を進める。そしてその時代層を掘り起こしながら、視点を転じて、同じ時代に新たな展開を遂げた、説話文学研究という日本古典文学史をめぐる問題へと議論を拡げ、その相関を探っていきたい。

まずカラー映画の起源的意味と大きなインパクトを有する、『風と共に去りぬ』という映画から話題を開きたいと思う。この映画についての近年のトピックとして、二〇二〇年六月に、奴隷制度の描き方をめぐって「人種差別的だとの批判の声」が挙がり、アメリカの動画配信サービス「ＨＢＯ Ｍａｘ」が配信を停止（同九日）。大きな波紋を招いたことがある。その後、同二四日に、「より公平公正で包括的な未来を築くために、まず歴史を認め、理解しなければならない」との自覚のもと「アフリカ系の映画批評家でシカゴ大教授のジャクリーン・スチュワート氏による約四分半の解説動画を本編開始前に付けた上で、当時制作されたままの形で再び配信された」（『朝日新聞』同年六月二六日記事）。その一月後の七月二六日には、メラニー・ハミルトンを演じたオリビア・デ・ハビランドがこの世を去る。その追悼として世界各国の新聞に『風と共に去りぬ』の名前が踊り、紙面やネットを賑わしたことも記憶に新しい。この作品は、今なおその現代性を失っていないようだ。

ポスターでも「総天然色」（テクニカラー）を大々的に謳う映画『風と共に去りぬ（Gone with the Wind）』がようやく日本で公開されたのは、占領期が終わった一九五二年九月である。アメリカでは、三九年に封切りされている。長い戦争と敗戦を挟んで、一三年も経た後のことであった。

映画「風と共に去りぬ」（一九三九年）は太平洋戦争前にアメリカで封切られ、戦後、一九五二年になって、ようやく日本で封切られた。戦前の日本の大新聞を見ると、主演が赤毛のスーザン・ヘイワードに決りそうだとか、ドルがないので輸入できないとか騒いでいる。

（小林信彦［2007］『映画×東京とっておき雑学ノート　本音を申せば④』）

このように回想する小林信彦は、「戦前の」その「〈騒ぎ〉はアメリカとの戦争が始まっても、ひそかに持ち越され」、上海、シンガポール、マニラなどの外地で、軍人を中心とする日本人がこの映画を観ていたと述べる。その中には、徳川夢声や小津安二郎もいて、アメリカの国力を見せつけられて大きな衝撃を受けたという。

海軍がマニラで没収したこの映画のフィルムは、内地へ運ばれて、日本でも上映された。その一つの場が東京帝国大学であり、観客の一人に、後のノーベル物理学賞受賞者・江崎玲於奈がいたという。そうしたいくつかの興味深いエピソードが、小林のエッセイには紹介されている。

ここで注目すべきは、小林が、徳川や小津が受けたインパクトには、「〈総天然色映画〉へのあこがれもかなりあったと思う」と付言していることである。作品の卓抜さはいうまでもないことだが、長部日出雄『新編天才監督木下惠介』第八章「日本最初の総天然色映画」（長部［2013］）の言葉を借りれば「南北戦争の動乱を生き抜くスカーレット・オハラの姿を、空前の壮大なスケールと華麗な色彩で描いた『風と共に去りぬ』は、いま観たって、七十何年も前にあれだけのカラー撮影を実現した科学の力と技術水準の高さに、驚嘆を禁じ得ないくらいだから」、当時の人々が驚くのも無理はない。長部は、戦後初公開のテクニカラー映画『ステート・フェア』（アメリカ、一九四五年）に始まる戦後のカラー映画受容史についても同時代的に論じており、参考になる。ともあれ戦後の日本人にとっても、『風と共に去りぬ』は、依然、画期的な立体的映像世界を誇った、アメリカ公開当時の七〇ミリテクニカラーの迫力を失っていなかった。

しかし日本でも、『風と共に去りぬ』のアメリカでの封切り以前から、天然色映画実現の試みと技術革新は、地道に推進されてきた（冨田美香［2012］参照）。その象徴的結実が、『風と共に去りぬ』公開前年の一九五一年三月に、日本初のカラー長編映画と喧伝して封切られた『カルメン故郷に帰る』（松竹）である。当時のポスターには、「大松竹の壮挙！　日本最初の總天然色映画」と謳われていた。今日では、美しくデジタル加工されたバージョンを観ることができる。私も二〇一三年にNHK BSプレミアムで放映されたバージョンを視聴した。

長部によれば、その技術は、テクニカラーの「三色式」に対して、「発色式」を日本独自に開発・改良した方式であるらしい。一九五〇年に、富士フイルムが「国産カラーによる最初の長編劇映画」の制作について、「日本映画監督協会に協力を求め」、相当の苦労を重ねて『カルメン故郷に帰る』が実現する。ただし、当時の日本のカラー技術には、多くの制約があった。もしもの時の保険として、この映画には、モノクローム版の撮影も行われ、むしろそちらの方の出来が良かった、という裏話も伝えられている（長部［2013］）。

結果的に『カルメン故郷に帰る』という映画に対する同時代の評価は、カラー映画としての出来映えに集中する。たとえば「勿論テクニカラアに及ぶべくもないが、今日までわが国に上映されたシネ・カラアよりはずっといい。現在の段階で、これだけ出来れば、労を多としなければならない」、「日本の映画界にもやっと長編色彩版劇映画が生まれたということで、一種の感動さえ覚える」、「ともかく私たち自身の色彩映画を持つことができるようになったのがうれしい」などと述べた、著名な映画評論家、双葉十三郎の批評が典型的である（長部［2013］、初出は『キネマ旬報』）。

「やっと」「生まれた」長編カラー映画を悦び、「現在の段階」の「出来」について、「一種の感動さえ覚える」と率直に言及する様子は、よちよち歩きを始めた、本邦初という自前のカラー映画誕生に対する慈愛に溢れている。それ故に、翌年「ようやく」公開された『風と共に去りぬ』の観衆は、あらためて、彼我のカラー映画に対する圧倒的な違いを突きつけられた。描かれたアトランタの戦火の生々しさは、海軍が日本へこのフィルムを持ってくるモチベーションともなったと推測されているが（小林［2007］参照）、一三年の時を遡って、戦時の記憶をもまた、ありありと呼び覚ましたことだろう。

一方で、画家の宮本三郎は『カルメン故郷に帰る』を評して、「素朴な出来ではありますけれども……絵でいえばナチュラリズム——自然主義の時代に属する色彩効果だと思います。主として自然の色を模倣する、自然の美しさを色彩的に生かそうとする意図が現われております。それが偶然といってはおかしいですが、日本の自然をわりと素直に出しているということです」（長部［2013］、初出は『キネマ旬報』の対談）と述べ、日本の自然と色彩観との同調に触れている。本章後半の議論と関わるので、覚えておきたい。

もう一つ、黒澤明の反応も取り上げておこう。もともと画家志望で、色彩感覚も鋭敏だった黒澤明だが、ずっと白黒映画を撮り続けた。ようやくパートカラーの作品を発表したのは、一九六三年の『天国と地獄』である。ところが黒澤は後年、『カルメン故郷に帰る』を高く評価し、「黒澤明が選んだ百本の映画」の㉙に挙げ、「日本のカラーのはしりだったんだけど、すごくおもしろかったね。カルメンたち二人のストリッパーがふるさとにドヤドヤ帰ってきてさ、大騒ぎになるんだけど、そこのところもすごくよく描けていてね。ボクこの作品はとても好きだよ」と語っている（文藝春秋編［1999］『黒澤明「夢は天才である」』）。

黒澤は『カルメン故郷に帰る』公開の前年に『羅生門』を公開した。その後のこの映画の運命はよく知られているだろう。本書第5章でも論じるが、『羅生門』は、翌一九五一年年九月に第一二回ヴェネツィア国際映画祭で金獅子賞を取り、そのニュースは戦後・占領期の日本を鼓舞した。受賞を受けて黒澤は、天然色映画への関心をたびたび漏らしている。たとえば、外国に向けて工夫して映画を創らなければならないと説明する文脈から、「そう、同じような題材では『平家物語』からいい一節を採って、天然色で撮ってみたいですね」（黒澤［1951］1）と語る。別の座談会では『天国の階段』（イギリス映画、一九四六年）に言及。編集部から「あの映画には天然色の所とそうでない所とありましたね。あれは出来るんじゃないですか」と問われた黒澤は「あれはできるでしょうね。こんどの羅生門なんか天然色映画だよ、そうしたら凄いね」とも語っていたのである（黒澤［1950］）。

ところで、いささか唐突な物言いになるが、ここに注意すべき符合がある。カラー映像の映画についていま見てきた簡単な系譜は、日本古典文学の説話文学というジャンルの研究史にとって、大事な意味を持つ時系列なのである。年代だけではない。両者には重要な結節点がある。絵巻というビジュアル古典である。一九五一年、そして続く一九五二〜六三年あたりの時間に、説話文学は、絵巻と密接に連関して考察された。そして映画もまた、同じく絵巻のアナロジーとして、人々の心を捉えようとしていたのである。

2 映画と絵巻のアナロジー

まずは映画と絵巻のアナロジーだが、いくつかの連関がある。『風と共に去りぬ』は、時代絵巻、人間絵巻などと評されることもあった。一方で、五〇年代から六〇年代には、日本でも『大江戸風雲絵巻　天の眼』（松竹、一九五七年）、『大奥絵巻』（東映、一九六八年）などという、「絵巻」という言葉を題名の一部とする映画が陸続と生まれている。

試みに、映画データベース「allcinema」（http://www.allcinema.net/prog/index2.php）に「絵巻」のキーワードを入れて検索すると、次のような作品が列挙される。年代順に整理して引用してみよう。

一九五五：応仁絵巻　吉野の盗族
一九五七：大江戸風雲絵巻　天の眼
一九六八：大奥絵巻
一九七二：晴姿おんな絵巻
一九七六：徳川女刑罰絵巻　牛裂きの刑
一九七七：好色源平絵巻
一九七七－七八：まんが日本絵巻〈TV〉
一九八六：韓国乱熟絵巻／新・赤いさくらんぼ（韓国、劇場未公開）
一九八九：変幻退魔夜行　カルラ舞う！　奈良怨霊絵巻（アニメ）
一九九三：取立屋本舗ベビィ　闇金絵巻〈オリジナルビデオ〉
一九九四：女淫地獄絵巻（香港、劇場未公開）
一九九五：卍舞2　妖艶三女濡れ絵巻
一九九六：大江戸淫乱絵巻　色欲乱れ舞〈オリジナルビデオ〉
一九九六：大江戸淫乱絵巻　復讐篇〈オリジナルビデオ〉
一九九七：江戸城大奥綺譚　大淫乱蕩絵巻〈オリジナルビデオ〉
一九九八：続・女淫地獄絵巻（香港、劇場未公開）
一九九六：大江戸淫乱絵巻　敵討篇〈オリジナルビデオ〉

二〇〇一：泥蜘蛛草子絵巻〈オリジナルビデオ〉
二〇〇九：緋音町怪絵巻〈オリジナルビデオ〉
二〇一一：フェイク　京都美術事件絵巻〈TV〉
二〇一一：艶美伝　～禁断の朝鮮絵巻～〈TV〉（韓国）
二〇一五：色欲絵巻　千年の狂恋
二〇一八：萌妃の寵愛絵巻〈TV〉（中国）

ここには、「エロティック」と分類される映画が多く含まれる。そうした通俗性を見ても、五〇年代から現代にいたるまで、さらに中国、香港映画や韓国映画も含めて、「絵巻」という名称で流通する映画のイメージとタイトルの定着を確認することができるだろう。
絵巻の方も、映画とは親和的だ。絵巻を「手の中の映画」というたとえで表現することがあった。

時間の進行とともに画面に場面の転換、展開を見せるものは、現代にあっては映画の映像がそれである。……絵巻物が一定の枠の中で画面を流動展開させているのと、映画がスクリーンという枠の中で画面を展開させていることには共通したものがある。絵巻物は鑑賞者自身が手で操作するのに対し、映画は機械が操作するという違いはあるが、どちらも絵（画面）を動かすという点では一致している。そして画面の側《がわ》からすれば、どちらも画面自身が流動してストーリーを運ぶという点で両者は一致している。こうした絵巻物の性格をとらえて、「手の中の映画」とよんだひとがあるが、まことに肯ける表現だと思う。

（奥平英雄［1987］『絵巻物再見』）

奥平が述べるように、それは、手の中で繰り延べて展開される絵画の動的世界が、映画によく似ていることからの譬喩である。その後、スタジオジブリのアニメーターだった高畑勲は、一二世紀以前に日本で活発に展開した絵巻という形式と芸術が画期的であることを論じて、『十二世紀のアニメーション――国宝絵巻物に見る映画的・アニメ的なるもの』（高畑［1999］）を書いた。また高畑は、絵巻を「時間的視覚芸術」とたとえ、「現実感のある映像を時間とともに繰り展げて、物語をありありと語っていく芸術」であると語る（高畑［2001］）。絵巻を映画やアニメーションの原点とみる素朴な起源説については、大塚英志の批判があり（大塚［2012、2014］など）、単純に敷衍することはできないが、実作者からの指摘として、本章の問題設定には重要なコメントである。

3　カラーであること／カラーではないこと――絵巻と説話文学

一方、説話文学と絵巻の関係であるが、いくつかの前提を論じておく必要がある。まず、先にカラーの衝撃、ということを述べたが、その一方で、日本の文化、とりわけ古典文学には、抽象的な色彩表現が乏しい、といわれることがある。国文学者の佐竹昭広は、この問題をめぐって、日本古代語の色名について、意味論に即した優れた言語学的考察を行っており、参考になる。

佐竹によれば、「上代の日本語の中で、純粋に色名という名を付して挙げることができる語は」、「アカ、シロ、アヲ、クロの四色」であり、「古代日本語は、純粋な本来の色名に非常に恵まれない言語であった」。「ホメロスの言語的風景が究極的に無色であると言われるならば、古代日本語も色彩的には至って殺風景であったと言えよう。在るのは「赤」「黒」「白」「青」という色彩なのではなく、「明《アカ》―暗《クロ》」「顕《シロ》―漠《アオ》」という光の二系列であるに過ぎない」という。「古代日本語における色名の性格」と名付けられたこの画期的論考は、一九五〇年代の前半に構想され、五五年に発表された（佐竹［1955］）。このことも、これまで見た系譜に組み込んでおきたい。ちなみに、佐竹によれば、古代語の色名の乏しさに着目した嚆矢は、チェンバレンの英訳『古事記』（一八八三年）であるという（佐竹［1986］）。

そして、佐竹の学問形成にも大きな影響を与えた民俗学者の柳田國男（1875-1962）に、日本人の色彩観をめぐる重要な分析がある。柳田は『明治大正史世相篇』（柳田［1930］）の中で、日本の自然が「緑の山々の四時のうつろい、空と海との宵暁《よいあかつき》の色の変化に至っては、水と日の光に恵まれた島国だけに、また類もなく美しく細かくかつ鮮やかであった」という。それに対して、言葉の面では「元来はなはだしく色の種類に貧しい国であったといわれて居る」と指摘する。ただし、柳田は、そのことを否定的には捉えない。それは、「われわれの祖先の色彩に対する感覚が、つとに非常に鋭敏であった結果」ではないか。「つまりわれわれは色に貧しかったというよりも、強いて富もうとしなかった形跡がある」。「われわれは色彩の多種多様ということに、最初から決して無識であったのではなく、かえってこれを知ることがあまりに痛切なるために、忌みてその最も鮮明なるものを避けていた時代があったのである」と解釈して、独自の日本人論を展開するのである。

これは、先に引用した『カルメン故郷に帰る』についての宮本三郎のコメント、「絵でいえばナチュラリズム――自然主義の時代に属する色彩効果」であり、「主として自然の色を模倣する、自然の美しさを色彩的に生かそうとする意図が現れて」、「日本の自然をわりと素直に出している」という言述を想起させて興味深い。

絵巻の流布と鑑賞については、出版文化も大きく関係する。その一つの契機としてモノクロの「日本絵巻全集」（東方書院、全一〇輯、一九二八～三〇年）を経て、「日本絵巻物集成」全二二巻（一九二九～三二年、雄山閣）という絵巻の写真本全集が、昭和初期に出ていることは注目されよう。絵巻物というジャンルを読書人たちに広めるのに重要な役割を果たした、大規模刊行物である。この全集は、巻頭に数葉のカラー画像を載せ、ビジュアルとしても大きなインパクトがある。「続日本絵巻物集成」も七巻出された（一九四二〜四五）。ただ残念なことに、全体はモノクロである。高価な特殊の複製は別として、絵巻が一般向けのカラーの写真本として流通するには、まだ技術や価格上の問題があった。それでも、前近代に広く行われた模写・模本という方法ではなく、現物の写真を手元で見て、たやすく絵巻を分析することが可能になっただけでも、画期的なことだったのである。

その後、角川書店の「日本絵巻物全集」（全二四巻、一九五八〜六八年）、同「新修日本絵巻物全集」（全三〇巻。別巻二巻、一九七五〜八一年）を経て、本格的なフルカラーの絵巻全集が刊行されるのは、昭和五二年（一九七七）に刊行が始まる、中央公論社の小松茂美編「日本絵巻大成」全二七巻（〜七九年）を待たなければならない。「続日本絵巻大成」（全二〇巻、一九八一〜八五年）、「続々日本絵巻大成」（八巻、一九九三〜九五年）と続く一代叢書だが、これもまた、相当に高価であった。廉価版の小松茂美編「日本の絵巻」（中央公論社）の刊行は、昭和の終わり（一九八七〜八八年）のことで、「続日本の絵巻」（全二七巻、一九九〇〜九三年）、「日本の絵巻（コンパクト版）」（一二巻、一九九三〜九四年）と刊行された。

かつて古代・中世の絵巻の内容は、『源氏物語絵巻』に代表される、静的な物語絵巻と、『信貴山縁起絵巻』に代表される、動的な説話絵巻とに大別して、考察されることが通例であった。

人物の躍動や表情など、絵巻の魅力がモノクロームでもはっきりとうかがえるのは、説話絵巻の方である。カラーではなく白黒で写し出されることで、絵巻本来の色彩ではなく、線描性が浮き彫りにされる。画像のトレース復元のように、むしろ輪郭がくっきりと動的に表現される説話絵巻に注目が集まったゆえんでもあろう。それが戦後の一九五〇年代の研究環境だった。『鳥獣戯画』を別格とすれば、映画やアニメーションなどとの類似性が明確だと強調されるのも、この説話絵巻というジャンルである。アニメーターの高畑勲が注目したのも、その代表である『信貴山縁起絵巻』や『伴大納言絵巻』であった（高畑［1999］）。

五〇年代の研究成果を展開してまとめた武者小路穣『絵巻――プレパラートにのせた中世』には、線描的に描き取られた説話絵巻にうかがえる、戦後的な時代状況を投影した民族と民衆のエネルギーと、その躍動やリアリズムが強調されている。先の指摘の傍証ともなるであろう。

説話文学という、庶民のクチガタリのエネルギーにささえられて、とりあげるぶたいのおしひろげられた、あたらしい文学を主題としたときに、絵画の構成は、当然それまでの物語絵のせまい世界をぬけだして、はげしいうごきとひろい空間性とをもりこむことができるものでなければならなくなります。……描法も、倭絵のつくりあげたゆたかな色彩感にたすけられながら、そこにひろげられた空間と、画面のうつりを反映したいきおいのある描線を表面におしだしていきます。このいわば唐絵的な墨がきの線は、倭絵をえがくばあいにも、適確な描写をするために専門絵師のあいだではまなばれていたもので、仏教図像や世俗画には部分的にみえていたものですが、ここでふたたびおおきな位置をしめるようになります。絵画の主題と構成・色彩と描線とが、こうして説話のいきいきとしたはこびにふさわしい、みごとなつりあいをとって展開してきます。

（武者小路穣［1963］『絵巻』、傍点著者）

こうして武者小路が取り上げるのは、『信貴山縁起絵巻』『伴大納言絵巻』『鳥獣戯画』など、「十二世紀もおそらく後半にうまれた日本美術の傑作」とされる絵巻である。武者小路は、作品の力の根底に、クチガタリ（口承、口頭伝承、oral tradition の謂い）の説話があるといい、その意義を認めて、これらの特徴を、「説話性」とまとめている（前掲『絵巻』）。

絵巻研究において「説話性」の意義が見出されたのはいつのことだったろうか？　武者小路は、中井宗太郎の「信貴山縁起絵巻の一考察――人民リアリズムのあけぼの」（『歴史評論』一九五一年三月）という論文に注目する。この中井論文は、「変革期の迫真性のある芸術が、変革のためのはげしいたたかいをつづける民衆のエネルギーにあしばをおくことなしには成立しない、という、きわめてただしい、しかもそのくせこれまでの美術史ではみおとされがちだった大前提を、『信貴山縁起絵巻』についてズバリと指摘」したものだと武者小路はいう（前掲『絵巻』）。刊行年時に注目したい。ふたたび一九五一年という前史が確認できる。

4　伝承と文字との出会い——躍動する民衆の時代性

武者小路絵巻論の重要な前提に、益田勝実（1923-2010）による『説話文学と絵巻』［1960］という歴史的な研究書がある。益田は、説話と絵巻を、文字通り方法論として結びつけ、それを「文学」研究の範疇で論じていった。

この書は、戦後の日本古典文学研究において、説話と文学の結びつきをめぐる議論の原点となった書物である。武者小路は、この書に対して、書評も行っている。その書評で武者小路は、『説話文学と絵巻』が説話伝承を文学の視点から捉えた画期的な論であると認定した上で、「民族文化の再評価論以来、むかしの国文学界では軽視されていた説話文学が脚光をあびるようになったものの、一方では、神話・伝説・昔話などがゴッチャにされたり、説話と説話文学をわけて考えてみようともしない粗雑なあつかい方が横行している」という、当時の研究動向の中で、本書が「具体的な史実考証をふまえながら、どんなハナシが説話としての生命をもつかを、貴族社会と民衆社会とのそれぞれについてあきらかにしている」と分析し、「これだけいきいきとして、説話と文学の『出会い』をうきぼりにすることで、『人間および人間性の問題を、複雑な構造においてつかもうとする』文学としての位置が、はじめてハッキリしたのではないかとおもう」（『日本読書新聞』一九六〇年五月二日）とその意義を論じている（鈴木日出男［2006］『益田勝実の仕事1』「解説」）。

『説話文学と絵巻』という書物自体の完成・刊行は一九六〇年初頭だが、その内容は、一九五三～五九年までの論文の考察を中心に、あらたに書き下ろされたものである。この時代に、益田が提示した「説話文学と絵巻」というテーマ設定と、その「文学」的分析は、絵巻物研究の中でも、きわめて斬新なものであった。

この『説話文学と絵巻』という本が与えた、古典文学研究史上の影響は多方面にわたるが、もっともよく知られた重要なことは、「説話文学」についての定義である。益田は、〈口承と文字との出会い〉、ということを言う。

> 説話文学は説話そのものではない。説話は口承の文学の一領域である。また、説話文学は、しばしば誤解されているように、その説話を文字に定着させたものでも、説話が語る内容を素材として文字で書いた文学でもない。過渡的にはそう見える現象を含みつつも、本質的にはそれとも違う独自なものである。一口にいえば、それは、口承の文字である説話と文字の文学との出会いの文学である。それぞれに異る点を持つ二つの文学の方法が、助けあったり、たたかいあったりしてできる、文字による文学の特別な一領域である。（中略）説話文学の……もっとも大きな特色は、人間および人間性の問題を、複雑な構造においてつかもうとする点である。
>
> （益田［1960］『説話文学と絵巻』、傍点著者）

今日でも、益田のこの「説話文学」の定義は、定説的なものとしてしばしば引用される。それは、一九五〇年代に形成されてまとめられたものだったのである。

益田の議論の前提には、第二次世界大戦中の日本文学研究（国文学）への反省と戦後の解放が存する。そしてその後、一九五二年の占領体制の終了を挟んで変動する、戦後の政治と時代状況が訪れる。益田勝実自身が、自らの戦争体験と帰還後の政治的社会活動を通じて、戦後社会を真摯に受け止めた人物であった。関連する時代の状況については、「国文学者の十五年戦争」①②（村井紀［1998］）他、多くの論考があるが、近時の論著では、『平家物語』をめぐる近代的受容を論じ、益田勝実とも関わりの深い国文学者永積安明の戦中と戦後の活動についても批判的追跡のある、『『平家物語』の再誕――創られた国民叙事詩』（大津雄一［2013］）が読みやすく、参考文献も有用である。

さて、前掲した益田勝実『説話文学と絵巻』の口頭伝承と文字との出会い論だが、この論にもまた、一九五一年の前史がある。西郷信綱の研究である。

一九五一年一〇月、益田の七歳年上に当たる西郷信綱（1916-2008）は、文学研究を「戦争によってもっともひどく破壊された学問」と称して、新しい『日本古代文學史』を構想し、刊行した（岩波全書）。これは、日本文学研究において、時代を刻印する出版であったが、その三年後、西郷は、永積安明・広末保とともに『日本文學の古典』（岩波新書）も出版している。

益田は、『説話文学と絵巻』の「あとがき」に「この書の中に解体・吸収した自己の論文」を挙げるが、その中に「今昔物語の問題点」(『日本文学』三巻七号、日本文学協会、一九五四年七月)という旧稿がある。『説話文学と絵巻』巻頭「説話の世界」章の「三　話にならない話」に対応する論考である。この「今昔物語の問題点」という論文では、西郷信綱の『日本古代文學史』、そして『日本文學の古典』が言及され、さらに西郷が、日本文学協会「五三年の関西大会で報告」発表したという「今昔物語――民話の方法について」(『日本文学』三巻二号、一九五四年二月に成稿)にも多くのコメントを寄せている。両者の影響関係は直接的なものである。

こうして益田の議論の前提には、西郷が先導して論述する、五〇年代の戦後的思想の問題意識が配置されていた。西郷は次のように述べている。

古代文学という概念は、人類史の発展における古代・中世・近代という諸段階を前提とし、それに裏づけられた史的概念であって、そこにはすでに一定の意味、すなわち文学の生産と享受が支配的には古代貴族階級によってなされ、その階級性を荷なったところの文学という一定の意味が予想されているのである。それを文学の階級性とよんでいい。……平安期中期以後の物語文学、並びに院政期の『今昔物語』が非古代的要素を多分に有しながらも、なお古代文学という範疇でとらえることが可能でもあり正当でもあるゆえんも、文学のこの根本的階級性の見地からでなければならない。……いわゆる文学の「永遠性」とこの階級的モメントとを、全き対立物であると見なし、後者を廃棄して「永遠性」にのみ固執しようとするのは、水の本質を蒸留水に求めるのと同じく、これほど真実から遠ざかったものはない。文学史のあらゆる真実は、文学のいわゆる「永遠性」が、他の歴史諸現象と同じように、常にこの階級的モメントにおいて、このモメントを不可避の媒介として現象するものであることを、疑う余地なく証示している。

（西郷［1951］『日本古代文學史』、傍点著者）

平安貴族社会に「文学の『永遠性』」と「階級的モメント」の葛藤を見る右記西郷の論述は、後述する『改稿版』ではそっくり削除された部分である。益田論には、こうした議論を相対化して、平安文学の発生を総合的、もしくは普遍的に捉えようとする方法論的操作があった。文字と口承との出会いは、歴史的な階級闘争論の次元を止揚して、抽象的な〈古代〉説話文学の論述へと昇華される。益田には、平安時代に大きな潮流を迎える説話文学の展開について、たとえば一二世紀の『今昔物語集』という巨大な集成を文献学的に定位し、文字に書き記された伝承世界が、歴史性の中で、文学として飛翔する契機をどう考えるかという、文学史家としての問題意識が強くあった。そして益田は、口承の語りと、文字による文学的筆記性が出会い、闘争し、葛藤して——いわば弁証法的に生み出される文学として〈説話文学〉を捉える。そしてそこに、貴族性と常民という階級をトランスして、人間というものを「複雑な構造においてつかもうとする」、普遍的な文学としての真摯な可能性を見出そうとするのである。

ところでここには、重要な後日譚がある。益田『説話文学と絵巻』出来の後、六〇年代に入った一九六三年四月に、西郷は、『日本古代文學史』を全面的に書き直し、『改稿版　日本古代文学史』を刊行しているからである。さらにこの「改稿」と並行して、永積と広末との共著『日本文學の古典』もまた、一〇年以上経って、『日本文学の古典　第二版』（一九六六年）に改められている。彼らを取り巻く、思考の枠組みが激変したのである。

かくして、一九五一・五二年〜六三年というクロニクル（年譜）は、スパイラル（らせん状）に絡まって、文学史研究の歴史の上でも、エポックメイキングな展開を見せる。うごめく人間群像の中で、文字と口承の出会いや葛藤を経て、説話文学が生まれる、という益田の定義は、一見、ウォルター・J・オング『声の文化と文字の文化』が捉えるような、一般的な問題群の中に収まるようにみえて、それればかりではない。まさに戦後・占領期以後の思想の時代の反映が濃厚なのであった。

5　柳田國男と〈笑い〉

もう一つ、大事なベクトルがある。柳田國男である。この時代に伝承説話を考察する立場にいた研究者としては当然のことだが、当時、益田勝実が繰り返し引用し、より直接的かつ批判的に受け止めたもう一つの先行研究は、柳田國男の口承文芸論である。益田は、「民俗の思想」〔1964〕、「柳田国男の思想」〔1965〕など、柳田自身に対する研究も多く残している。そして益田は、柳田が焦点化するような文字を持たない民衆の口承文芸という視界を受け止めつつ、対極的に、その浮遊する口承世界が、貴族社会の文字に書き留められて定着する一回的な出会いの場を想定して、口承的〈文学〉としての説話文学を構想するのである。

益田の説話文学論には、口承文芸の把握において、柳田をアンチテーゼとしてジャンプした戦後的な文学史観が反映している。たとえば、先引の文字との出会いを論じる部分に続けて、益田は、「説話文学」とは「作家が直接に自己の内面的事実や社会の現実に直面して描き出す文学ではなく、かれが、口承のはなしという一つの、すでにある文学の方法で貫かれている伝承としての現実的存在に、自己を対置させて行う文字による文学創造である。いわば、現実との一見非直接的な関係の下で、現実に深くかかわりあう文学が成立しているところに、説話文学の特質がある」と説いている〔益田〔1960〕「説話文学の方法(一)」〕。若書きで、なかなか難しい理論化だが、この「口承のはなし」の定義として、批判的に対置されるのが柳田國男の日本民俗学なのである。

先述した益田の「今昔物語の問題点」という論文は、『今昔物語集』の中で、笑話ばかりを集めた巻二十八の説話群の分析を中核に据えた考察だ。同論文には柳田への直接的言及はないが、論述文体にも影響がうかがえ、また同論文が言及する西郷の先引「今昔物語――民話の方法について」では、柳田の名を挙げ（書名には触れない）、柳田が『今昔物語集』と『宇治拾遺物語』の関係を述べる「藁しべ長者と蜂」（柳田［1938］）が参照されている。

これと符合するように、戦後のこの時期、柳田の多くの研究の中で注目されるのが、〈笑い〉をめぐる研究であった。柳田は、敗戦直後の一九四五年暮れに『笑の本願』を刊行した。時局をにらんだ意識的な出版である。また、占領期終了後、テレビ放送開始の年にあたる一九五三年には、『不幸なる芸術』を出版している。笑いをめぐるこの両書は、岩波文庫では一冊にまとめられている（柳田『不幸なる芸術・笑の本願』、解説は井上ひさし）ように、一体的にテーマの共通する内容を有する。柳田が、戦後の世相の中で、あらためて伝承世界の笑いに対する愛惜と復権を説いていることは重要である。一九四五～五三年という、この二冊が区切るタイムスパンにも注意したい。

『不幸なる芸術』は、柳田が愛着する『今昔物語集』巻二十八の笑いを「ヲコの文学」として細かく分析している。戦後の説話文学研究において、『今昔物語集』という作品の果たした役割はとても大きいのだが、いま注目したいのは、ここでの柳田と益田の直接的な関係である。益田の「今昔物語の問題点」という論文は、柳田の笑いの研究『不幸なる芸術』刊行の翌年に発表されている。益田論文の意図は、明らかに、柳田の〈笑い〉論を射程においている。

6　映像メディアと説話文学

ところで先に名前を挙げた、オング『声の文化と文字の文化』は、マスコミや映像の問題にまで踏み込んで議論を進めようとする。しかし柳田や益田の論述においては、マスメディアという大衆文化の影響を見ることができない。今日では、流言や伝承の研究において、メディア論的考察はむしろ必須であるが（松田美佐［2014］、佐藤卓己［2019］など参照）、時代の必然だろうか。しかし柳田も益田も、世間話や説話、また芸能に注目し、その民衆や民族のエネルギーを称揚した、ということからすれば、既存のラジオやレコードとともに、この時期、勃興しつつあった、映像メディアや放送などへの鈍感さが気になるところである。

先に論じたように、戦前から戦後にかけて、日本でもカラー映画への集中的関心があり、また五三年にアメリカでは、シネマスコープの大映像がデビューを飾る。記念碑的作品である『十戒』のアメリカでの公開は、その三年後である。しかし、たとえば柳田の映画への言及は、民俗資料を記録するメディアへの注目として残されてはいるものの、いささかネガティブな評価だったようだ。現在でも、野田真吉の論考などを除くと、そうした柳田の関心への言及自体もきわめて少ない。益田の文学論にも、当時のポピュラーカルチャーの影響や投影をうかがうのは難しい。大衆や常民を研究のポイントにした彼らが、ハイカルチャーと対置するポップカルチャーを同時代的にどう受け止めて、伝承文芸を論じようとしていたのか。こうした問題は、現代的視点としては興味深いことだと思う。逆アナクロニズムかも知れないが、またしがない古典研究者の私には手に負えぬ問題ながら、作業仮説として関心を継続したい。

　益田勝実の『説話文学と絵巻』から二年後の一九六二年に、文字通り「説話文学会」を名乗る学会が結成され、二〇一二年には五〇周年を迎えた。体系的な歴史叙述ではないが、説話文学会編『説話から世界をどう解き明かすのか――説話文学会設立50周年記念シンポジウム［日本・韓国］の記録』［二〇一三］に関連のコメントが寄せられている。二〇二二年はさらにそれから一〇年の六〇周年だ。〈説話文学〉をめぐる現代の研究基盤の完成を一連のらせん状に絡まる年譜に観て、論を進めてきたゆえんである。

　柳田が重視した芸能と笑いの問題は、『不幸なる芸術』を公刊した五三年に、メディアの上で、大きな節目を迎えていた。シネマスコープのデビュー年、の方ではなく、テレビ放送だ。二月にＮＨＫが、半年遅れて八月には民放の日本テレビが本放送を開始する。テレビ創生期の同時代的回想としては、小林信彦『テレビの黄金時代』などが詳しいが、この新しい時代のメディアの潮流の中で、大衆社会の笑いも伝承も、柳田のイメージとは、おそらく大きく異なる展開を遂げていく。たとえば第一章で少し触れた、演芸のラジオ・テレビ放送の拡がりである。それ以降のことは、もはや私にはスパイラルなトルネードであるが、二一世紀も第一クオーターに近づく未来を生きている私たちは、このグラグラする地平において、たどたどしくも新たなクロニクルをトレースし続けるしかないのだろう。

最後に、一連の略年表を以下に掲げて、本稿を閉じたい。

▽一九五〇年　映画『羅生門』公開
▽一九五一年九月　サンフランシスコ平和条約調印
『カルメン故郷に帰る』（日本初といわれる長編カラー映画）公開（三月）
中井宗太郎「信貴山縁起絵巻の一考察――人民リアリズムのあけぼの」（三月）
▽『羅生門』ヴェネツィア国際映画祭で金獅子賞
西郷信綱『日本古代文學史』刊行（一〇月）
▽一九五二年四月　占領期終了
『羅生門』アカデミー名誉賞
『風と共に去りぬ』日本公開（テクニカラー、一九三九年アメリカ公開）
▽一九五三年　テレビ本放送開始
柳田國男『不幸なる芸術』
シネマスコープ始まる。
▽一九五三－五九
益田勝実『説話文学と絵巻』の基礎稿執筆（一九五三年に「今昔物語の問題点」）
▽一九五五七月　日本共産党第六回全国協議会（六全協）

佐竹昭広「古代日本語における色名の性格」
▽一九五六年一二月　日本、国際連合に加盟
シネマスコープ『十戒』公開
▽一九六〇年　益田勝実『説話文学と絵巻』刊行
▽一九六二年　説話文学会設立
柳田國男没（八月八日）
▽一九六三年
西郷信綱『日本古代文学史　改稿版』刊行
黒澤明『天国と地獄』にパートカラー採用
武者小路穣『絵巻——プレパラートにのせた中世』刊行

第5章　芥川龍之介と『今昔物語集』の風景

1　『羅生門』の玉手箱——「鈴鹿本今昔物語集」のことなど

〈説話文学〉のひそみに倣って、私も、かつて見聞した想い出を語っておこう。今は昔、大学院生活も最後の年となった、一九八六年の夏のことである。二年前に新築された京都大学附属図書館のまだ真新しい貴重書庫で、古典籍整理のお手伝いをするチャンスがあった。レアブックの宝の山！　ただし、温度と湿度の管理が徹底された室内で、屋外の炎天とは裏腹に、長袖のシャツで簡単な防寒具を身に付けて仕事をする。貴重書に驚嘆連続の中で、ぐったり疲れた記憶がある。作業の合間に、ふと「今昔物語集残缺九巻」と誌された濃茶の桐箱が、床の上に置いてあるのに目が止まった。気付かれましたか？　司書の方が微笑んで、隠すものでもないからと蓋を開けてくれた。腰が抜けるほど驚いた。「鈴鹿本今昔物語集」ではないか……。『今昔物語集』（以下『今昔』とも表記）なら、卒論以来の専門だ。一通りの知識はあった。所蔵先の鈴鹿家は、京大のすぐ側にある吉田神社の社家である。鈴鹿本と呼ばれる残欠九巻は、一二世紀の『今昔』成立から遠からぬ、鎌倉時代の最重要古写本と考えられ、当時の研究の中心であり、大基盤だ。しかし一般にはその所在（というかアクセス方法）が知られず、私にも幻の存在だった。

後に知ったが、「鈴鹿本今昔物語集」は、一九七六年に鈴鹿家が京大に寄託し、九一年になって寄贈された。三年越しの総裏打ち補修を経て、国宝に指定されている（九六年）。現在は京都大学附属図書館蔵本である。そうした京大の鈴鹿本受入とその経緯については、オープンアクセスの記録で、克明にたどることができる（吉岡千里・隅田雅夫［1994］、『静脩』臨時増刊号一〇〇周年記念「京都大学附属図書館100年の歩み」［1991］など）。

そして、安田章編『鈴鹿本今昔物語集――影印と考証』上下（京都大学学術出版会、一九九七年）として複製が刊行され、研究の環境も整った。今日では、画像のデジタル化がなされ、パソコンでもスマホでも、簡単に閲覧できるようになっている。本書第1章にも書いたように、夢のような時代である。そして意外なことに、赤みを帯びた（と記憶する）あの桐箱こそ、映画『羅生門』（五〇年）誕生の玉手箱なのであった。

コロナ禍の二〇二〇年は、黒澤明監督の『羅生門』が公開されてから七〇年のメモリアルイヤーだった。『羅生門』は、翌五一年に第一二回ヴェネツィア国際映画祭で金獅子賞を取って一躍世界の注目を浴び、占領期の日本を活気づけた。だから、いくつかの黒澤作品とともにこの映画についても、ジョン・ダワー『*Embracing Defeat: Japan in the Wake of World War II*（敗北を抱きしめて）』（ダワー［2000］）に言及がある。そして五二年には第二四回アカデミー賞で名誉賞（現在の国際長編映画賞にあたる）を受賞。アニバーサリーが三年続くこととなり、東京（二〇二〇年）と京都（二一年）で七〇周年の記念展も行われた。

『羅生門』は、脚本に橋本忍と黒澤がクレジットされる。二〇一八年に百歳で亡くなった脚本家の橋本忍は、若き日に芥川龍之介の全集を繰って短編『藪の中』を選び、『雌雄《しゆう》』という脚本を書いた。それが黒澤明の目に留まり、映画化が決まる。橋本の誌すところによれば、「昭和二十四年の浅春」、初対面の黒澤は「これ、ちょっと短いんだよな」と言い、橋本はとっさに「じゃ、『羅生門』を入れたら、どうでしょう?」と応えた（橋本忍［2010］『複眼の映像』）。黒澤が改稿して熱海で完成したという最終形も、「黒沢君の脚本としては実に薄かった」という（本木荘二郎［1952］）。当時黒澤も芥川龍之介に関心があり、「実は、最初『偸盗』をやろうと思った」「『羅生門』の前に『偸盗』をやりたかった」（黒澤［1952］1）、（黒澤［1952］2）と繰り返し語っている。

芥川の二篇の短編小説は、いずれも『今昔』巻二十九「悪行」の説話が原典である。鈴鹿本は、二、五、七、九、十、十二、十七、二十七、二十九の九巻が残存している。そして現在伝わる『今昔』の写本類は、本文と破損や虫食いの状況の継承から推測すると、基本的には、ほとんどすべて、鈴鹿本を祖本（起源）とすると考えられている。鈴鹿本に巻二十九は現存し、写されてから何百年の時を経て、静かにあの箱の中に入っていた……。

　なお、この作品の正式書名は、鈴鹿本のように「今昔物語集」と「集」が付く。それは本質的なことを含む名称なのだが、一般には「今昔物語」の名で知られ、芥川も「今昔物語」と呼ぶ。念のため、補記しておく。

2　『今昔』説話と芥川龍之介『羅生門』そして黒澤映画との関係

　小説の『羅生門』は、映画『羅生門』のフレームとして、舞台設定となった。原典の『今昔』では、摂津国あたりから来た盗人が「日ノ未《いま》ダ明《あか》カリケレバ」人混みを避け、「羅城《らせい》門」（読みは、らいせいもん、らじょうもんなど多様である）の下に隠れて様子をうかがっていた、とある。ちなみに羅城門は、一一世紀には消滅して、以降、再建されなかった。後世には表記を「羅生門」と代えて、説話や、謡曲の『羅生門』また近世の地誌の中などによみがえる。その詳細は京都文化博物館編『iCOM京都大会開催記念展覧会　京の歴史をつなぐ』第一章「平安京羅城門からRashomonへ」（村野正景）に詳しい。

　さて、「日ノ未《いま》ダ明《あか》カリケレバ」とある以上、ある晴れた日の夕刻が想定されよう。ところが芥川の『羅生門』では「或《ある》日の暮方《くれがた》」、「下人《げにん》が羅生門《らしょうもん》の下で雨《あま》やみを待っていた」と始まり、全編において、雨へのこだわりが看取される。

作者はさっき、「下人が雨やみを待っていた」と書いた。しかし、下人は雨がやんでも、格別どうしようと云う当てはない。ふだんなら、勿論、主人の家へ帰る可き筈である。所がその主人からは、四五日前に暇を出された。前にも書いたように、当時京都の町は一通りならず衰微していた。今この下人が、永年、使われていた主人から、暇を出されたのも、実はこの衰微の小さな余波にほかならない。だから「下人が雨やみを待っていた」と云うよりも「雨にふりこめられた下人が、行き所がなくて、途方にくれていた」と云う方が、適当である。その上、今日の空模様も少からず、この平安朝の下人のSentimentalismeに影響した。申の刻下りからふり出した雨は、いまだに上るけしきがない。そこで、下人は、何をおいても差当り明日の暮しをどうにかしようとして――云わばどうにもならない事を、どうにかしようとして、とりとめもない考えをたどりながら、さっきから朱雀大路にふる雨の音を、聞くともなく聞いていたのである。

（芥川龍之介『羅生門』）

そして叙述は「雨は、羅生門をつつんで、遠くから、ざあっと云《い》う音をあつめて来る」と続く。

コロンビア大学のポール・アンドラが注意するように、映画『羅生門』は「戦後の黒澤映画における二つの記号学的要素」である「雨と泥」「を前景化している」（アンドラ［2019］）。羅生門の石畳に腰を落として、「わからねえ……さっぱりわからねえ」と考え込んでいた杣売《そまうり》と旅法師のところに、後からびしょ濡れで、下人が雨宿りにやって来る。二人は、下人に、小説『藪の中』を変奏したような不条理劇を思い出して語り、嘆いた。

回想が終わり、場面は小説『羅生門』依拠の部分に戻る。すると、捨て子が泣いている。その赤児の着物まで奪う下人の無慈悲を杣売《そまうり》が咎めると、お前だって本当は、男の妻の短刀を盗んだんだろう？　下人は、杣売の偽善を嘲笑した。最初の脚本では、その後下人は「雨もやんだようだぜ」と門を出る。しかし映画では「雨の中を駆け去る」と変更されている（黒澤［1998］「シナリオ注」）。

残された杣売は、ワシには子供が六人いる。六人育てるのも七人育てるも同じ苦労だ、と嘯《うそぶ》いて、法師から子を抱き取り、笑みを浮かべて街へ出た。法師は「おぬしのお陰で私は人を信じていくことができそうだ」とじっと見送り、「赤児を抱いて去る杣売に夕陽がサッと射してくる」エンディングとなる。以上の『羅生門』の梗概は、映画を観た私の印象に沿いつつ、脚本（黒澤［1998］）をなぞったものである。

さて「アメリカの記者が来て」、「ラストが甘いといわれているがどうですか」と聞かれた黒澤は「ぼくはあれでいいと思うし、人間ッてそんなものだと思う」と言う。そして「第四話とラストがぼくの創作ですよ。子供のあれがなくて三つの話だけだと作品にならないんです」と、座談で、信頼する淀川長治に語っている（黒澤［1952］2）。なおプロデューサーの本木荘二郎が「『羅生門』制作意図」と銘打って、「人間の心の底に潜むエゴイズムは醜悪無惨である。しかも猶、人間は、人間の善意を信じないでは生きて行く事は出来ない。その心の闘いを、この映画は描かんとするものである」と原稿用紙に誌した直筆の「企画シナリオ」が残る（『公開70周年記念　映画『羅生門』展』第1章7参照）。

一方、芥川『羅生門』の下人は、鬘《かずら》にしようと女の死骸の髪を抜く老婆を身ぐるみ剝いで奪い、脱兎のごとくに逃げていった。

下人は、すばやく、老婆の着物を剝ぎとった。それから、足にしがみつこうとする老婆を、手荒く死骸の上へ蹴倒《けたお》した。梯子の口までは、僅に五歩を数えるばかりである。下人は、剝ぎとった檜皮色《ひわだいろ》の着物をわきにかかえて、またたく間に急な梯子を夜の底へかけ下りた。しばらく、死んだように倒れていた老婆が、死骸の中から、その裸の体を起したのは、それから間もなくの事である。老婆はつぶやくような、うめくような声を立てながら、まだ燃えている火の光をたよりに、梯子の口まで、這って行った。そうして、そこから、短い白髪を倒にして、門の下を覗きこんだ。外には、ただ、黒洞々《こくとうとう》たる夜があるばかりである。

（前掲『羅生門』）

当初芥川は、この後「雨を冒《おか》して、京都の町へ強盗を働きに急」ぐ下人の姿で小説を閉じた。「下人は、既に、雨を冒して、京都の町へ強盗を働きに急ぎつつあつた」（『帝国文学』一九一五年（大正四）一一月、初出）、「下人は、既に、雨を冒して京都の町へ強盗を働きに急いでゐた」（一九一七年（大正六）五月の短編集『羅生門』阿蘭陀書房）という具合である（『芥川龍之介全集』による）。しかし最終版ではそれを取り去り、「下人の行方《ゆくえ》は、誰も知らない」と改稿して終えている（一九一八年（大正七年）七月の短編集『鼻』春陽堂、以上も『全集』による）。

いつしか雨への言及は消え、すべては闇に沈む演出だ。おそらくそれは、同じ『今昔』巻二十九で、「盗人ハ蔵ヨリ出《いで》テ行《ゆき》ケム方ヲ不知《しら》ズ。此レ誰《たれ》人ト知ル事無シ」（第一話）、「此レヲ思フニ、調伏丸極《きはめ》テ賢キ奴也《なり》カシ。多衰丸ト具《ぐ》シテ盗《ぬすみ》シ行《あるき》ケムニ、誰トモ不被知《しられ》デ止《やみ》ニケリ」（第二話）などとある表現にヒントを得たものだろう。右に引用した岩波書店の新日本古典文学大系では、第二話の盗人の名が「多衰丸」とある。これは現在の主な校訂本みな同じだが、芥川の時代の『今昔』の活字本では「多襄丸」と表記するものがある。たとえば、後述するように芥川が愛用した古典文学全集である校註国文叢書の『今昔物語』（上下二冊、博文館）も「多襄丸」だ。

黒澤が盛んに撮りたいと言っていた『偸盗』、そして王朝物では最後の『今昔』依拠作品である『藪の中』も「多襄丸」が登場する。『藪の中』に依拠する映画『羅生門』の盗人の名前も、いうまでもなく「多襄丸」である。

ところで映画『羅生門』で繰り広げられる、盗賊多襄丸と武士との無様で不細工な殺し合いは、前年の黒澤映画『野良犬』（一九四九年）での三船敏郎と木村功との必死の格闘シーンを彷彿とさせる。『野良犬』は凶器略奪に始まる物語だ。バスの車内で拳銃を盗まれた刑事が、ベテランの相棒・志村喬も撃たれ、ようやく見つけた犯人から、残りの銃弾を数えつつ、奪い返して逮捕する場面である。『羅生門』の凶器の短刀も、密かに杣売が盗んでいたらしい。いずれも凶器の盗難をめぐる物語を共有していた。「七」という数字も鍵となる。刑事は銃弾を「七」発を入れたまま銃を盗まれた。『羅生門』の杣売の子は、捨て子を拾って「七人」目の子となる。そして後の『七人の侍』（一九五四年）へ。

そのように『羅生門』は、黒澤映画らしい断片をちりばめつつ、結末には、黒澤自身が認めた「甘さ」があった。一九九八年に亡くなった黒澤最後の脚本は、言葉通りの『雨あがる』である（『黒澤明「夢は天才である」』参照）。「見終わって、晴れ晴れとした気持ちになる様な作品にすること。」という黒澤の遺稿が残る。このタイトルとヒューマニズムは『羅生門』最後の仕上がりと交響するだろう。

3　芥川龍之介「今昔物語鑑賞」というエポックと月の兎の捨身譚

芥川は、『今昔物語集』や『宇治拾遺物語』という作品を、いくども魅力的な小説の典拠として用いた。それによって、近代になってようやく文学としての価値を認められつつあった〈説話文学〉の評価を、実践の中で確定していく。そして芥川は、最晩年に『今昔物語集』について「今昔物語鑑賞」（「今昔物語に就いて」とも）という学術エッセイを書き、理論面からも、その文学史的考察に決定的な寄与を行った。

「鑑賞」の中で芥川は、次のような逆説的修辞表現で『今昔』を印象的に評している。広く知られた言説である。

僕は前の話を批評するのに「美しい生《な》ま々々しさ」と云ふ言葉を使つた。美しいか美しくないかは暫く問はず、この「生ま々々しさ」は『今昔物語』の藝術的生命であると言つても差し支へない。たとへば、「三獸行菩薩道兎燒身語第十三」（天竺の部。巻五）を見ても、『今昔物語』の作者は兎の爲にかう云ふ形容を加へてゐる。——

「兎は勵の心を發して……耳は高く瘖《くぐ》せにして目は大きに前の足短かく尻の穴は大きに開いて東西南北求め行けども實に求め得たる物无《な》し。」

「耳は高く」以下の言葉は同じ話を載せた「大唐西域記」や「法苑珠林」には發見出來ない。（この話は誰でも知つてゐる通り、釋迦佛の生まれない過去世の話、——Jātaka中の話である。）従つてかう云ふ生ま々々しさは一に作者の寫生的手腕に負うてゐると思はなければならぬ。遠い昔の天竺の兎はこの生ま々々しさのある爲に如何にありありと感ぜられるであらう。

この生《な》ま々々しさは、本朝の部には一層野蠻に輝いてゐる。一層野蠻に?――僕はやつと『今昔物語』の本來の面目を發見した。『今昔物語』の藝術的生命は生ま々々しさだけには終つてゐない。それは紅毛人の言葉を借りれば、brutality（野性）の美しさである。或は優美とか華奢とかには最も緣の遠い美しさである。（下略）

（芥川龍之介「今昔物語鑑賞」）

右の引用は、昭和七年（一九三二）一一月刊の新潮社『日本文学講座』第一四巻「鑑賞附補遺」（初出）によるが、芥川が、この評価を立証する大事な根拠に選んだのは、『今昔物語集』の天竺部（巻一〜五まで）のうち、「仏前」をテーマとする巻五に載る動物説話で、捨身の菩薩行を主題として描く本生譚「三獣行菩薩道兎焼身語（三獣菩薩道を行ひて兎身を焼く語）第十三」の描写であった。月の兎の由来譚である。

天竺で、兎、狐、猿の三匹の獣は、前世の罪が重く――生ある者を哀れまず、財物を惜しんで人に与えず――、畜生に生まれてしまったことを悔い、生を転じるために、菩薩道を行じていた。今度こそ「此ノ身ヲ捨テム」と、目上の者は親のように敬い、少し年配の者は兄のように、若い者は弟のように哀れんで、自分を捨て、人のことを優先する功徳を積んだ。その様子を見た帝釈天が、さて本当に発心したのか。では試してやろうと、老いさらばえた無力な「老タル翁」となって姿を現し、「汝達、三ノ獣、我レヲ養ナヒ給へ。我レ、子無ク家貧クシテ食物無シ」。聞くところでは、お前たちは「哀ミノ心深ク有リ」というではないか、と訴えた。獣たちは「此レ、我等ガ本ノ心也。速《すみやか》ニ可養《やしなふべ》シ」と応え、さっそく猿は木に登って「栗・柿・梨子・棗・柑子・橘」以下さまざま豊富な木の実を採り、里に下りては「瓜・茄子・大豆・小豆」、稗や黍ほか、多くの食物を入手して捧げた。狐は、墓に祀ってある魚やその他もろもろを持ち寄って食べさせたので、「翁既ニ飽満シヌ」。そうして日々が過ぎ、翁は「此ノ二ノ獣ハ実ニ深キ心有リケリ。此レ、既ニ菩薩也ケリ」と感嘆した。しかし兎だけはうまくいかない。そこに芥川の注目する表現が出てくる。

　菟ハ励《はげみ》ノ心ヲ発《おこ》シテ灯ヲ取リ、香ヲ取《とり》テ、耳ハ高ク瘟《くぐ》セニシテ、目ハ大キニ、前ノ足短カク、尻ノ穴ハ大キニ開《ひらき》テ、東西南北求メ行《ある》ルケドモ、更ニ求メ得タル物無シ。然レバ猿・狐ト翁ト、且ハ恥シメ、且ハ蔑《あな》ヅリ咲《わら》ヒテ励セドモ力不及《およば》ズシテ……、

猿と狐そして翁からも無能を責められ、辱めを受けた兎は、弱い兎の私は、このまま生きていたって人に殺されたり、獣に食われたりするだろう。いっそのこと、我が身を捨身し、翁に食われてしまおう、と考える。

　……力不及ズシテ、菟ノ思ハク「我レ翁ヲ養ハムガ為ニ野山ニ行クト云ヘドモ、野山怖シ

ク破《わり》無《な》シ。人ニ被殺《ころさ》レ、獣ニ可被噉《くらはるべ》シ。徒《いたづら》ニ、心ニ非ズ、身ヲ失フ事無量《はかりな》シ。只不如《しか》ジ、我レ今、此ノ身ヲ捨テテ、此ノ翁ニ被食《くらはれ》テ永ク此ノ生ヲ離《はなれ》ム」ト思《おもひ》テ、翁ノ許ニ行《ゆき》テ云《いは》ク、「今、我レ、出デテ甘美ノ物ヲ求テ来《きた》ラムトス。木ヲ拾ヒテ火ヲ焼《たき》テ待チ給ヘ」ト。

兎は思いを心に秘め、たき火をして少し待ってくださいと皆に告げた。言われたとおり「猿ハ木ヲ拾ヒテ来《きたり》ヌ。狐ハ火ヲ取《とり》テ来《きたり》テ焼付《たき》ケテ、若《も》シャト待ツ程ニ、兎、持ツ物無クシテ来レリ」——ところが兎は何も持っていない。猿と狐はそれを見て怒り、無駄手間をさせよって。嘘つきめ、と罵った。

其ノ時ニ猿・狐《きつ》ネ、此レヲ見テ云ク、「汝ヂ何物ヲカ持テ来《きた》ラム。此レ思ツル事也。虚言《そらごと》ヲ以テ人ヲ謀《たばかり》テ木ヲ拾ハセ火ヲ焼《たか》セテ、汝ヂ火ヲ温《あたた》マムトテ、穴憎《あなに》ク」ト云ヘバ、兎、「我レ、食物ヲ求《もとめ》テ来《きた》ルニ無力《ちからな》シ。然レバ只我ガ身ヲ焼《やき》テ可食給《くらひたまふべ》シ」ト云テ、火ノ中ニ踊入《おどりいり》テ焼死《やけしに》ヌ。其ノ時ニ天帝釈、本形ニ復シテ、此ノ兎ノ火ニ入《いり》タル形ヲ月ノ中ニ移シテ、普ク一切ノ衆生ニ令見《みせしめむ》ガ為メニ月ノ中ニ籠メ給ヒツ。然レバ、月ノ面ニ雲ノ様《やうな》ル物ノ有《ある》ハ此ノ兎ノ火ニ焼《やけ》タル煙《けぶり》也、亦、月ノ中ニ兎ノ有ルト云《いふ》ハ此ノ兎ノ形也。万ノ人、月ヲ見ム毎ニ此ノ兎ノ事可思出《おもひいづべ》シ。

語られた兎の決意は、予想外の激しさだった。「我が身を焼きて食らひ給ふべし」と言って「火の中に踊り入りて焼け死にぬ」。究極の「捨身」であった。そして帝釈天は真の姿を現し、兎を月に運ぶ。説話は、月の兎の起源譚として閉じている。

芥川がこの説話の表現に、本朝部でいずれ本格的に発揮される「作者の写生的手腕」の前哨を見ていたことは「鑑賞」本文からもうかがえるが、そんなふうに芥川を引きつけた理由の一つに、本話が内在する「日本的なるもの」があったのかもしれない。

芥川が「この話は誰でも知つてゐる通り、釈迦佛の生まれない過去世の話、――Jātaka中の話である」と注記するように、この説話の原典は、パーリ語のジャータカ（ブッダの本生譚）に遡る。池上洵一『『今昔物語集』の世界』［1983］はそのことを確認した上で、漢訳仏典での拡がりなど、『今昔』が実際に手に取り目にしうる類話や関連伝承を詳細に追いかけ、『今昔』説話の直接的な典拠が、唐の三蔵法師玄奘の『大唐西域記』（六四六年成立）巻七所収話にあることを確定する。そして池上は、出典をなぞるように綴られる『今昔』説話の中に、先行の同類話にはない、独自のまさしく「日本的なるもの」――「恥」が叙述されている、と指摘した。

池上の言葉を借りれば、『今昔』のこの説話には「仲間のはずかしめや嘲笑から受ける「恥」の意識を設定している」。そうした「こと自体が、これまで見てきたどの仏典にもなかった独特の発想の産物であって、それがまたこの兎をわれわれに親しくさせている理由のひとつにちがいないのだ」と池上は述べる。慧眼であろう。

4　芥川龍之介の書架と『今昔物語集』の世界の好悪

芥川も、この説話の出典として『大唐西域記』を挙げるが、その他に、七世紀後半に唐の道世が編纂した大著の類書（仏教百科事典）『法苑珠林』も掲げている。この挙例・考証の確信性から推すに、芥川が芳賀矢一『攷証今昔物語集』全三巻〔1913−21〕を参照していることは明らかだ。『攷証今昔物語集』は、天竺・震旦・本朝の『今昔』全巻の校訂本文とともに、当該原文付きの出典考証を併載する、『今昔物語集』研究の記念碑的大冊であるが、この『攷証』は、本話について、『大唐西域記』と『法苑珠林』二書の当該箇所を並べ、原文を掲げて出典考証としていたのである。

しかし芥川は、実作においては、創作初期の『青年と死』（一九一四年）を除き——ただし現在では『青年と死』の出典を『今昔物語集』とは見なさないのが通説だ（『芥川龍之介全作品事典』『芥川龍之介事典』『芥川龍之介大事典』当該項目参照）——、『羅生門』以降量産する王朝物の執筆において、『今昔物語集』を素材とした天竺種、震旦種の小説を作らなかった。それは、先に少し触れたように、芥川が普段から愛用し、創作に活用した博文館「校註国文叢書」の第十六巻、十七巻（一九一五年刊）所収の『今昔物語』が、本朝部のみを収録する（二十一巻構成で、八、十一を欠巻処理）ことと符合する。

たとえば芥川は、大正一〇年二月一九日の書簡で「博文館の本」に言及する。長野甞一によれば「これは大正四年同書房で刊行した「校註国文叢書」（池辺義象編）をさし、その巻十六・十七の両冊が今昔物語であった」。「ただし、「本朝部」だけで、「天竺震旦部」を欠き、したがって巻数の数え方も、「巻十一」を「巻一」、「巻十二」を「巻二」とするという具合であった。芥川が今昔物語を引用するときは、いつもこの計算による巻数を誌している（「今昔物語鑑賞」その他）点から察すると、これが朝夕、彼の座右にそなえていた手沢本であったことは間違いない」という（長野甞一［1967］『古典と近代作家　芥川龍之介』「第一章　青年と死」）。須田千里の調査によれば、芥川は『今昔』に留まらず、「校註国文叢書」総体をよく読んで、古典作品の本文と注釈とを、しばしば作品創作の参考にしている（須田［1997］）。彼の書架には、『今昔』について、学術的な本と、愛読する読みやすい注釈書が、いくつか並んで置かれていたとおぼしい。読書人たる作家の本棚として、違和感はない情景である。

一方「今昔物語鑑賞」の草稿には、次のような箇所が存していた。芥川は改稿してこれを削除したことが知られている。

「今昔物語　十巻は天竺、震旦、本朝の三部に分れてゐる。僕は中学生の昔から何度もこの本に目を通した。が、震旦の部は滅多に読んだことはない。それは僕の「孝子説話」に興味を持つてゐない為もあるであらう。或は又」

（岩波版『芥川龍之介全集』（新全集）第二十一巻による）

右は完成稿の冒頭部、次の部分の前半に対応する記述である。

> 『今昔物語』三十一巻は天竺、震旦、本朝の三部に分れてゐる。本朝の部の最も面白いことは、恐らくは誰も異存はあるまい。その又本朝の部にしても最も僕などに興味のあるのは「世俗」並びに「惡行」の部である。——即ち『今昔物語』中の最も三面記事に近い部である。しかし、——
>
> しかし僕は佛法の部にも多少の興味を感じてゐる。それは佛法そのものは勿論、天台や眞言の護摩の煙に興味を感じてゐると云ふことではない。唯當時の人々の心に興味を感じてゐると云ふことである。（中略）
>
> 更に又佛法の部の僕に教へるのは如何に當時の人々の天竺から渡つて來た超自然的存在、——佛菩薩を始め天狗などの超自然的存在を如實に感じてゐたかと云ふことである。
>
> （同前掲）

前掲岩波版『芥川龍之介全集』の「後記」は、この削除部分について「一枚に満たない断片だが、『今昔物語』の読み始めの時期を「中学生の昔」としている点に注目した。但し、その下には「学生時代以来」との記述が消されており、問題を残す」と説明している。それと連動して「今昔物語」が「十巻」と記されているのも気になるが、書きかけ故の誤記であろうか。それよりも、芥川が抹消した部分で「震旦」説話への無関心と距離感に言及し、その理由として、ことさら「孝子説話」に「興味を持つてゐない」とあげつらっている点に、留意すべきであろう。たしかに完成版の「今昔物語鑑賞」は、震旦説話に言及しない。その代わりに「天竺」につながる仏教の神秘を述べ、天竺部の捨身する兎の本生譚を傑作として取り上げていた。このコントラストはどうか。なぜ芥川はここにいたって、天竺説話を俎上に上せたのだろうか。

ことさらに強調された天竺の捨身説話の面白さと、興味がないと、あっさり切り捨てられた震旦の孝子説話の対照。孝と捨身と。じつはこの二つの概念には、興味深い重なりと、また決定的な齟齬がある。「今昔物語鑑賞」の推敲をめぐって、この二つを対比し、晩年の芥川の好尚を問うてみることには、大事な意義がある、と思う。ただし、それを理解するためには、天竺の捨身と震旦の孝養について、『今昔物語集』に即しつつ少し綿密に考察し、それぞれの特異性を明確にしておく必要がある。そこで以下、少し回り道をしてこのことを考察し、それからあらためて芥川の問題に戻ることとしよう。

5　孝と捨身と——震旦と天竺の思想の齟齬

まず孝であるが、孝を重んじる中国に対して、インドには孝概念がないという主張がされることがある。それは、仏教をめぐる、両国の文化の差異を際立たせるキーワードであった。

ところがインド仏教においては、ちょうどシナの「孝」に相当する観念が存在しない。漢訳仏典に「孝」という文字が挿入されている場合に、その原文を調べてみると、それにちょうど相当する術語は存在しない。すなわちシナの翻訳者が附加したものである。インドでは人間の守るべきいましめを戒（sīla）と呼び、仏教では普通は五戒を説くのであるが、初期の漢訳者はこれを「孝順」と訳した。生きものを殺すなかれ、偽りを言うなかれ、というような戒めが「孝順」と呼ばれたのである。もちろん、仏典のうちには徳目としては「孝」に相当することが相当に説かれている。しかし「父母につかえること」「父母を愛すること」というような冗長な表現方法を用いている。（中略）

仏典のうちにはシナ的な意味における孝の道徳が説かれていない。そこで窮余の策として、シナの仏教徒は、孝を教える経典を偽作したのである。かくして『父母恩重経』一巻や『大報父母恩重経』一巻がつくられた。これらはいずれも父母の生育の恩の広大なことを説き、報恩のつとめを強調したものである。

（中村元［1961］『東洋人の思惟方法2』第三編第十節（五））

ただし、中村が右の文章に注を付けて注意深く挙例するように、「孝の道徳」は「パーリ語原始仏教聖典の古層」において、幾箇所かに見出すことが出来るようだ（前掲中村［1961］注（9））。近年、あらたな「仏教聖典」を追加して、積極的にインドに於ける「孝」概念の存在を論証しようとする分析も出現している（たとえばGuang Xing［2005］など参照）。問題は単純ではないが、中村が続けて説くように、仏教の中国文化への移入にともない、「出家」と輪廻思想をめぐって、インド仏教と中国の家の道徳と孝概念、および祖先観との間に、大きく齟齬するところが浮かび上がって問題化したのは間違いない。

家族中心の道徳は祖先崇拝の儀礼を重視する。シナにおいては血統の重視ということに祖霊の信仰が呪術的にからまっていて、それが社会的・経済的に重要な意義をになっている。（中略）ところで仏教がシナに移入されてからは、仏教はこのような家の道徳を破壊するものであるとして、儒学者の側から激しく論難せられた。けだし、仏教では出家を説くから、出家すると子孫を絶やし、したがって祖先の祭も行えないことになるからである。（中略）インドの仏教徒の説く孝とは、親が生存している間に尊敬し給侍し奉仕すべきことを言うのであって、親の死後には両親各自の善業あるいは悪業のいかんにしたがって、天界なり地獄なりそのほかいずこかに生まれかわるのであるから、追善供養や祖先崇拝のことはほとんど説かないのである。ただ祖先に対する感謝報恩の表意としての祖先祭を行なうにとどまる。（中略）ゆえに、このような思想のままでは、なかなか一般シナ民族に受容されることは、困難であった。
そこで仏教は、やはりシナ人一般の祖先崇拝の信仰に順応せざるをえなかった。（中略）祖先崇拝との結びつきのよい例の一つは、盂蘭盆会《うらぼんえ》の習俗である。（中略）この法会を教えているのは、『盂蘭盆経』であるが、インドではその存在さえも認められていないこの経典に対して、シナでは多数の注釈が著されている。

（前掲中村［1961］）

岩本裕は『盂蘭盆経』の成立をめぐる論証の中で、「『盂蘭盆経』の原型に近いと考えられる前段」に、「インド撰述の仏典には到底見られないと考えられる「六種親属」とか「孝順」とかの語を用いている」と指摘している。そのうち「孝順」について、

『梵語千字文』（別本）にśoka戌迦「孝」と記す（『大正蔵』五四・一一九九上）。しかし、śokaはsorrow, pain, trouble, grief forを意味し、「孝」の意はない。仏典に「孝」を導入したのは中国においてである。道端良秀『唐代仏教史の研究』第三章参照。

（岩本［1979］『仏教説話研究第四巻　地獄めぐりの文学』）

と論じた。śokaは、本書「はじめに」で言及した「憂」である。孝とは明らかに異なる。岩

本が注記するように、この問題を詳述したのが、道端良秀であった。道端は岩本が引く『唐代佛教史の研究』第三章で述べた問題を展開して、専著『仏教と儒教倫理――中国仏教における孝の問題』を書き、その本を次のように開巻した。

中国は儒教の社会である。五倫五常の道、とくに孝を説き、これを行う社会である。中国は孝の文化なり、といっても間違いはなかった。……このような孝の社会に、全くこれを否定するような仏教が入ってきたのである。しかもそれは出家の仏教であった。親を捨て、妻子を捨てて、家族から逃れでた、出家なのである。……出家することは、親を養わずに捨て去るという不孝とともに、結婚せず、独身の時に出家するのは、家を嗣ぐ子がなくなって、家が絶えるという、大不孝を犯すことになるのである。儒教にとって仏教は、なんとしても調和することのできない、どうしても阻止しなければならない存在であった。

（道端良秀［1968］『仏教と儒教倫理』－はじめのことば）

この記述で、問題点は、きわめて明瞭に示されている。

6 『今昔物語集』天竺部の親子観と孝養

出家の倫理と家の道徳とのバッティング。その葛藤・相克は、仏教の祖・釈迦自身の出家のエピソードにおいて、すでに話題となっている。ここでは芥川も読んだ『今昔物語集』によって、その様相を確認しておこう。一二世紀成立の『今昔』は、天竺部の前半である巻一〜三を使って、日本語で書かれた初めての組織的なブッダの伝記（仏伝）を描く作品で、仏教文化史上においても特筆すべき存在なのである（本田義憲［2016］参照）。

『今昔物語集』の釈迦は、浄飯王の太子として耶輸陀羅《やしゅだら》という妻を娶ったが、「妃ト常ニ相共ナル事無シ」。いつも独りで、修行者のように「夜ハ静《しづか》ニ心ヲ鎮メテ思《おもひ》ヲ不乱《みださず》シテ聖ノ道ヲ観ジ給」うばかりであったという。気を揉む父王の思いをよそに、「太子、妃ト陸《む》ツビ給フ事、未ダ不見《みえ》ズ」（『今昔』巻一第三）。父の心配は的中し、「悉達太子、年十九ニ成《なり》給フニ、心ノ内ニ深ク出家スベキ事ヲ思《おぼ》シテ父ノ王ノ御許ニ行《ゆき》給フ」。太子は礼を尽くし、「恩愛ハ必ズ別離有リ。唯シ願《ねがはく》ハ我ガ出家・学道ヲ聴《ゆる》シ給へ。一切衆生ノ愛別離苦ヲ皆解脱セシメムヤ」と父に出家を庶幾する。だが王は悲嘆し、慟哭してそれを認めない（『今昔』巻一第四）。

その後のことが、少し『今昔』には省かれて描かれない。だが『今昔』には出典があって、そちらを参照すると事情が明確になる。この説話の『今昔』の原典は、『過去現在因果経』である（前掲本田［2016］によれば、より直接的には、同経を引用する十巻本『釈迦譜』を典拠とするらしいが、ほぼ同文である）。『過去現在因果経』では、続けて、志を変えない息子に、王は、せめて国の王の跡継ぎを作ってくれ。とても大事なことだ。出家はそれからでも遅くない（「国嗣既重、孰当二相継一。唯願為レ我生二汝一子一。然後絶レ俗不二復相違一」）と懇願した。太子は父王の言葉を聞き、そうか、跡継ぎが欲しいということなのだな、と察して（「大王所二以苦留一レ我者、正自為レ国無二紹嗣一耳」）、太子は「即ち左手を以て其の妃の腹を指す。時に耶輸陀羅、便ち體の異なることを覚え、自ら娠めること有るを知る」（以上『過去現在因果経』）。耶輸陀羅は懐妊し、それと引き替えに太子は、城を出て出家した。関連する記述については、本書第6章でまた論じることにしよう。

親と子の関係をめぐる、インド仏教の特異性と中国的な家族観や孝概念とのずれについても、やはり同じく『今昔物語集』の天竺部が参考になる。

① 満財、子ニ云《いは》ク、「汝ガ妻、追出《おひだ》セ。命有ラバ、此《これ》ヨリ勝《まさり》タル妻ニモ嫁《とつぎ》ギ会《あは》セム」ト。子ノ云ク、「父母ヲ前《さき》ニ為《す》ル、人ノ子、皆、世ノ無常ノ道理也。既ニ我ガ父母、年老タリ。死ナム事、今明年ヲ不過《すご》サジ。又、我ガ妻ヲバ片時モ不見《み》デハ不可有《あるべから》ズ。譬ヒ死《しぬ》ト云《いふ》トモ互ニ手ヲ取《とり》テ共ニ死ナム、更ニ出《いだ》ス事ハ不可有《あるべから》ズ」ト云《いひ》テ、不出《いだ》サズ。（一―一三）

② （和羅多は）「既ニ仏ノ御許ニ詣デ、出家セム」トテ出立《いでたつ》ニ、父母ノ云ク、「仏ノ御弟子ニ成ル云トモ一年ニ三度必ズ我ガ許ヘ来レ。祖子《おや》ノ契リ、暫クモ不見《み》ネバ心・肝《きも》難堪《たへがた》シ」ト。和羅多《わらた》、仏ノ御許ニ詣デ、出家シテ御弟子ト成《なり》ヌ。其後《そののち》、祖ノ家ヘ行《ゆく》事無シ。祖、

一年待《まつ》ニ不見《みえ》ズ、二三年待ニ不見ズ、十二年ヲ経テ不見ズ。（一－二五）

③仏、目連ヲ羅睺羅迎ヘニ遣ハスニ宣《のたま》ハク、「女、愚癡ニ依テ愛スル事ハ暫《しばし》ノ間也。死《しに》テ地獄ニ堕《おち》ヌレバ母ト子ト各《おのおの》相知ル事無《なく》シテ、永ク離レテ苦ヲ受《うく》ル事無隙《ひまな》シ。後ニ悔《くゆ》ル二甲斐無シ。……」（一－一七）

①では、満財長者が、須達長者の娘を息子の嫁にもらうが、その嫁は仏教を信奉していた。満財長者は、自分の宗教とは違う。そんな嫁など追い出してしまえ、と息子に言う。だが息子は、年老いた親が自分より先に死ぬのは当たり前だ。それよりは自分の妻が大事である。片時も会わないで居るとつらい。だから、妻を追い出すことなどありえない、と主張した。

②は、仏弟子となった和羅多《わらた》が、父母から、出家しても、一年に二度か三度は必ず尋ねて来いよ、と言われたのに、ちっとも会いに来ず、一二年が過ぎてしまったという記述である。

そして③は、釈迦自身に関わるものだ。自分の一子羅睺羅《らごら》を出家させようと、元妻の耶輸《やしゅ》陀羅《だら》に要求すると、彼女は城に籠もって抵抗した。この耶輸陀羅の行為に対して、釈迦は、女は愚かだ。子どもを愛してもそれは暫しの間で、地獄に堕ちてしまえば、母も子もなくなるのに、と批判する。その言辞である。かつて息男・釈迦の出家に際して涙を流して嘆き、強く反対の意思を表した父の浄飯王（前掲『今昔』巻一第四）も、この逸話では、耶輸陀羅の行為を「母愚癡ニシテ愛心ニ迷《まよひ》テ子ヲ放ツ事無シ」と批難するに至った。

これらはいずれも、中国的孝養概念とは、本来、相容れない考えであろう。たとえば①の説話で、妻を選ぶか親を選ぶかという究極の選択を強いられた満財の息子が、妻の方を取ってしまったというのは、まるで伝統的な孝行話のパロディのようである。同じ『今昔』に載る説話でも、震旦（中国）部に載る孝子説話なら、妻は二の次にして、親に対する孝養を貫こうとする。巻九「孝養」から第三話を紹介しよう。

震旦の丁蘭は、幼小の時、母を失い、一五歳の時に母の木像を造った。そして「帳ノ内ニ置《おき》テ朝暮ニ供給《くぎふ》スル事、生《いき》タラム時ノ如ク也、実《まこと》ノ母ニ不異《ことなら》ズ」――朝晩欠かさず、生前のように食を供えた。朝には出かける挨拶をし、夕べに帰宅すればその日のことを報告する。そうした孝行が三年続く。ところが妻は「悪性」で、いつも夫の行為を妬ましく、憎らしく思っていた。そこで丁蘭が外出した隙を狙って、「妻、火ヲ以テ木ノ母ノ形ヲ焼ク」。丁蘭は夜に帰宅したが、母の木像の顔を見なかった。するとその夜丁蘭の夢に「木ノ母」が現れて、直接丁蘭に「汝ガ妻、我ガ面ヲ焼ク」と告げた。夢が覚めて不審に思った丁蘭は、朝、「実ニ、木ノ母ノ面焼ケタリ」と確認した。丁蘭はその様子を見てから、妻を永遠に憎み、寵愛することがなくなった、という（同話の前半部）。

しかし、たとえば③の例で、仏の言葉は、

羅睺羅、道ヲ得テハ還《かへり》テ母ヲ度シテ永ク生老病死ノ根本ヲ断《たち》テ、羅漢ニ成ル事ヲ得テ我ガ如クナラム……

と続く。一人子の羅睺羅が、出家・成道して悟りを得れば、母耶輸陀羅を救済するだろう。そうすれば、彼女も、四苦の根本を絶って羅漢となることができ、私のような存在に近づけるのに、とブッダは嘆息する。それは中国的な「孝」とは異なり、直接的な親への孝行ではないが、仏教論理の「孝養」として、より高次で普遍的な親の救済を説くものである。

7 『今昔物語集』に見る孝養と菩薩行の連続と非連続

こうした孝と捨身のずれと重なりを考える時、『今昔物語集』天竺部の説話で初めて「孝」という語が見える巻二第四の「仏、拝卒堵波給語」は注目に値する。

子どもがいなかった伽頻国の大王と后は、龍神に祈って、一人の太子（原典の経文『大方便仏報恩経』巻第三では「忍辱《にんにく》太子」と呼ばれる）を得る。後に、父の大王が病気になってしまった。父を救うのには医薬では駄目で、怒ることが決してない人の目と骨髄を処方すれば——「露《つゆ》許《ばかり》モ瞋恚ヲ発サザル人ノ眼及ビ骨髄ヲ取《とり》テ和合シテ付ケバ」、その病気が治るという。

仏陀しかそんな人はいない。絶望的だ、といわれる中で、太子は、自分こそはその条件に適う、と考える。もしそうしなければ、親不孝の罰が当たる、と。

仏ヨリ外《ほか》ニハ誰人カ瞋恚ヲ不発《おこさ》ザル者ハ有ルベキ。「甚ダ難有《ありがた》キ事也」ト云ヒ歎ク程ニ、此ノ太子、此ノ事ヲ聞《きき》テ、「我コソ未ダ瞋恚ヲ不発《おこさ》ザル者ナレ」ト思《おもひ》テ、母ノ后ニ向ヒテ云ハク、「生《うまる》ル者ハ必ズ滅ス、相ヘル者ハ定メテ離ル。誰人カ此ノ事ヲ免レム。徒《いたづら》ニ無常ニ帰シナムヨリハ（＝むなしく死ぬことよりは）、我レ此ノ身ヲ捨《すて》テ、父ノ御命ヲ助ケ奉ラム」ト。母后、此ノ事ヲ聞《きき》テ涕泣シテ答《こたふ》ル事無シ。太子、心ノ内ニ思ハク、「孝養ノ為ニハ我レ命ヲ不可惜《をしむべから》ズ。若シ惜ム心有ラバ、不孝ノ罪ヲ得ム」ト。

そして彼は、こっそり一人の旃陀羅《せんだら》にたのんで自らの眼と骨髄を取らせ、それを大王に献呈させた。そして太子は亡くなる。

そんなこととはつゆ知らず、父の王は、さっぱり顔を出さない太子の無沙汰を不審に思い、臣下に問いを発した。

蜜《ひそか》ニ一人ノ旃陀羅ヲ語《かたらひ》テ此ノ事ヲ云フニ、旃陀羅、甚ダ恐《お》ヂ怖レテ不用《もちい》ズ。然リト云ヘドモ、太子猶《な》ヲ孝養ノ心深《ふかく》シテ、旃陀羅ヲ責メテ五百ノ剣ヲ与《あたへ》テ我ガ眼及ビ骨髄ヲ取ラシム。此ヲ取《とり》テ和合シテ父ノ王ニ奉ル。此ノ医ヲ以テ病ヲ治スルニ、病ヒ即チ癒《いえ》ヌ。然リト云《いへ》ドモ、大王此ノ事ヲ知リ給ハズシテ、其ノ後、「太子我ガ所ニ来《きた》レ。久《ひさし》ク不来《きたら》ザル、何ノ故ゾ」ト。

一人の大臣が答える。王様、もう太子はこの世におりません。それは、父王への孝養のための捨身でしたと、大臣は王に遺言を伝えた。

　一人ノ大臣有《あり》テ王ニ申サク、「太子ハ早ク命ヲ失ヒ給テキ。医師有《あり》テ、「生ジテ以来瞋恚ヲ不発《おこさ》ザラム人ノ眼・骨髄ヲ以テ大王ノ御病ヲ可治《ぢすべ》シ」ト云フ。此レニ依《より》テ太子、『生ジテ以来瞋恚ヲ不発《おこさ》ザル者、只我ガ身此レ也。我レ孝養ノ為メニ身ヲ捨《すて》ム』ト宣《のたまひ》テ、蜜《ひそか》ニ旃陀羅ヲ語《かたら》ヒ給《たまひ》テ眼及ビ骨髄ヲ取《とら》シメテ大王ニ奉ツリ給フ。……」

親のために、子が身を捨てて孝を尽くす。先に見た①～③の説話とは打って変わって、これは至高の孝養だ。説話もそれを繰り返し強調する。ところが本当は、親のためではなく、自らの菩薩行であった。先の引用では省略したが、じつは太子の決断には、次のような続きがあったのである。

　太子、心ノ内ニ思ハク、「孝養ノ為ニハ我レノ命ヲ不可惜《をしむべから》ズ。若《も》シ惜ム心有ラバ、不孝ノ罪ヲ得ム」ト。「譬ヒ此ノ身、長命也ト云フトモ終《つひ》ニ死ヲ免《ま》ヌカルベキニ非ズ。死《しに》テ三悪道ニ堕チム事、マタ疑ヒ非ジ。只此ノ身ヲ捨テテ、父ノ御命ヲ助ケテ終《つい》ニ無上道ヲ得テ、一切衆生ヲ利益セム」ト誓ヒヲ発《おこ》シテ……

「孝」に言及した太子だが、傍点を付したように、その行為の位置づけは、最終的に「ただこの身を捨てて、父の御命を助けて、ついに無上道を得て、一切衆生を利益せむ」という誓いにあった。身を捨て親を助けて、自分が無上道を得る。その究極の目的は「一切衆生の利益」である。

しかし、父の大王は、話を聞いて「哭《な》キ悲《かなし》ミ給フ事無限《かぎりな》シ」。父を殺して王位を奪う悲惨な故事は聞いたことがあるが、子供の肉を食べて命を長らえた例など聞いた事がない。「悲哉《かなしいかなや》」。私はその行為を知らずして病が治ったと喜んでいたのか、と痛哭し、太子のために卒塔婆を立てた、という。太子は、釈迦の本生（前生）であった。この大王は、生を変えて釈迦の父浄飯王となる。願いは輪廻の末に、成就したのである。捨身行為としての菩薩行と孝養とは、このように似て非なる思想に立脚する。端的に言えば、孝行とは、現世で親を悦ばせ幸せにする行為であるのに対し、菩薩行としての捨身は、輪廻の先を目的とし、時にはこのように、目前の親を悲しませてしまう行為なのである。

だが現象としての孝と捨身は、あるいは究極の目的論としてのそれは、時にとてもよく似ていた。たとえば『今昔』巻第九「孝養」の第一話に載る郭巨の説話は、まさに親のために、我が子を殺そうとする話なのである。貧しかった郭巨の一家は、「食物ヲ三ニ分《わけ》テ母ニ一分、我レ一分、妻一分ニ充」てて暮らしていたが、そこに一人の男子が産まれた。大きくなると、応分の食物が必要になる。そこで彼らは、「其ノ子、漸ク長大シテ、六、七歳ニ成ル程ニ、此ノ三ニ分ケツル食物ヲ四ニ分ク。然レバ、母ノ食物弥《いよい》ヨ少《すくな》ク成《なり》ヌ」。親孝行だった夫は、このままでは母に不孝になると考え、文字通り驚天動地の提案をする。親の孝養のためには、この子を穴に埋めて殺すしかない、というのである。

「……我レ、孝養ノ志シ、深シ、「老母ヲ養ハムガ為ニ此ノ男子ヲ穴ニ埋《うづ》ムデ失ヒテム」ト思フ。此レ、難有《ありがた》キ事也ト云ヘドモ、偏《ひとへ》ニ孝養ノ為也。汝ヂ、惜ミ悲ム心無カレ」ト。

これに対して、母親である妻が、仏説を標榜して反論するところも重要である。

妻、此ノ事ヲ聞テ涙ヲ流ス事、雨《あ》メノ如クシテ答ヘテ云《いは》ク、「人ノ子ヲ思フ事ハ、仏モ一子ノ慈悲トコソ譬ヘ説キ給ヘレ。我レ、漸ク老ニ臨《のぞみ》テ適《たまた》マ一人ノ男子ヲ儲《まうけ》タリ。懐ノ内ヲ放ツソラ猶シ悲《かなしみ》ノ心難堪《たへがた》シ。何況《いかにいはむ》ヤ、遥《はるか》ナル山将行《やまにゆきゐて》テ埋《うづ》ムデ還ラム事コソ可譬《たとふべ》キ方モ不思《おぼえ》ネ。然リト云ヘドモ、汝ガ孝養ノ心尤モ深クシテ、思ヒ企テム事ヲ我レ妨ゲバ、天ノ責メ可遁《のがるべ》キ方無カリナム。然レバ、只、汝ガ心ニ任ス」ト。

右傍点の部分は、一子地《いっしじ》（すべての衆生を我が子のように慈しむ）という、重要な仏説の転用であるが、出典の『孝子伝』には見えない記述で、『注好撰』上四八他、本話の同話・類話にも対応箇所がない（『新日本古典文学大系今昔物語集　二』脚注参照）。『孝子伝』とは、中国の伝統的な書物のジャンルで、親孝行話を集成した逸話集である。後には『二十四孝』として整理された本も日本で流行し、落語の演目名にもなった。三代目三遊亭金馬（１８９４－１９６４）の『孝行糖』にも出てくるくらいだ。その古い姿と内容については、幼学の会『孝子伝注解』の注釈・研究や、黒田彰『孝子伝の研究』などに詳しい。孝行譚は、中国の男系家族構造の維持と密接に関係する内容を有するが、一方で、右の郭巨説話には母や「母性」の問題が描かれており（宇野瑞木［２０１６］第二部第四章「郭巨説話の母子像」、第五章「郭巨説話の「母の悲しみ」」）、注目に値する。

ともあれ結局、妻は、夫の「孝ノ心」から発する独善を許し、子を捨てる覚悟をする。ところがあにはからんや、夫の「志」が天地に通じ、子を捨てるために掘り返した土の中から黄金の釜を発見して、大逆転。富貴の金持ちとなる。幸福な一家の結末が、親孝行の徳として、天から示されるのであった。

……遥ニ深キ山ニ行《ゆき》テ、既ニ子ヲ埋《うづ》マムガ為ニ、泣々ク土ヲ堀ル。三尺許《ばか》リ堀ル時ニ、底ニ、鋤ノ崎《さき》ニ固ク当《あたり》タル物《も》ノ有リ。石カト思《おもひ》テ、「堀リ去《の》ケム」ト思テ、強《あながち》ニ深ク堀ル。猶、責メテ深ク堀《ほり》テ見レバ、石ニハ非ズシテ一斗納許《ばかり》ナル黄金ノ釜《かなへ》有リ。蓋有リ。其ノ蓋ヲ開《ひらき》テ見レバ、釜ノ上ニ題《だいし》テ文有リ。其ノ文ニ云《いは》ク、「黄金ノ一ノ釜、天、孝子郭巨ニ賜フ」ト有リ。郭巨、此レヲ見テ、「我ガ孝養ノ心ノ深キヲ以テ、天ノ賜ヘル也」ト喜ビ悲《かなし》ムデ、母ハ子ヲ懐《いだ》キ、父ハ釜ヲ負《おひ》テ家ニ還《かへり》ヌ。其ノ後、此ノ釜ヲ破《わ》リツツ売《うり》テ、老母ヲ養ヒ世ヲ渡ルニ、乏《ともし》キ事無クシテ既ニ富貴ノ人ト成《なり》ヌ。（下略）

以上、『今昔物語集』を用いながら要点を考察したが、これらはすべて、芥川の読書範囲にあったものであり、まがりなりにも「鑑賞」執筆の段階で、再読を試みたはずの内容である。

8　菩薩行と孝養の反転する機制

孝行と捨身をめぐる類似と反転の構造を、純粋な捨身譚の側からもう少し考えてみよう。取り上げるのは、永観二年（九八四）に源為憲が編集した『三宝絵』という仏教説話集である。この作品は、天元五年（九八二）、突然内裏を退出して落飾した、冷泉第二皇女尊子内親王（966－985）に仏教を教えるために作成され、献呈された。上巻仏宝・中巻法宝・下巻僧宝の三巻構成で『今昔物語集』にとっても大事な出典文献である。注目すべきは、上巻第十一に載る、薩埵《さった》太子の捨身飼虎の説話である。ただしこれも『今昔』には載らない本生譚（ジャータカ）だ。

薩埵太子は、七子を持ち、食い物を求める、餓えて疲れ痩せた虎の姿を見た。「虎ハ只温《あたたか》ナル人ノ肉《しし》ヲ耳《のみ》ナムハムナル」と兄から聞いた彼は、一つの決意を固める。「我等各々身ヲ守リ惜ムハ皆悟《さとり》ノ無《なき》ナリ。賢《さか》シキ人ハ身ヲ捨《すて》テ物ノ命ヲコソハ救《すくふ》ナレ」——利己は悟りのない愚かさだ。賢人は身を捨てて他者の命を救うものだと聞く。ならば我が「身ヲ捨テ此レヲ済」おうと考える。彼は思索を深めて身の不浄を観じ、捨身の功徳を思って「虎ノ前ニ行《ゆき》テ身ヲ任《まかし》テ臥《ふ》シヌ」。

太子のその行為に地は震い、風は吹きすさび、日の光は失せて、空からは花が乱れ散ったという。しかし慈悲の力によって、なかなか虎は、太子を喰らおうとしない。そこで太子は枯れた竹で自らの頸を刺して血を出し、虎に近づく。そしてついに「飢タル虎王子ノ頸ノ下ヨリ血ノ流《ながるる》ヲ見テ、血ヲネブリツツ肉ヲ喰《は》ミ骨ヲ残セリ」。法隆寺玉虫厨子台座の画で著名な説話だが、薩埵太子が木に衣を掛け、崖から投身する玉虫厨子の印象的な絵とは異なり、『三宝絵』説話の太子は、このように、そっと虎の前に身を委ねるところに特徴がある（荒木［2020］「身を投げる／子を投げる——孝と捨身の投企性をめぐって」、同［2021］『『今昔物語集』の成立と対外観』参照）。後の記述と関わるので注意しておきたい。

この優れた菩薩行は、しかし、現世の両親にとっては、償いようのない深い悲しみを生み出した。王子がいなくなったとき、母后は「三ツノ夢ヲ見ル。二ツノ乳房割ケテ血流レ出ヅ。一ツノ牙歯《きば》闕ケ落《おち》ヌ。三ツノ鳩有ルヲ一ツ鷹ニ被奪取《ばひとられ》ヌ」。夢のあと、地面が揺れたのを感じて目を覚ました后は、「二ツノ乳ウッツニ流レタ」るを知る。不審に思った彼女は、最愛の王子が消え失せたのを知り、そして遂に、捨身行による王子の死を確認することになる。子が行方不明になってすでに悲嘆の涙に暮れていた王と后は、その死という事実を目の当たりにして、絶望の淵に立たされる。

又大臣来《きた》リテ、「王子既ニ身ヲ捨テ給《たまひ》ケリ」ト申ス。王モ后モ心ヲ惑シ涙ヲ流シテ輿ニ乗《のり》テ行《ゆき》テ見ルニ、共ニ地ニ倒レヌ。水ヲ以テ面ニ灑《そそぎ》テ久《ひさし》ク有テ音在《あり》リ。「若《も》シ我ガ子ニ先立《だち》テ死《しな》マシカバ、カカル大《おほき》ナル悲ビヲ見マシヤ。」ト云ヒテ、震ヒ泣ク。胸ヲ押ヘ地ニ丸《まろ》ブ事、魚ノ陸《くむ》ガニ如有《あるがごと》シ。

（『三宝絵』上・一一）

しかし、この説話の主眼は、激しく泣きむせぶ父母の悲しみではない。その悲しみを超えて果たされた太子の菩薩行の偉大さと、その結果としての如来の誕生であった。

其ノ残リノ骨ヲ取《とり》テ率塔婆《そとば》ノ中ニ置《おき》キ。昔ノ薩埵王子ハ今ノ尺迦如来ナリ。最勝王経ニ見《みえ》タリ。

（前掲同）

自らの命を捨て、体を傷つけながら、虎の前に身を投げ出した太子は、結句、親の最悪の悲嘆を招く。この『三宝絵』版捨身飼虎の展開は、仏教的な親不孝話ともなっており、典型的な親孝行話である次の説話と、反転的な類似構造があらわである。

楊香はひとりの父をもてり。ある時父と共に山中へ行きしに、忽ちあらき虎にあへり。楊香父の命を失はんことをおそれて、虎を追《おひ》去らんとし侍りけれども、かなはざる程に、天の御あはれみを頼み、「こひねがはくは、わが命を虎に与へ、父を助けて給へ」と、心ざし深くして、祈りければ、さすが天もあはれと思ひ給ひけるにや、今まで、猛きかたちにて、取り食はんとせしに、虎にはかに尾をすべて逃げ退きければ、父子ともに虎口の難をまぬがれ、つゝがなく家に帰り侍るとなり。これひとへに孝行の心ざし深き故に、かやうの奇特をあらはせるなるべし。

（御伽草子『二十四孝』）

子は、薩埵太子と同じように、虎の前に身を投げ出すが、それはあくまで親を助けるためであり、結果として「父子ともに虎口の難をまぬがれ」る。次の孝子説話も、親のために、劇寒の氷の上に、命をかけ、体を損傷しつつ、身を投げ出す説話である。

王祥は、いとけなくして母を失《うしな》へり。父また妻を求む。其名《そのな》を朱氏といひ侍り。継母のくせなれば、父子の中をあしくいひなして、憎まし侍れども、うらみとせずして、継母にもよく孝行をいたしける。かやうの人なる程に、本の母冬の極めて寒き折ふし、生魚をほしく思ひける故に、肇府と云ふ所の河へ、もとめに行き侍り。されども冬の事なれば、氷とぢて魚見えず。すなはち衣をぬぎて裸《はだか》になり、氷の上に臥《ふ》し、魚なき事を悲しみゐたれば、かの氷すこしとけて、魚二つ躍り出でたり。則ち取て帰り、母に与へ侍り。是ひとへに孝行の故に、そのところには、毎年人の臥したるかたち、氷の上にあるとなり。

（前掲同）

右はいずれも、中世後期以降の仮名で誌された孝子伝だが、王祥の説話は著名で、院政期成立の『注好撰』という説話集にも載っている。『注好撰』では、傍点部相当が「王祥岸にまろび、氷を叩きて泣く」（上五一）とある。薩埵太子の身の投げ出しと、母の慟哭が一体になったような描出だ。『注好撰』は、昭和の後半以降に重要写本が発見され、『今昔物語集』の確実な出典源であることが判明した本で、現在は新日本古典文学大系に入って格段に読みやすくなった大事な作品である。しかし『今昔』は、この王祥の説話をなぜか採択していない。陽香の説話も『今昔』には存在しない。つまりこの両話とも、「付孝養」と題して孝子説話を集成した『今昔物語集』の震旦部・巻九には採られていないのである。
ただし、楊香説話と名前も内容も類似した、楊威説話（『孝子伝註解』16「陽威」参照）は所収されている（巻九「会稽洲楊威、入山遁虎難語第五」）。ところがこの楊威は身を投げず、自らに母の命がかかっていることを乞い願って、虎の感応を得た。

該当部分を原文で示すと、「山ニシテ忽《たちまち》ニ虎ニ値ヒヌ。虎、楊威ヲ見テ既ニ害シナムトス。其ノ時ニ、楊威、虎ノ前ニ跪《ひざまづ》テ泣キ悲《かなしみ》テ云《いは》ク、「我レガ家ニ老母有リ。我レ独《ひとり》ヲ以テ衣食《えじき》ト怙《たの》メリ、亦、養フ子無シ。若シ、我レ無クハ、母必ズ餓《(ゑ)》ヘ死ナムトス。願《ねがは》クハ、虎、慈悲ヲ発《おこ》シテ我ヲ害シ給フ事無《なか》レ」ト。其ノ時ニ、虎、楊威ガ言ヲ聞《きき》テ、目ヲ閇ヂ頭ヲ低《かたぶ》ケテ棄《す》テテ、去《さり》ニケリ。楊威、家ニ帰テ思ハク、「今日ノ虎ノ難ヲ遁《のがれ》タル事、偏《ひとへ》ニ孝養ノ心ノ深キニ依《より》テ天ノ助ケヲ得タル也」ト思《おもひ》テ、弥《いよい》ヨ老母ニ孝養スル事不愚《おろかなら》ズ……」とある。

繰り返すが、『今昔』巻九は、芥川が「今昔物語鑑賞」の草稿で「僕の「孝子説話」に興味を持つてゐない為」と書き、震旦話の敬遠を表明する根源となった、まさに当該の巻である。

9　芥川の晩年と捨身譚——宗教との相克

これまで類似に着目しつつ、天竺の捨身譚と震旦の孝子説話を比較考察してきたが、決定的な違いは明らかであろう。孝子伝の子は、身を投げようが投身しようが、基本的には死なない、ということである。親に先立つことは、孝行の任を果たせず、親を悲しませる明確な親不孝だ。それに対して捨身譚は、親を置いて、より高次な目的のために、あっさりと命を失う（前掲荒木［2020、2021］参照）。

このように「孝子説話」と、天竺の捨身の話柄の類似と構造の異なりが明らかになってみると、芥川が「今昔物語鑑賞」で「三獣行菩薩道兎焼身語」へのコメントとして、ジャータカを指示していたことは見逃せない。芥川には、ジャータカに載る菩薩行（多くの捨身を含む）について、明快なイメージがあり、その認識に立って、月の兎の説話の達成を褒めていたことが察せられるからである。

「今昔物語鑑賞」は、『今昔物語集』という作品の、さらには説話集というジャンルの文学的評価に決定的な影響を与えた学術エッセイであるが（池上洵一［1987］など参照）、それは芥川の人生の最後の一幕で「昭和二年四月三〇日発行の新潮社版「日本文学講座」第六巻」に掲載された。その死は、同年七月二四日のことである。

昭和二年といえば彼が自殺した年である。これがいつ書かれたのか、正確な日時はわからぬが、岩波版の十巻本全集には末尾に（昭和二年四月）とあり、当らずとも遠からずであろう。この年の七月に芥川は自決したのだから、心身の体調は決してよいとはいわれぬ状態であった。「何かペンを動かし居り候へども、いづれも楠正成が湊川にて戦ひをるやうなものに有之、疲労に疲労を重ねをり候」（同年三月二十八日、斎藤茂吉宛）というような中で書かれたものと察せられる。ただ、これは創作ではなく、軽い鑑賞文であるから、そう気ばらずにすらすらと書いたにちがいない。

（前掲長野［1967］「結論」）

こう考える長野甞一は、「今昔物語鑑賞」という短文が「『今昔物』の創作を止めてから五年後の晩年に書かれていることに注意」し、「青春時代から愛読し」、数多くの作品の素材になった愛着あるこの古典への「最後の頌詞であり、また謝辞でもあったろう」と推測した（長野［1967］）。ただし「そう気ばらずにすらすらと書いた」という評はいかがなものか。和田繁二郎は、芥川が「今昔物語鑑賞」を書いた頃は、「身心衰弱の果てに、『唯今の小生に欲しきものは第一に動物的エネルギイ、第二に動物的エネルギイ、第三に動物的エネルギイのみ。』（斎藤茂吉宛書簡、昭和二・三・二八）と言わねばならなくなる。このような晩年の芸術家としての危機のただ中で、『今昔』を再認識したのがこの鑑賞であ」り、「そこで、『今昔』の本質として「野蛮」「野性」を発見したのである」と論じた（『芥川龍之介事典 増訂版』「今昔物語鑑賞」の項）。

晩年の芥川が死を意識し、『西方の人』などを執筆する過程で、若い頃から親しんでいたキリスト教や聖書へ、より接近を深めていったことはよく知られている。その死に際しても、聖書（『旧舊新訳聖書 HOLLY BIBLE』米国聖書協会会社発行、大正五年四月刊行）を手にし、またそれを枕許に置いたまま冥界へと旅立ったという（関口安義［1995］『芥川龍之介』他参照）。芥川の晩年から死の床にいたる詳細は、山崎光夫『藪の中の家』［1997］によってたどることができる。

キリスト教には峻拒される自死を、ジャータカや漢訳仏典の前生譚の菩薩行は、教義として、また物語の中で、捨身の死として美しく肯定している。そのことは、晩年の芥川に、どのように映ったのだろう。芥川は死の直前の昭和二年七月に、友人（久米正雄か）に宛てて「最後の手紙」を書き、「僕の自殺する動機」を綴った。有名な「ぼんやりした不安」への言及だが、その手紙の中に「仏陀は現に阿含経の中に彼の弟子の自殺を肯定してゐる」と誌している（「或旧友へ送る手記」）。

それに対して、好み読まなかったという震旦部の孝子説話は、同じように身を投げながら、決して死なない。先に見たように、孝子説話の捨身は、死にいたらず、菩薩行の捨身と対照的であった。なお『今昔』巻九の伯奇説話（「震旦周代臣伊尹子、伯奇、死成鳴報継母怨語第二十」。『孝子伝』を出典とする）は、継母の讒言により、家を離れて流浪の果てに「河ノ中ニ身ヲ投テ死ヌ」とある点、例外的であるが、この死は、親を救うための捨身ではない。また『今昔』巻九の説話排列上も、この説話は、孝子説話の位置づけを成されていない。

こうした前提の中で、『今昔』の孝子伝は、親への献身だけを説く。

「子供より親が大事、と思ひたい」と印象深い書き出しで、そして最後にも同じフレーズを繰り返して、やはり自身の死の間際の小説を綴ったのは、太宰治であった（『桜桃』一九四八年）。

これはまた、親孝行とは似て非なる、自己本位の思想である。そして『今昔物語集』の説話などを通してみたように、捨身行為にも、潜在する論理として、利己の問題が含まれていた。太宰もまた、聖書とキリスト教に深く傾倒していた。二人の作家の利己と創作は、おそらく宗教的に、根源的・深層的なかたちで、孝と恩愛（芥川も太宰も、いずれも子を持つ父である）と、そして捨身もしくは自死の問題に直面する。

捨身行と孝の説話と。その類似性と距離とを確認すると、あらためて芥川晩年の思考と『今昔物語集』との関係に強く興味を引かれるのだが、満三五歳での突然の死は、やはりあまりにも短い。私には明答を探るだけの材料がない。

第6章　〈妊娠小説〉としての『源氏物語』とブッダ伝

1　「妊娠小説」という定義と『源氏物語』

前章では、『今昔物語集』との関わりを問いながら、芥川龍之介晩年の信仰と生死の所在を、孝と捨身、そしてキリスト教の問題を視野に入れながら追いかけてみた。古典と近代文学のシビアな関係の一面を、いささかなりとも切り取ることができたなら、幸いである。

ところで、そうした視点とはまったく異なる角度から近代文学史を考察した、斎藤美奈子『妊娠小説』という快著がある。文藝評論家としての単著デビュー作である。斎藤は、一風変わったこの自著のタイトルについて、「「妊娠小説」とは「望まない妊娠」を搭載した小説のことである」と端的に定義し、冒頭で、次のように述べている。

小説のなかで、ヒロインが「赤ちゃんができたらしいの」とこれ見よがしに宣告するシーンを、そしてそのためにヒーローが青くなってあわてふためくシーンを、あなたも目撃したことがあるでしょう。（中略）「妊娠小説」とは、いわば、かかる「受胎告知」によって涙と感動の物語空間を出現せしめるような小説のこと、であります。しかしながら、旧来の文学史や文学研究、文学批評はこのジャンルを今日まで頑として黙殺しつづけてきました。まったく遺憾なことである、といわなければなりません。

（斎藤美奈子［1994］『妊娠小説』、引用はちくま文庫本）

ここで提示される「受胎告知」は、聖者のannunciationとあえて同じコトバを用いつつ、狙いはその真裏にある、といえるだろう。斎藤は、この基準から、森鷗外の『舞姫』（一八九〇年）を「わが国最初の「近代妊娠小説」」だと看破し、さらに芥川龍之介が酷評したことでも知られる島崎藤村の『新生』（一九一九年）を「今日に残る「出産系」の名作」と規定した。このように本書は、日本近代文学のしかつめらしい構図と歴史をシニカルに茶化しながら、これまでのカノン（正典＝古典的名著としての価値観）を転覆し、新しい小説史へ、刺激的なパースペクティブを提供する。一見軽やかな、しかし切り込み深い論著である。

だが私にとってより興味深いのは、斎藤が展開する「妊娠小説」論のスキームを参照することで、この本には論じられていない日本古典文学の構図といくつかの風景が、まったく別の光で照らし出されることである。たとえば『源氏物語』（以下『源氏』とも表記）にも、「赤ちゃんができたらしいの」という「受胎告知」を想起させる、「妊娠小説」顔負けの著名な二つの場面がある。しかもそれは、遠く離れた場面に配置され、時間も状況も異にするエピソードでありながら、それぞれ密接に呼応し合って、物語の基軸を支えているのである。

2 『源氏物語』の妊娠小説――その一 桐壺帝・光源氏・藤壺

その一つは、『源氏物語』第一部の若紫の巻にある。若紫巻は、その始まりに、まだ一〇代の光源氏が「十《とを》ばかりにやあらむと見え」る紫の上を垣間見て、初々しい恋心を抱く場面を描く。この構図を描く多くの「源氏絵」（『源氏物語』の場面を描いた絵）が残されていることから知られるように、『源氏物語』の中で、もっとも人気のあるシーンの一つである。ところがその時、光源氏は、愛らしい幼女の面ざしに、父桐壺帝の後妻・藤壺の面影を透かし、義母へのあこがれをあらためて強く喚起されていた。藤壺は、じつは紫の上の父の妹で、叔母にあたり、その類似には根拠がある。

しかし若紫巻は、若き光源氏に宿った紫の上への純情な思いの描写とは裏腹に、光源氏が藤壺に対して抱き続ける、厄介な積年の思いを果たす場面を描くことになるのである。

それは「藤壺の宮、なやみたまふことありて」、体調不良で藤壺が宮中を退出した時のことだ。光源氏は、「かかるをりだにも」と気もそぞろ、「昼はつれづれとながめ暮らして、暮るれば、王命婦を責めありきたまふ」。このチャンスに、なんとか仲介してくれ、と責められた王命婦という女房が、手はずを付け、「いかがたばかりけむ、いとわりなくて見たてまつる」。光源氏は、強引に、藤壺と逢瀬を果たした。ただし藤壺の心内語に「あさましかりしをおぼしいづるだに、世とともの御もの思ひなるを」と過去の衝撃的な邂逅を思い出す言葉がある。物語には描かれていないが、二人の密通は、どうやら初めてのことではなかったらしい。

しかし物語は、その初会ではなく、この「あやにくなる短夜」についてのみ、嫋々と叙述する。それには理由があった。藤壺はこのあと、「なやましさもまさりたまひて」体調の異変に気付き、妊娠を覚知するからである。あの「短夜」……、彼女には光源氏と二人だけが知る、秘密の心当たりがあった。「人知れずおぼすこともありければ、心憂く、いかならむとのみおぼし乱」れ、とうとう「三月《みつき》になりたまへば、いとしるきほどにて、人々見たてまつりとがむる」。藤壺はあの夜、夫である帝ではなく、その子光源氏の子を宿してしまったのである。

ただし、ヒーロー光源氏への「受胎告知」は、「これ見よがし」の「宣告」ではなかった。それは、ブッダや聖徳太子が母に受胎した時のように、「夢」で果たされる。ただし母への告知ではない。父の夢であった。藤井由紀子「〈懐妊をめぐる夢〉の諸相」[2015]は、懐妊譚の夢について、古代・中世の説話と物語について広範かつ詳細な調査を行い、「本朝の説話集に見られる懐妊譚の霊夢は、基本的には、聖なるものと母との、他者を介さないダイレクトな交渉を示すものであ」り、「聖母マリアの処女受胎に代表される、「より広い「感精譚」と呼ぶ話型」（＝河東仁［2002］『日本の夢信仰』の説を援用、引用者注）の系譜に連なる」ことを確認する。その上で、原則は母の夢として果たされる受胎告知が、『源氏物語』を契機として「父の夢」に変わってしまうことを指摘し、そして「それは、〈密通〉による懐妊を示す夢なのである」と論ずる。

『源氏物語』を見てみると「中将の君（＝光源氏）も、おどろおどろしうさま異なる夢を見たまひて、合はする者を召して問はせたまへば、及びなうおぼしもかけぬ筋のことを合はせけり」と語る。この夢合せのプロットは、男の側の人知れぬ孤独を浮かび上がらせ、従来の伝承や物語では母にもたらされるのが原則の受胎告知とは、焦点の当て方も対比的で印象的である。そして彼は、夢合わせによって、密通による妊娠という畏れ多い事実を知るのである。

この恐ろしい姦通による「望まない妊娠」で「青くなってあわてふためく」のは、ヒーローだけではない。秘密を共有するヒロイン、藤壺の方が、より深刻である。それを象徴するシーンがある。藤壺から生まれ出でた子の認知をめぐって、父・桐壺帝は、自分の子であると、疑いもしない。その美しさが〈兄〉光源氏にそっくりだと、当の光源氏と藤壺に自慢して、真実を隠す二人を恐懼させる場面である。

例の、中将の君（＝宮中に参上した光源氏）、こなたにて御遊び（音楽）などしたまふに、抱《いだ》き出でたてまつらせたまひて、「御子《みこ》たちあまたあれど、そこをのみなむ、かかるほどより明け暮れ見し。されば思ひわたさるるにやあらむ、いとよくこそおぼえたれ。いとちひさきほどは、皆かくのみあるわざにやあらむ（＝子どもは多くいるが、お前だけを、こんな年端の頃から、一日中、目を離さず慈しんだ。だから自然とそう思うのかな、この子は、お前のあの頃とそっくりだ。小さい頃は、みなこんなものなのかな？）」とて、いみじくうつくし（＝可愛いい）と思ひきこえさせたまへり。中将の君、面《おもて》の色かはるここちして、恐ろしうも、かたじけなくも、うれしくも、あはれにも、かたがたうつろふここちして、涙おちぬべし。物語などして、笑《うちゑ》みたまへるが、いとゆゆしううつくしきに、わが身ながら、これに似たらむはいみじういたはしうおぼえたまふぞ、あながちなるや。宮は、わりなくかたはらいたきに、汗も流れてぞおはしける。中将は、なかなかなるここちの、かき乱るやうなれば、まかでたまひぬ。

（紅葉賀巻）

これは、突っ込みどころ満載の名場面だ（荒木［２０１４］『かくして『源氏物語』が誕生する』「はじめに」など参照）。本章後段でも、あらためて言及することになるだろう。『源氏物語』の優れた英訳者であるローヤル・タイラーが、傍点部の光源氏の動揺を「go pale」と英訳していることを指摘しておこう。光源氏は文字通り「青くなってあわてふため」いた様子で描かれていた。

3 『源氏物語』の妊娠小説——その二　光源氏・柏木・女三の宮

あれから二〇年以上が過ぎ、「赤ちゃんができたらしいの」という恐怖の告知が、引き写しのように繰り返された。今度は立場を変え、取り残されるのは光源氏の方である。第1章で概観したように、かつて頭中将と呼ばれた光源氏のライバルの息子・柏木が、源氏の兄・朱雀院から賜った後妻（正妻葵の上は早世している）と密通をして、妊娠させてしまうのである。

女三の宮もまた、紫の上のように、藤壺の姪（母が異母妹）である。それ故に、当初は、光源氏にも結婚を望む気持ちがあった。しかしいざ迎えてみれば、若々しいだけのその様子に、彼はつとに失望していた。ところが柏木もまた、ひそかに女三の宮の降嫁を願っていたのである。柏木は、すでに四十の賀を終えた初老の光源氏へ彼女がわたることを悔しく思い、依然、思いを強く潜在させ続けていた。

折しも光源氏の大邸宅・六条院で行われた蹴鞠の折、格好の機会が訪れた。第1章でも〈ツナグ〉イメージの例示として概観したように、猫のいたずらである。「唐猫のいと小さくをかしげなるを、すこし大きなる猫追ひ続きて、にはかに御簾のつまより走り出づるに」、追かけっこの果てに、「猫は、まだよく人にもなつかぬにや、綱いと長く付きたりけるを」、その綱が引っかかって、「逃げむとひこしろふほどに、御簾のそばいとあらはに引きあけられ」、すっかり中が見えてしまう。柏木は、部屋の中に「几帳の際《きは》すこし入りたるほどに、袿《うちぎ》姿にて立ちたまへる」女三の宮の姿を、「姿つき、髪のかかりたまへる側目」まで、「夕影なればさやかならず」とはいえ、垣間見てしまった。そして彼は、一目惚れして本当の恋に落ち、病いのように、思いを募らせていくのである（若菜上巻、同下巻冒頭）。

それから四年の空白を経て、柏木は、小侍従という女房を責め、光源氏不在の折に「何心もなく大殿籠りにける」女三の宮の居所に忍び込んで近づき、光源氏の来訪かと勘違いして目覚めた彼女を抱きしめる。柏木は篤く口説いて思いを伝えた。そして「なかなかかけかけしきこと（＝好色めいたこと）はなくて止みなむ、と思ひしかど」、その激情を抑えることはできなかった。彼は女三の宮の高貴な美しさに魅せられ、「さかしく思ひしづむる心も失せて、いづちもいづちも率て隠したてまつりて、わが身も世に経るさまならず、跡絶えて止みなばや、とまで思ひ乱れぬ」。もう、どうなってもいいと、ついに思いを遂げ、やがてあの猫の夢を見る。「ただいささかまどろむともなき夢に、この手馴らしし猫の、いとらうたげにうち鳴きて来たるを、この宮にたてまつらむとて、わが率て来たるとおぼしきを、何しにたてまつらむと思ふほどに、おどろきて、いかに見えつるならむと思ふ」。まるでロレンツォ・ロットの『受胎告知』に描かれた猫のようだが、このいささか曖昧な猫の「夢」こそ、光源氏がかつて藤壺の時に見たような、「受胎告知」の夢であったことが後にわかる。

密通を犯した柏木は、「青くなってあわてふためく」。それは帝より怖い、光源氏への恐れであった。

「帝の御妻をも取りあやまちて、ことの聞こえあらむに、かばかりおぼえむことゆゑは、身のいたづらにならむ、苦しくおぼゆまじ」——天皇の妻を犯して、この身を台無しにしたとしても、これほどの苦しみはない。「しかいちじるき罪にはあたらずとも、この院（＝光源氏）に目をそばめられたてまつらむことは、いと恐ろしくはづかしくおぼゆ」。光源氏の指弾こそ、果てしなく恐ろしいことだ……。

そして女三の宮の妊娠が発覚した。光源氏は、彼女がルーズに措き散らかした柏木からの恋文を見て、その不貞を知る。光源氏は、六条院の試楽に訪れた二〇代の柏木を「さしわきて、空酔ひをしつつ」——酔っ払ったふりをして自らの老いを茶化しながら、諷して見やった。すでに深く恐れを抱いていた柏木は、「たはぶれのやうなれど、いとど胸つぶれて」、抑圧を感じ、やがて重病を患う（以上若菜下巻）。

図3　ロット『受胎告知』（1527年頃、レカナーティ市立絵画美術館）

薫が生まれた。苦悩する女三の

宮は、父の朱雀院に懇願して出家を果たす。それを知った柏木は絶望して、ついに死んでしまうのである。

薫の五十日《いか》の祝いの時、光源氏は、薫をその手に抱きながら、結局のところ同じ立場となった、父桐壺帝へと思いを馳せる（柏木巻）。かつて柏木と女三の宮の密通を知った光源氏は、私と藤壺とのあの時、亡父も「御心にはしろしめしてや、知らず顔をつくらせたまひけむ」（父は、本当はすべてを知っていて、知らんぷりをしていたのではないか）と畏怖しつつ回想したが（若菜下巻。前掲荒木［2014］「はじめに」参照）、生まれ出た薫を抱いて、光源氏は、深い懐疑と懺悔にさいなまれ、「おまえの父と同じ轍を踏まぬように」と詠んだ白居易の「自嘲」を口ずさむ。近時、徳川美術館・蓬左文庫開館80周年記念特別展「全点一挙公開　国宝　源氏物語絵巻」（二〇一五年一一月）のX線調査でその書き換えの痕跡が話題になった、『源氏物語絵巻』柏木巻の著名な場面である（同図録、および荒木［2018］「出産の遅延と二人の父」参照）。

こうして光源氏物語の中核には「妊娠小説」的なプロットが二つ、重要な意味を持って連関し、存在していた。それは、密通で生まれた不義の子の懐妊が、本当の父に、夢告の形で知らされるという新しいプロットを含んで実現する。まさしく物語史における創出であり、また新たなひながた——文学伝統となった。

私見では、この二つの光源氏譚造形の中核に、結婚と出家をめぐる、ブッダ伝の参照があると考えている。ブッダの伝記にも、重大な「妊娠小説」的要素が潜在していたのである。以下にそのことを確認していこう。

4　ブッダ伝と光源氏

光るように美しい皇子・光源氏の造形には、金色に光る美しい王子であったブッダの伝記（仏伝という）が深く関係している。その詳細は、以前論じたことがある（前掲荒木［2014］第六章「〈非在〉する仏伝――光源氏物語の構造」）。また丘山万里子も独自の視点で仏伝を読み解き、『源氏物語』との類似点に言及している（丘山［2010］）。

私見では、とりわけその影響は、『源氏物語』第一部で、光源氏が栄華の象徴として築き上げる、六条院の造形に象徴される。皮肉なことに、柏木が女三の宮を垣間見、また破滅の死へ向けて、光源氏に揶揄されて睨まれたのも、この邸宅であった。

ブッダと光源氏との関係を、これまで私が論じた考察を踏まえて敷衍しつつ述べれば、以下の通りである。

六条院は、四町にわたる寝殿の集合体として構築された。四ブロックの右下・東南を春の町の館とし、以下時計回りに、西南の秋の町、西北の冬の町、そして東北の夏の町と配置される。それぞれの館には、季節を象徴した光源氏ゆかりの女性たちが住んでいる。

春の町は、最愛の紫の上と明石姫君（光源氏の娘）。のちに女三の宮が降嫁する。左隣の秋の町は、秋好《あきこのむ》中宮（六条御息所の娘、光源氏の実子冷泉帝の中宮）。その北の冬の町は、明石の君（光源氏の愛人で明石姫君の母）とその母尼君。そして右隣の夏の町には、花散里（光源氏の側室、父桐壺帝の妃・麗景殿女御の妹）、夕霧（光源氏の長男）が居り、のちに玉鬘（光源氏の愛人夕顔の娘）が加わる。

光源氏は春の町に住み、そこは「生ける仏の御国」（タイラー訳では文字通り「the land of a living buddha」と記す）と呼ばれた（初音巻）。野分巻で源氏は、春の館を出て、春→秋→冬→夏とめぐって秋の大風（野分）の被害を見舞う。つまり物語の文言は、光源氏をこの世に生きるブッダと描き、そのブッダたる光源氏が「春秋冬夏」という、奇妙な四季循環（春夏秋冬でも東西南北〈春秋夏冬〉でもなく）を体現する。そしてそれは、光源氏の愛する女性たちと一体的な時空であった。

こうした四季の邸と女性の配置は、ブッダ伝を応用して初めて、全的に解明できる。たとえば前章で触れたように、一二世紀の『今昔物語集』は、『過去現在因果経』などに遡る漢訳仏典を踏まえつつ、冒頭の三巻で、日本語で初めての組織的なブッダの伝記を描き出す大事な作品だが、『今昔』の描く出家前のブッダは、女性を厭い、正妻の耶輸陀羅（ヤショーダラー）さえも十分に愛することができない。彼は厭世の思いを固め、いつしか出家を欣求する。『今昔』の巻一第四話では、ブッダはその夜、三つの不吉な夢（月が地に堕ちた夢、牙歯が抜け落ちた夢、右の臂を失った夢）を見て不安を訴える妻・ヤショーダラーをなだめ、ふたたび眠りに就かせると、ひそかに城を出て、修行の旅に出発した。

ところが、この巻一第四の説話では、出家の夜の妻の夢の逸話に直続して、彼には三人の妻がいて、と語り出す。ブッダには三人の妻がおり、それぞれを、季節ごとの「三時殿」に住まわせたという、女嫌いと相矛盾するような、別系列の内容を併記して、ブッダのポリガミーを語る。『今昔』が独自に挿入したこのエピソードは、接続の文脈がやや不自然だし、それまで依拠してきた『過去現在因果経』などとは、出典も異なるようだ（本田義憲［2016］参照）。私たちの常識的なブッダイメージからは違和感があるが、伝承自体はめずらしいものではない。後述するように『ジャータカ』の因縁物語にも遡源するものである。

「三時殿」とは、苛烈な北インドの季節を三季に分かち、季節ごとに快適な住まいに暮らす、という考え方による。たとえば、唐から天竺に渡った三蔵法師玄奘の見聞・知識を誌し留めた『大唐西域記』（原漢文）は、「如来の聖教」（仏の説く経文）では、「歳を三時に為す」と説明する。すなわち「正月十六日より五月十五日に至るまでは熱時」、「五月十六日より九月十五日に至るまでは雨時」、「九月十六日より正月十五日に至るまでは寒時」という（原漢文）。まず夏。そして雨季のような（温かい、もしくは涼しい）時期があって、寒い冬が来る。一六日から始まるのは、インドでは、満月から月を読むからだという。ただし玄奘は「或は四時と為す。春・夏・秋・冬也」と付記し、中国的な四季観も書き添えるが、最初に誌した北インドの三時は、東アジアの四季から見れば、温（暖）＝春／涼＝秋・寒＝冬・暑＝夏と引き当てられることになるだろう。

実際に「春・秋・冬・夏」の「四時殿」を描く経典もある（『修行本起経』）。それは、春から秋、冬から夏、そしてまた春へ戻るという、六条院の奇妙な季節配置の循環と合致する。そしてブッダの邸宅も、六条院と同様、季節ごとにそれぞれ女性（妻）が配される。それが三（四）時殿存立の基本であった。

こうして、春秋冬夏という季節循環と、四季の館ごとの女性の帯同という『源氏物語』六条院の主眼が、ブッダ伝の援用によって、明確で一体的に説明される。以上は、前掲した拙著『かくして『源氏物語』が誕生する』第六章の一部の祖述である。

ブッダは、三時殿と妻を捨てて出家し、悟りを求めて完遂した。しかし『源氏物語』第一部は、六条院を、俗人・光源氏の人生の栄華の完成に位置づけている。光源氏は、最初の正妻・葵の上を失ってから、永遠に出家を願望しつつ、生前の表舞台の物語に描かれた範囲では、ついに果たされない。物語が宇治十帖まで進み、宿木巻で、ようやく今は亡き光源氏晩年の出家生活が回想される、という設定だ。むしろ、その未完成を主題として物語を生きる。

『源氏物語』は、主人公の造形において、四季の邸宅と愛する女性たちをブッダのように捨て、完全なる聖人を志向するのではなく、その反対へと向かう。物語第一部のハッピーエンド構築において、源氏は、むしろ愛する人の範囲を拡げ、それをすべて六条院に集約しようとする。物語は、出家への求道者ではなく、究極の栄華の俗人としての光源氏を描いて、仏伝とはまさにあべこべである。本質において双子のような、ブッダと光源氏には、そういう逆さまの照応がある。

5　ブッダ伝と「妊娠小説」

こうした照応が、『源氏物語』の内奥ばかりではなく、逆に、ブッダ伝の陥穽をも映し出す。それが「妊娠小説」というプロットの潜在である。ブッダは、妻との間に、羅睺羅（ラーフラ）という一子をなした。しかし、仏典を見ると、その出生には衝撃的な噂があった。ラーフラは、母の不倫によって懐妊した、という懐疑である。

日本で尊重された龍樹の『大智度論』（原漢文）は、『羅睺羅母本生経』を引いて次のように説明する。太子（ブッダ）には二人の夫人がいた。耶輸陀羅（ヤショーダラー）はそのうちの一人で、羅睺羅（ラーフラ）の母であった。菩薩（ブッダ）が出家した夜、彼女は妊娠を自覚する（「自覚妊身」）。ところがブッダは出家してしまい、六年間の苦行に入っていた。不思議なことに、ヤショーダラーもまた、その六年間、懐妊したまま「不産」であったという。釈迦族の人々は、「菩薩は出家したのに、なぜ妊娠をしたのか」と詰問した。ヤショーダラーは、「私は何の罪も犯していない。私が孕んだこの子は、間違いなく太子の子です」と反論する。人々が「ではなぜいつまでも産まれないのだ」と追って詰ると、ヤショーダラーは「私には分かりません!」と応えた。そしてブッダの苦行が終わり、出家後六年を経たブッダが成仏(=成道)した夜、ようやく一子・ラーフラが生まれたという(原漢文)。

人々の疑いは無理もなかった。出家前のブッダの道心ぶりは徹底していたからである。既述のごとく『今昔物語集』など、日本でブッダ伝を読み、記述する際の基礎原典ともなった重要経典『過去現在因果経』――奈良時代の『絵因果経』がよく知られているだろう――によれば、太子は、妻との「夫婦道」が不在で妓女に近づくこともなく、ただ世を厭うばかりだった。そんな太子を「不能男」かと憂え、せめて国のために跡継ぎの一子を残してくれと願う父王の言葉とその気持ちに応え、太子は、仰せの如くとその場で妃の腹を左手で指し、懐妊が果たされた、というのである。なお日本の中世の仏伝の中には「右ノ御手」で腹を指す、とするものもある(一四世紀成立『釈迦如来八相次第』真福寺善本叢刊)。「左手」とする『過去現在因果経』以下と異なるが、「太子即以右手指其妃腹。便覚有娠」とする南宋の仏教史書『仏祖統記』巻二「出父家」の所説に従っている(同書巻三十四にも略述)。単なる訛伝ではない。インドでは右を清浄な手、左を不浄な手とする。そのこととも関係していようか。

『過去現在因果経』の異訳とされる『太子瑞応本起経』の伝えるところでは、「傍側侍女」はみな「不能男」の「疑意」を抱いた。そこで太子は、妻の腹を指して言った。「六年後にあなたは必ず男の子を産む」と。そして妻は妊娠した(「太子以手指妃腹曰。却後六年。爾当生男。遂以有身」)という。日本の中世一四世紀の仏伝資料『教児伝』(「天野山金剛寺善本叢刊」第一期『第

二巻　因縁・教化』所収）によれば、かつて太子を愛して戯れた女房たちは、彼の「御隠所ニハ」「白蓮花コソイックシク出生」していたとはやし立て、子供の父が太子なんてことはありえない、と非難したと伝える。漢訳仏典『雑宝蔵経』（前章で言及した仏教百科事典の道世『法苑珠林』にも引く）によれば、ヤショーダラーの妊娠を知った宮中の侍女たちは、一斉に口を極めて彼女を辱め、「怪哉大悪耶輸陀羅」となじった。電光という、ヤショーダラーの叔母の娘は、彼女の不貞は親の家を辱め台無しにする行為だと罵った、という。

ところで『大智度論』の引く説話には続きがあった。ヤショーダラー不貞の批判に反論し、父王に進言する女性が登場する。ブッダのもう一人の妻クビヤである。クビヤは、自分はいつもヤショーダラーの側におり、彼女の無実を知っている。子供が生まれるのを待って、その子が父ブッダに似ているかどうかを見てから判断しても遅くない（「願寛恕之。我常与耶輸陀羅共住、我為其証、知其無罪。待其子生、知似父不、治之無晩」）と王に助言する。王は彼女の意見を受け入れ、寛容に結論を待つことになった。そして六年が経ち、ラーフラが生まれた。彼がブッダにそっくりだったので、父王は安堵し、群臣にその旨を語った（「王見其似父、愛楽忘憂。語群臣言、我児雖去、今得其子、与児在無異」）という。

不義を疑われて生まれた子ラーフラと、本当の父？　ブッダとの類似を父王が納得し、ブッダ父子の実在を証すこの構造は、ふたたび『源氏物語』を引き寄せる。去る二月に藤壺は出産した。秘密も知らず、何も疑わない父桐壺帝が、本当は光源氏と藤壺との間に生まれたその子

（のちの冷泉帝）を抱き上げて愛でる、紅葉賀巻の場面である。

四月に内裏《うち》へ参りたまふ。ほどよりは大きにおよすけたまひてやうやう起きかへりなどしたまふ。あさましきまで、まぎれどころなき御顔つきを、おぼし寄らぬことにしあれば、またならびなきどちは、げにかよひたまへるにこそはと思ほしけり。……かうやむごとなき御腹に、同じ光にてさし出でたまへれば、疵《きず》なき玉と思ほしかしづくに、宮（＝藤壺）はいかなるにつけても、胸のひまなく、やすからずものを思ほす。

（傍点著者）

かわいい盛りだ。帝はかつて藤壺と、母を亡くした光源氏を、「限りなき御思《おほん》ひどち（＝自分にとって愛する者同士）」（桐壺巻）と呼んだ。今度は、まぎれることがないほどそっくりな光源氏と赤児を見比べて、知らないこととはいえ、「ならびなきどち（＝比類無く美しい者同士）」はそっくりに生まれ育つものだな、などと考える。

この叙述は、父・桐壺帝が、ほら、おまえにそっくりだろう、と我が子を自慢して光源氏に見せつけ、密通して不義の子をなし、その秘密を共有する二人が「青くなってあわてふためく」、あの場面の大事な伏線として接続するのである。

……「御子《みこ》たちあまたあれど、そこをのみなむ、かかるほどより明け暮れ見し。されば思ひわたさるるにやあらむ、いとよくこそおぼえたれ。いとちひさきほどは、皆かくのみあるわざにやあらむ」とて、いみじくうつくしと思ひきこえさせたまへり。中将の君、面《おも》の色かはるここちして……わが身ながら、これに似たらむはいみじういたはしうおぼえたまふぞ、あながちなるや。……

（紅葉賀巻）

こう並べると『源氏』の叙述は、ブッダの父が、六年も経ってようやく生まれたヤショーダラーの子供を、ブッダとそっくりの容姿だから、その実子と認めたという、あのありえないエピソードのパロディのように見えてくる。しかし『源氏物語』におけるその類似は、帝を除く関係するすべての人々にとって、より大きな悩みの始まりであった。

じつはブッダの場合も、親子の類似は、本当の解決にはならなかった。『大智度論』所引説話では、父の王は、生まれたラーフラがブッダに似ていたことをもって我が孫と認め、ヤショーダラーはひとまず罪を免れた。しかし依然「悪声満国」だったという。王のいささか甘い認定だけでは、彼女の不義の噂を絶やすことはできなかったのである。

その噂の背景に、ブッダの従兄弟、またはヤショーダラーの兄弟ともいう、デーヴァダッタ（提婆達多）の存在もあった。デーヴァダッタは、ブッダ成道後、ヤショーダラーを誘惑し、彼女はこれを拒絶した、という伝承もある（『根本説一切有部毘奈耶破僧事』巻第十）。

前に引いた『雑宝蔵経』は、より烈しい説話を記している。ヤショーダラーとその子の処罰のために、穴を掘って火を燃やし、母子ともにその火坑に投げ入れてしまえ、という決議がなされたのだ。悲嘆したヤショーダラーは、「この子は、決して他の男との子ではない。六年間私の胎内に留まっていた。私のいうことが嘘であれば、炎が私の身を焦がし、もし正しければ、この火は消滅するだろう」、そう言って彼女は、我が子を抱いて火中に入る。すると、火はたちまち清らかな池に変じ、母子はその蓮の上にいた。そしてようやく彼女は、その不倫の疑いを晴らしたと伝えている。

『大智度論』所引説話の展開は違う。ヤショーダラーの「悪声」が払拭されるのは、ラーフラが七歳になり、ブッダが母国カピラヴァストゥに戻ってきた時のことである。親子の証明のため、母に命じられたラーフラが「歓喜丸」という特殊な薬食を持って父に近づく。ところがブッダは、他の五百羅漢と同じ姿に変じて紛れていた。そんなブッダをラーフラは見事に発見し、歓喜丸を捧げることができた。それが親子の証明であった。

このように、ブッダの子ラーフラの出生は、ヤショーダラーの不倫をめぐる「妊娠小説」の要素を根深く潜在させる。しかもそれは、ほとんど『源氏物語』の先蹤であった。もちろんブッダの「妊娠小説」問題は、母子ともに厳しいイニシエーションを経て、聖的なやり方で解消された。多くの仏伝経典が説くように、ブッダは、その名のとおり、最高の悟りを得るべき存在だったからである。彼が生まれた時、バラモンやアシダ仙人によって予言がなされた。彼には、在家として理想の王となるか、それとも出家して悟りを得るか、二つの可能性が開けていたという。しかしいずれの予言者も、彼は疑いなくブッダになるべき人だと断じた。ブッダは、運命付けられた教祖であった。

対する光源氏には、幼子の時、高麗《こま》の相人によって、あたかもブッダの占いを裏返すかのような予言が与えられた。帝王の上無き位に就けば国を揺るがし、臣下となって王を補弼しても相応しからぬ、というのである。それは究極の二重否定・ダブルバインドの謎かけで、ブッダの二つの占いの反転であることを暗示する。なのに光源氏への占いには、出家という選択肢が描かれない。そして物語上の彼は、出家を希求して果たされず、裏返しのブッダとして生きることになる。光源氏が受け止めたブッダ「妊娠小説」の独自展開も、このコンテクストからごく自然に理解されよう。

6 『源氏物語』と羅睺羅懐胎との直接的関連

しかし概観するところ、現在の注釈書や研究書には、このようにブッダ伝の「妊娠小説」を前提に『源氏』を読解することはない。歴代の『源氏物語』の読者には、こうした構図は伝わっていなかったのだろうか。いや、そうでもない。中世には、類似した読み取りをした明確な痕跡がある。

たとえば、藤壺と光源氏の間に出来た皇子（後の冷泉帝）の出生（紅葉賀巻）をめぐる解釈について、ブッダ伝の妊娠が引き合いに出されることがあった。『源氏物語』の中世の注釈書である『原中最秘抄』という書物である（一三六四年成立、「源氏物語大成」他に所収。河内方の所説をまとめている）。『原中最秘抄』は、『源氏物語』紅葉賀巻の「二月十ヨ日ノホトニオトコ宮ムマレ給ヌ」（二月十余日に男の御子が生まれた）という本文を提示して解釈し、若紫巻の光源氏・藤壺の密通と妊娠から、この出産まで、「然間彼懐孕ノ始ト皇誕生ノ今ヲ勘ニ年ハ三ヶ年月ハ廿六月ナリ」と計算する。冷泉は、足かけ三年の懐妊で、二六カ月経って生まれた、というのである。この奇妙な計算は、次のような巻の年時を追いかけた結果らしい。

・若紫巻春の末（中略）三月《ミツキ》はかりになれは……　〉1年
・末摘花巻にそのとしくれ歩《ウツリテ》春になりぬ。　〉1年
・紅葉賀の行幸は神な月なり其年くれ春たちて源氏君朝拝に……　〉1年
・この月〈正月也〉はさりともと待につれなくてたちぬといひて同二月十余日のほとに…　〉2カ月

…

平井仁子は、巻ごとの関係をこのように図示し、「この各巻にある年の代わり目に関する叙述を物語の順に忠実に追うと、冷泉院は懐妊後二年二カ月にして生まれたということになるのである」（平井［1976］）と説明している。

『原中最秘抄』の編集者・行阿は、この驚くべき事実はこれまで誰も気付かなかった。私は七〇になるまでいくどもこの物語を読み享受してきたが、この発見が一番のものだ、と胸を張る。そして行阿は、「和漢先例条々」を次のように挙げている。

応神天皇御母、神功皇后、御懐妊八年……
聖徳太子母、后経二御懐妊十二月一……
武内大臣……被二懐妊一事六十年……
昔時《ソノカミノ》瞿夷《クイ》、今日耶輸《ヤシユ》乃是、天女也。耶輸陀羅之子、羅睺尊者ハ、佛出家之後六年而誕生。
大臣等疑之一日、耶輸陀羅懐《イダイテ》レ子投《ナクル》レ火ニ、全不レ焼。

最後に挙げられた漢文の前例が、これまで参照してきたブッダの子ラーフラの六年懐胎説である。この記述は、先に引いた『雑宝蔵経』もしくは同経を引く『法苑珠林』に重なり、『教児伝』にも類似した一節がある。ただし厳密には、注意すべき相違点もあるので、詳しくは別の視点で論じた「出産の遅延と二人の父」（荒木［2018］）を参照されたい。

しかし、このように巻序の時間をそのまま年月に置き換える年数計算の方法は、後世の碩学、一条兼良（1402-1481）によって完璧に否定された。兼良は『源氏物語年立』（一四五三年成立）を表し、序で、次のように述べている。

漢家の詩文には、年譜目録といふものありて、所作の前後昇進の年月をかうがへみるに、その便をえたり。しかるに源氏物語五十四帖において、諸家の注釈これおほしといへども、いまだ一部のとしだちをみす。これによりて、冷泉院の御誕生、つねの人にかはる事なしといへども、旧説に三年胎内にましますといへり。

又かほる大将の昇進、たけ河紅梅よりのち宇治の巻のうつりに、相違のことおほし。水原河海の諸抄にも、筆をさしをき侍りき。いま愚意のおよぶところ、いさゝか詩文の例になぞらへて、五十四帖のとしだちをしるす。

そのうちきりつほよりまほろしの巻までは、光君の年齢をもて巻をさだめ、匂の巻より宇治十帖にいたりては、薫大将の昇進をもて段々をわかてり。（下略）

（国立歴史民俗博物館蔵貴重典籍叢書所収『源氏年立抄』より引用。傍点著者）

中国の詩や文章には、年譜・目録というのがあって、その作品の内容・年次などがわかるようになっているものだ。しかしこれまで『源氏物語』について、そうした年表を作ったものがいない。そう不満を漏らす一条兼良は、自分が初めて試みることだとして、物語の構造を読み取り、年表を作成した。兼良は、物語の巻ごとの年数には重複があるので、主人公の年次に着眼して、それぞれ整理して理解するべきことを説く。桐壺巻から幻巻までは、光源氏の年齢を基準に、雲隠巻を挟んで光源氏没後の匂兵部卿（匂宮）巻以降は、薫の出世年次を年表の筋立てとする。「年立（としだて／としだち）」という考え方の提案である。今日の物語読解の基礎となったものだ。傍点を振ったように、兼良が従来の誤った年数計算のやり方の象徴として取り上げたのが、先の冷泉院の三年懐胎説であった。兼良の『源氏物語年立』紅葉賀の当該部では、次のように記している。

・二月十余日藤壺女御御産男子事　／冷泉院是也
／去年四月、藤壺里居之比、与源氏有蜜通事、則懐妊乃事あり。

それよりことしの二月までは十ヶ月満也。

然を原中秘抄（＝『原中最秘抄』）に、横竪の年紀を知ずして、冷泉院は、三年胎内におはしますと思ひて、羅睺羅尊者、六年耶輸陀羅の腹に有し事を例にいだせり。大あやまれる事也。

ここでは、冷泉帝の三年懐胎説が、ヤショーダラーのラーフラ懐胎説との類比のみに集約して批判されている。この論法に注目したい。物語の叙述の理解としては兼良の述べる通りであろう。しかし一方で、兼良が目の敵にしなければならなかったほど、冷泉院の生誕とブッダの子ラーフラの誕生とが並んで語られた、当時の『源氏物語』読解の様子や歴史を、この言述は物語る。平井仁子はそのことを次のように評価している。

〔行阿は〕藤壺の御産〔冷泉院誕生〕の際二十六か月を費やしているとみて、古来この不思議を誰も指摘しなかったことを非難し、歴史上の先例を引用して神秘的な出産であると解釈している。この説は、やがて兼良によって徹底的に論破され、通常の一年余の出産とされるわけだが、「源氏物語」をこう読んでいたという史的証拠としては意義深い。巻序のとおり素直に並べて、年月もそれと同じく進行すると考えたこの「原中最秘抄」を一笑に付してしまうのは、早計ではないか。

〔前掲平井［1976］「「源氏物語」の時間」〕

敷衍すればそれは、『源氏物語』の根幹をなす「妊娠小説」のプロットの把握に、中世の『源氏』読者がブッダ伝を意識し、「こう読んでいたという史的証拠」ともなるだろう。

薫の場合はより直接的だ。光源氏の死を暗示する雲隠巻に続く匂兵部卿巻で、薫は、「幼《おさな》ごこちにほの聞きたまひしこと」（＝子供の頃、ほのかに聞いた、自分の父が光源氏ではなく、柏木であるという噂）について、「をりをりいぶかしう、おぼつかなう思ひわたれど、問ふべき人もなし」。とはいえ、それはさすがに、母の女三の宮には問いただすべきことのできない「かたはらいたき筋《すぢ》なれば」、ずっと自分の心のうちで、我が出生の秘密を気にかけていた。そうして薫は、ふと苦しい胸の内を独白する。いったいどうした因縁で、どんな契りがあって、こんな苦しい思いをまとう身に生まれ育ってしまったのか――「いかなりけることにかは。何の契りにて、かうやすからぬ思ひ添ひたる身にしもなり出でけむ。善巧《ぜんげう》太子のわが身に問ひけむ悟《さとり》をも得てしがな」と「ひとりごたれたまひける」（匂兵部卿（匂宮）巻）と。

「善巧太子」が我が身に問うたという、そんな悟りをも得てみたいものだ。この独り言の後半で出てくる「善巧太子」（河内本では「くいたいし（＝瞿夷太子）」）が誰を指すのか。古来難読箇所であるが、中世の古注釈では、この太子を「羅睺羅」と解し、例の、六年懐胎説と、大臣等がこれを疑ったこと、そしてその不名誉な疑いをはらすために、ヤショーダラーが子を抱いて火中に投げ入れ、無実の誓いを証明した、という説話を引く。藤原定家（１１６２－１２４１）の注釈書『源氏物語奥入』以来見られる説だが、鎌倉時代の『紫明抄』を経て四辻善成『河海抄』（室町初期成立）では異説も提示し、詳細に注解される（前掲荒木［２０１８、２０２０］参照）。中世の人々にとって、薫の出生とラーフラ、そしてヤショーダラー不貞説とを重ね合わせて読むことは、むしろ普通の読解であった。

こうした『源氏物語』受容をめぐる歴史的な痕跡は、ブッダ伝と『源氏物語』の関係の解明に、大事な史的意味を持つ。

7　南伝の伝承が示唆すること――ブッダ伝に秘められたもう一つの「妊娠小説」

『源氏』読者が意識したブッダの「妊娠小説」の側にも、興味深い異伝があった。ジャータカなど、南伝仏教においては、ブッダが出家する前に、すでにラーフラが生まれていたとする伝承が普通であることだ。出生を喜ぶ父の王から我が子の誕生を聞いたブッダが、「ラーフラ」(=障碍・束縛)が生じたと叫んで、それが命名の由来になったという。


「〈ラーフラの母〉が男子を出産された」ということを聞いて、スッドーダナ大王が、「息子(ボーディサッタ)にわしの喜びを伝えよ」と使いをやった。ボーディサッタはそれを聞いて、

「ラーフラが生まれた。束縛が生じた」と言われた。王は、

「わしの息子は何と言ったか」とたずね、そのことばを聞くと、

「これからのちは、わしの孫をラーフラ王子という名にしよう」と言った。

図4　タイ・チェンマイのWat Phra That Doi Suthepで（著者撮影）

（「遠くない因縁話」『ジャータカ全集』春秋社）

この南伝のブッダ（ボーディサッタ）は、出家する日の夜、「息子を一目見てこよう」と思い、「ラーフラの母」の寝室に向かった。すると彼女は、香気溢れる花々に埋もれるようにして「息子の頭に手をあてたまま眠っていた」。「ボーディサッタは敷居に足をのせて立ったまま眺め、『もし、わたしが王妃の手をよけてわたしの息子を抱けば、王妃は目を覚ますであろう。そうすれば、わたしが出立する邪魔立てとなるだろう。仏となってから、戻ってきて会うことにしよう』と考えて、高楼の露台からおりられた」（前掲「遠くない因縁話」）。そしてブッダは城を出る。「そのとき、ラーフラ王子は生まれて七日であった」と釈する古い『ジャータカ注解』もあるが、異説である。この逸話は「以上のことだけのものと理解すべきである」とジャータカ「遠くない因縁話」はまとめている。

本書の最初に誌したように、二〇一六年にしばらく滞在したタイのチェンマイやバンコクで、この場面を描いた図像をいくどか見た。たとえば図4に示したチェンマイの寺院で見た壁画（フレスコ、年代未詳）では、ベッドでラーフラを抱きながら安らかに熟睡する妻ヤショーダラーを、遠くから、思慮深げに眺める夫ブッダを描いている。

タイの当地では一般的だが、逆に、東アジアでは、およそ見られない画像であるらしい。ただし、南伝・北伝に広く目を配ってわかりやすく書かれた渡辺照宏『新釈尊伝』などを参照しながら確認すると、日本にも伝わった漢訳仏典の中で、『ブッダチャリタ』の漢訳で、よく読まれた『仏所行讃』には、出家時すでに、羅睺羅は生まれていた、との説が記される。また代表的な仏伝である『仏本行集経』には、羅睺羅の年齢をめぐって「五師」が提示した「異説」に「其の羅睺羅、生れて二年の後、菩薩、爾《そ》の時方《まさ》に始めて出家し」（羅睺羅が生まれて二年後、菩薩＝釈迦は出家し）と、出家前誕生説と関連する叙述が見える。ラーフラのブッダ出家前誕生説は、東アジアにおいて、もちろん日本においても、未知の説ではなかった（以上、荒木［2021］「釈迦の出家と羅睺羅誕生」など参照）。

出家前に、すでにラーフラは生まれていた。ならばヤショーダラーは無実だ。何の疑いも発生しない、ようにみえる。敬虔な仏教国であるタイで話を聞いても、ブッダとヤショーダラーの関係にいささかの疑念を抱く人はいない。ところが仏教学者の並川孝儀は、ブッダの出家と羅睺羅の誕生をめぐる、南伝と北伝との伝承の大きなずれについて、その背後に、次のような興味深い事情がありうることを示したことがある。

ラーフラが「日食と月食のラーフという悪魔性を有した者」という語義を持ち、太陽と月を呑み込む悪魔であることを考える時（中略）ラーフラという名は釈迦族の先祖である太陽神を呑み込む悪魔であり、釈迦族の家系を断ち切る悪魔性を有した者ということになる。ラーフラの出生にこの名が付けられたことは、この出生自体に釈迦族の家系を断ち切るほどの、或いは汚すという常識では到底考えられない事情が背景にあったと見做すべきであろう。（中略）

ラーフラの出生が釈尊の出家前の説の場合、この命名は釈尊の出家と関連したものであるという意義を有することになる。即ち、この立場はラーフラの命名に纏わる事情が釈尊の出家を促したのではないかという解釈を生む。（中略）

ここで、この命名の背後にある真意が何であったのかを探る一つの手掛かりを与えてくれるのが釈尊の成道時におけるラーフラ出生説での物語である。それは既述したように、ラーフラが釈尊の実子であることへの疑惑という驚くべき伝承の存在である。ヤショーダラーの釈明によって疑惑が晴れたと結ばれているものの、そこには実子ではないとの疑惑の伝承が間違いなく存在していたことだけは事実である。

成道が出家後六年であると考えるなら、常識的にラーフラは釈尊の実子であると理解することの方が問題である。この成道時のラーフラ出生説が実子の疑惑を伝えることを勘案する時、もう一つの伝承である出家前のラーフラ出生説の背後にある深刻な事情もこれと同質の問題として理解できるかもしれない。いずれにしても、ラーフラの出生が釈尊の出家前であったとしたなら、実子でないという可能性を孕んだ、このような事情を背景とした出生が出家の原因になったものと考えられる。

（並川［1997］「ラーフラ（羅睺羅）の命名と釈尊の出家」、傍点著者）

あえて朧化した表現で叙述されているが、つまりはブッダがなぜ出家したか。そのモチベーションについて、驚天動地の異説が提出されている。ブッダは、出家前に生まれたラーフラに対し、自分の子ではないだろうと疑念を抱き、家の断絶やケガレの現実に厭世して出家した、という可能性を論じているのだ。

ただし並川は、この論文を単著『ゴータマ・ブッダ考』に収録する際に、少し記述に修正を加えている。先に傍点を付した直接的表現は消え、次のような書きぶりとなった。対照されたい。

……それはゴータマ・ブッダの成道時にラーフラが出生し、実子ではないことを疑わせる驚くべき伝承の存在であろう。ヤショーダラーの釈明と奇跡によって疑惑が晴れるものの、実子ではないことを疑う伝承が流布していたことだけは間違いのない事実である。

ラーフラの出生とゴータマ・ブッダの出家との因果関係を論じるには、出生が出家の前と考えられなければならないが、そのように伝えられているのは南伝の資料と北伝の『ブッダチャリタ』のみである。しかし、南伝には実子でないことを疑う伝承はなく、上で論じた推測は成り立ちにくい。（中略）一方、ほとんどの北方伝承に見られる出家後六年の出生伝承と実子でないことを疑う伝承の間には、出生を出家の原因とする直接の関係は認められないが、ラーフラ出生の背後に深刻で重大な問題が孕んでいたのではないかということは指摘できよう。（下略）

（並川［2005］『ゴータマ・ブッダ考』一五〇頁）

右のように叙述することによって、ブッダ出家の隠された驚愕の事実を問う激しさは和らげられている。しかしそのことによって逆に、南伝と北伝と、ラーフラ誕生について相異なる伝承の間に横たわる矛盾点と解釈の可能性が、穏当で、よりクリアーに提示されている、と思う。ブッダの、いや仏教誕生の根幹を揺るがす、ラーフラの語義をめぐる教学論争の真偽はいま措こう。並川が仏典の文献学によってたどりついた上記解釈の流れと問題点のありかは、ブッダ伝というテクストの〈読みの可能性〉として、きわめて示唆的かつ有意義なものなのである。

すなわち日本など、漢訳仏典の読者は、ブッダの出家と妻の懐妊をめぐって、二つの〈妊娠小説〉を合わせ読みうる環境に恵まれていた。北伝に一般的な、ヤショーダラーにかけられた不貞の噂（六年の懐妊！）と、『仏所行讃』などに見える、出家時にはすでに悪魔の子・ラーフラが生まれ、それを見届けてブッダは城を出る、という逸話である。日本的思想風土の中で、ブッダ伝を相対化して読むことのできる批判的読者なら、この二つを併せて、並川が推定するようなコンテクストを紡ぎ出すことはたやすく、あるいは、自然であろう。

右の文献学を踏まえて斜め読みをすれば、ブッダの子とされるラーフラ（束縛し障碍する者、あるいは悪魔の子）は、不貞の子として唾棄すべきものではなかったか、という、それなりに確度の高い解釈の可能性、もしくは認識の環境が発生する。そして、その一人子を抱きしめて目を閉じる我が妻……。その子は本当に私の子なのか？　そう問いたくて問えず、不安そうに眺めるだけの夫。こうした図像学を、少し工夫して『源氏物語』に落とし込めば、先に言及した『源氏物語絵巻』柏木巻で、実子ならざる薫を抱きしめる光源氏が形象される。

ところが手塚治虫は、漫画『ブッダ』（潮出版社、講談社など）の中でこのエピソードを描き、子を抱きながら次のように祈りを込める、妻ヤショーダラーの独白台詞をこしらえた。

図5　タイ・チェンマイ、Wat Buak Khrok Luangの壁画（19世紀）（著者撮影）

あなたがこの子を見て
この国を出て
いってしまうなんて心が
どうぞ　どうぞ
消えますように……

手塚は、不安を噛みしめ我が子を抱きしめる妃を空想したが、南伝と北伝と、両方の説話を知る私たちにとって、疑心暗鬼の中で我が子を抱く役割は、父の方が相応しい。妻がもし心に思いを秘めていたとしたら、それはあたかも藤壺の悩みだろう……。ブッダの方は、我が子は、本当は実子ではない？　そんな疑念を胸に秘め、妃を眺めて子を抱くのを断念する光る王子として形象される。私もあの子を抱きたい。しかし……。そもそも妻の抱くあの子は、オレにとって何なのか。もちろん愛子であり、絆しであり、障碍であり…、悪魔の子？　たとえば図5を見ながらブッダの心の内にこんな葛藤を想像しても、ラーフラの語義として、そう間違ってはいないだろう。そしてブッダは、成道ののちにいずれ、と今晩は子を抱くことを諦め、眠りこける妻や侍女たちを一瞥して、「この国を出ていってしまう」。出家の旅の始まりである。

それは、露骨なほど、我が妻・女三の宮が柏木となした不義の我が子・薫を抱いて「自嘲」を呟く光源氏（前掲柏木巻、『源氏物語絵巻』）と、表裏してオーバーラップするだろう。光源氏はその時、三人の父――薫の実の父・柏木、光源氏の父・桐壺帝、そして自分を思い出すのだが、生きてこの世にいるのは、我が身・光源氏ただ一人、という皮肉な孤独である。

出家前に子をなしていた、とする仏伝を、たとえ『源氏物語』作者が知らなかったとしても――私はそう考えないが――、すでに根強い不貞出産説に彩られたブッダ伝の愛読者が、父に抱かれたその子が、じつは実子ではない、という物語の核心となる因子を、ブッダ伝から汲み取ることは、さほど難しいことではない。日本の古代・中世社会において、根幹的な役割を果たした宗教である仏教の教祖・ブッダの伝記の影響は、これまで以上に強調すべき、物語のひながたである。柔軟な物語的想像力を踏まえて、従来の枠組みに囚われない、多様で幅広い読み取りが必要であろう。

8 〈妊娠小説〉から夢の文化へ

ところでこれまで、懐妊告知の印象的な夢がいくつか出てきた。すでに触れたように『源氏物語』の場合は、密通をした男にもたらされる夢のお告げとして、先駆的な意味を持つ。しかし伝統的には、次のように、受胎告知を連想させる母の夢想として、懐妊が示されるならわしだ。

> 癸丑ノ歳ノ七月八日、摩耶夫人ノ胎《はら》ニ宿リ給フ。夫人夜寝給《たまひ》タル夢ニ、「菩薩六牙ノ白象ニ乗《のり》テ虚空ノ中ヨリ来《きたり》テ、夫人《ぶにんの》右ノ脇ヨリ身ノ中ニ入給《いりたまひ》ヌ。顕ハニ透徹《すきとほり》テ瑠璃ノ壷ノ中ニ物ヲ入《いれ》タルガ如《ごとく》也」。夫人、驚覚《おどろきさめ》テ浄飯王ノ御許ニ行《ゆき》テ此ノ夢ヲ語リ給フ。王、夢ヲ聞給《ききたまひ》テ夫人ニ語《かたり》テ宣《のたまは》ク、「我モ又如此《かくのごとき》ノ夢ヲ見ツ。自《みづから》、此事ヲ計フ事不能《あたは》ジ」ト宣《のたまひ》テ、忽《たちまち》ニ善相婆羅門ト云人ヲ請ジテ、妙《たへ》ニ香シキ花・種々ノ飲食ヲ以テ婆羅門ヲ供養シテ夫人ノ夢想ヲ問《とひ》給フニ、婆羅門、大王ニ申《まうし》テ云《いは》ク、「夫人ノ懐ミ給ヘル所ノ太子、諸《もろもろ》ノ善ク妙《たへ》ナル相御《おは》ス。委ク不可説《とくべから》ズ……
>
> （『今昔物語集』巻一第一）

右の出典は漢訳仏典で、さらに伝承自体は、原始仏教に遡る。人類の受胎・夢告譚の原型の一つとして、広く影響を与えているものである。図像としては、古代より、母の胎内に入る象の姿として形象される。古くは、夢であることを表すのに、象は、丸い輪の中にいて浮かんでいるような様子で描き出されるようになる。ネットの画像検索でも、すぐ見つかるが、私はそうしたレリーフを、二〇〇九年に大英博物館の常設展示で初めて見て、驚いた記憶がある。

そして後世、中国では（またその影響で日本も）、象に乗った釈迦の姿が、雲のような、吹き出しのような構図の中に描写され、夢見る母へと帰着する形で描かれるようになる。その雲は、やがて類型的なフキダシとして、枠取られるようになっていった。その図像学的・通時的考察については、たとえば入口敦志「描かれた夢――吹き出し型の夢の誕生」［2015］に詳細である。次章でも論じよう。

ところで先の説話を読むと、母だけが夢を見たのではなかった。夢を見た母摩耶夫人は、夫の王に夢告を語り、王も同じ夢を見たと応えて、二人は夢を共有する。しかしこれとは逆に、ブッダ懐胎の夢が、まずは父へと告げられた、と語る変容系の伝承もあった。意外なことに、一六世紀のキリシタン資料である。「国王（＝浄飯王）がある日眠っていると、夢に一人の少年が現われ、国王に向かって、「あなたの妻のおなかに入ることになるでしょう」と言った」。一日にそれが三回繰り返され、王は妻（＝摩耶夫人）に話して、驚いた二人は「その後、床を一つにしなかった。そしてその月に、彼女は男と交わることなく妊娠し」「九ヶ月後に男の子を生」んだ、というのである。それは、次のような結婚さえしない特殊なブッダ造形へと転じていく。

このシャカが一九歳になると、彼の父親は息子の意志に反して結婚させようとした。シャカは人間であることの悲惨さを熟慮し、結婚しようとしなかった。夜、彼は家を出て、高くて人気のない山に登った〔伽闍山〕。彼はそこに六年間留まり、厳しい修行を行った。

（岸野久［1989］第六章「ニコラオ・ランチロットと日本情報（一五四八年）」所収「第一日本情報第二稿〔本文イタリア語〕」）

これは、日本人アンジローの知識をもとに、インドのゴアでまとめられ、日本へ向かうフランシスコ・ザビエルにもたらされた情報である。「第一日本情報第一稿〔本文ポルトガル語〕」は「伽闍山」の付記を欠くぐらいで、右の第二稿とほぼ同文。さらに微差を含む第三稿も存在する（以上、前掲岸野［1989］所収）。

男に告げられた懐妊の夢として、先に論じた『源氏物語』のひながたを考える上できわめて示唆的な伝承だ。ただしこれは、密通という、不義の夢ではない。まるでキリストのようなブッダ形象なのだ。それは、中世日本におけるキリスト教と仏教との接触として、とても大事な国際的文化交流史の一面を穿つ（前掲荒木［2021］参照）。

しかしブッダは、まさに夢に彩られて生まれてきた。そのことは、このキリシタンの伝承からもよくわかる。そうしてみると、逆に、彼の一子羅睺羅の懐胎は、夢を介在させない、きわめて素っ気ないものであったのだな、とも気付かされる（荒木［2021］「仏陀の夢と非夢――西行伝への示唆をもとめて」参照）。すでに論じたように、問題含みの一子懐胎であったが、北伝での通常は、出家直前のブッダが、左の手で妻の腹を指し、彼女はそれで自ら懐妊の兆候を覚えるのである（「即以左手指其妃腹。時耶輸陀羅便覚体異、自知有娠」。ここの引用は十巻本『釈迦譜』）。

先に簡単に述べたように、ブッダが出家をしようとする夜に、妻は不吉な夢を見て、夫に不安を訴えた。すでにブッダの内心は「只出家ヲノミ思《おもひ》テ、楽ブ心不御《おはせ》ズ」。父の王は我が子のそんな様子を察知して、大臣に命じ「城ノ四ノ門ヲ」警固する、という状況下である。

然ルニ、太子ノ御妻、耶輸陀羅、寝タル間ニ三ノ夢ヲ見ル、「一ニハ月地ニ堕《おち》ヌ、二ニハ牙歯落《おち》ヌ、三ニハ右ノ臂ヲ失ヒツ」ト。夢覚《さめ》テ太子ニ此ノ三ノ夢ヲ語《かた》テ、「此レ何《いか》ナル相ゾ」ト。太子ノ宣《のたま》ハク、「月ハ猶、天ニ有リ、歯ハ又不落《おち》ズ、臂、尚、身ニ付《つけ》リ。此ノ三ノ夢、虚クシテ実ニ非《あらず》。汝ヂ不可恐《おそるべから》ズ」ト。

（『今昔物語集』巻一第四）

妻が見た不吉な夢は、たしかに出家の予告であった。しかし夫の太子は、耶輸陀羅に話を合わせて柔らかく否定する。ほら、歯も生えたままだし、臂もある。月もまだ空に浮かんでいるじゃないか。夢はただの夢さ。怖がることはないよ、と。そして『今昔』は、ここで一度話題を変え、先述したように、太子には三人の妻がいた、と付記するのだが、本来の出典文献では、時系列に沿った続きがある。手塚治虫の妃とはずいぶん印象が異なるが、釈迦の言葉に安心したかのように、妻はふたたび眠りに落ちる。そして……。ここでは原文を引いておこう。

……耶輸陀羅聞二此語一已。即便還眠。太子即従レ座起。遍観二妓女及耶輸陀羅一。皆如二木人一。或有下倚二伏於楽器上一、臂脚垂上レ地。更相枕臥、鼻涕目涙、口中流涎……

（十巻本『釈迦譜』巻一、『過去現在因果経』巻二もほぼ同文）

耶輸陀羅は、太子（ブッダ）の詞を聞き終わると、すぐさま眠ってしまった。太子は立ち上がり、周りにいる侍女と妻の耶輸陀羅を一瞥した。みなまるででくの坊のように眠っている。あるものは楽器の上にうつ伏し、手や足を地面にダラリと垂れている。またあるものは枕を分け合って眠り、鼻汁を垂れ、目からは涙を流し、口からはヨダレが垂れている……。太子は、女たちの寝姿の醜態を静かに眺めて厭世観を固めた。そして「後夜」（仏教語で初夜、中夜に続く、夜半から朝までの時間）に、浄居天王や欲界の諸天という神々に鼓舞されて、出家の旅に出る。この時、妻の横に一子羅睺羅を描くのが、南伝の仏教であった。

第7章　夢と日本文化

1　夢ということば——それはビジョンかドリームか

先日、たまたまテレビで、往年の名画『卒業』（一九六七年）を観た。久しぶりにサイモン＆ガーファンクルが歌う主題歌の『サウンドオブサイレンス』をじっくりと聴いていたら、この歌も夢がテーマだったのかと、あらためて気が付いた。歌詞を見ながら内容を確認すると、眠っている間に「vision」が忍び寄って種をまき、脳裏に焼き付いて離れない。男は夢の中（in restless dreams）を歩きだして……、などと歌っていた。光と闇の交錯が織りなす、幻想的な静寂の風景である。

ここには、visionとdreamの使い分けがあり、歌の世界で、それぞれ重要な意味を担っている。いくつかの言語では、夢とvisionはそもそも別の概念で、ひとくくりにはできないものだ。ヨーロッパの複数の知人が、以前、異口同音にそう教えてくれた。日本語ではどうだろう。夢幻という漢語（仏教語）があり、ゆめまぼろし、夢うつつなどともいうが、visionには、ぴったりとした固定的な訳語がない。いつしか夢に包括されてしまう。

二世紀頃、ギリシャで書かれたアルテミドロス『夢判断の書』は、冒頭で「夢（オネイロス）と睡眠中の幻覚（エニュプニオン）ははっきり区別される」と定義する。その違いは「夢が未来のことを表わすのに対し、睡眠中の幻覚が現在のことを表わす」ことにあるという（城江良和訳）。真偽はともかく、夢と幻覚とは、類義語でありつつ、対立的に差異化されている。

『夢と幻視の宗教史　上』（河東仁編［2013］）所載の諸論考を読むと、夢（dream）と幻視（vision）の違い、あるいは睡眠時の夢と覚醒時の幻覚、そして白昼夢などを区別するかどうかについて、国や社会によって様相が大きく異なることがわかる。たとえば一二世紀の中世ドイツ――日本では平安時代末期にあたり、『今昔物語集』が成立する時代である――に活躍した神秘家ヒルデガルド・フォン・ビンゲンは、somnium（夢）とvisio（幻視）との間に厳密な一線を引き、自分の宗教活動から、夢を峻別して排除したという。

しかし私たちは、西郷信綱が『古代人と夢』と大きく括った、古代文化の姿に違和感がない。日本の「夢」は包摂的で、visionを分節して独立するdreamより、ずっと深い曖昧さの中に拡散する。だからこそ逆に「夢」は、日本文化という場において、重要なキーワードとなる……。

そんなことを考えながら、私が日本の夢の文化に関心を抱くようになってから、いつしかずいぶん時間が経った。しかし、夢文化の拡がりはとても大きく、一人で出来ることは限られている。そこで、これまで、さまざまな分野の研究者と協力して、チームリサーチも企画してきた。大阪大学では「〈心〉と〈外部〉――表現・伝承・信仰とその周辺」という共同研究を行い、『〈心〉と〈外部〉――表現・伝承・信仰と明恵『夢記』』という成果報告をまとめた（荒木編［2002］）。個人科研の報告書でも論文として「明恵『夢記』再読――その表現のありかとゆくえ」（荒木［2005］）を書き、さらにより広い視野から、『日本文学　二重の顔』第四章「夢とわたし――もう一つの自伝」（荒木［2007］）を書き下ろした。国際日本文化研究センターに移って「夢と表象――メディア・歴史・文化」という共同研究を進め、文理融合の国際研究集会も開催して、それぞれ『夢見る日本文化のパラダイム』（荒木編［2015］）、『夢と表象――眠りとこころの比較文化史』（荒木編［2017］）という論集を作っている。その周辺でいくつかの仕事にも関わったが、基本的には上記の論著に、まずは問題の集約基地を作ることができたと思う。本章は、そうした蓄積を踏まえ、自分なりの夢の文化論について、いくつか点描を試みたものである。煩瑣を避け、細かな参考文献などは、右の成果報告書や論集に誌し、また付与した情報に譲った。機会があれば、手に取って参照してほしい。

2　聖者の夢／古代の夢――夢の日本文化概観

ところで前章の最後に、ブッダの誕生から『源氏物語』まで、信仰と物語の形象に、夢が深く関わっていることを考察した。菩薩は五つの夢を見るという。ではブッダも夢を見るのか？いや、ブッダとは、覚醒した人という意味だ。睡眠はあるが、夢は見ないようだ（『阿毘達磨大毘婆沙論』、梶濱亮俊［1991］「『婆沙論』における夢の研究」参照）。

ジャータカには、ボーディサッタとして修業時代のシッダッタが「その〔前の〕夜のうちに五つの大きな夢を見たので、熟考して、『わたしは今日疑いなく仏となるであろう』と意を決し」、その後、スジャーターからミルクがゆの布施を受けるシーンがある（前掲「遠くない因縁物語」）。ブッダとなる、菩提樹のもとでの悟りはまだ先だ。

日本の神々も、夢を見なかったらしい。文献学的に見ても、『古事記』上巻本文の神話時代には夢が現れない。夢は、神意を人に伝える回路だから、と通説では説明される。神が夢をみたら、自己撞着を起こすのだろうか。

天皇が登場する『古事記』中巻になって、神武記に初めて「夢」が記される。ただし神武が見た夢ではない。熊野の地で、神武の窮地を救った高倉下《たかくらじ》の夢である。大熊が出て、神武は気絶してしまった。高倉下は横刀《たち》を捧げて目覚めさせ、神武は熊を切り倒す。刀は神から授かったとして、高倉下は、夢の内容と神の言葉を、神武に語り知らせるのである。

天皇自身が見た最初の夢は、『古事記』の序文に特記される。第一〇代崇神天皇の夢見である。中巻の崇神記本文では、崇神が「神牀《かむどこ》」に身を横たえていると、大物主の神が夢に現れる。二人は対話し、その結果、崇神は、神祇の祭祀を始めることになった。

神武と崇神と。二帝の諱《いみな》はともに「ハックニシラス」（神武は『日本書紀』のみ）である。初めて国を統治した人という意味だ。夢で神意を授かるのは、国造り能力の証明だということだろうか。

『古事記』の序文には、もう一つ、天皇の夢の逸話が記されている。天武天皇だ。天武は、『万葉集』で「大君は神にしませば」と初めて謳われた帝である。『古事記』の選録を命じ、文字通り神のごとく、強権の君主として時代を画した。だがその即位前には、兄天智の子大友皇子と、跡継ぎをめぐって葛藤があった。『古事記』序文によれば、天武は夢の歌を占って、天子の業を継ぐべきだと解釈したという。そして天武は、壬申の乱を勝ち取り、皇位に付いたのである。

夢はこうして天意を伝え、皇統の分水嶺を「ハックニシラス」と「神にしまします」流れへと導く。『古事記』は、夢の機能に自覚的であった。ただし、日本の神々からもたらされる夢は、絶対的な唯一神から一方通行で提示される啓示や託宣とは、ちょっと違う。崇神の夢がそうだったように、時には会話も描かれる。

仏や菩薩も夢告する。一一世紀の『更級日記』は、そうした夢見の回想録の一面がある作品だ（前掲荒木［2007］第四章参照）。人々は、夢を求めて寺社に参籠して夜を明かし、インキュベーションを行う。だから『石山寺縁起絵巻』や『春日権現験記絵』にも、参詣した人々の夢見や夢告の場面が登場する。だが、こうした中世絵巻では、現実世界の人と、その人が見た夢

図6　『春日権現験記』写本より（国立国会図書館蔵）

の内容とを区切らずに、同じ場面に連続して描く（加藤悦子［2006、2010］参照）。予備知識を持たずに絵巻を眺めると、すべてが現実世界の描写かと、うっかり見間違ってしまいそうだ。

夢はこのように、まさしく視覚的なモノだが、音や味など、他の五感も内在することがあったようだ。高山寺中興の明恵（1173－1232）の夢には、飯を食べている場面があり、苦り汁をかけ過ぎて「にがし」と書いてある（久保田淳・山口明穂校注［1981］『明恵上人集』、前掲荒木［2007］）。明恵は『夢記』を四〇年あまりも書き残し、「夢を生きる」（河合隼雄『明恵――夢を生きる』）と評された人だ。その夢は真摯に、だが柔軟に記される。女性と慣れ親しむ場面などが有名だが、それはほんの一端で、独特の絵が添えられたり、驚くほど多様で、自在な世界が展開している。

明恵ほど残存する夢の記録は多くないが、古代の高僧たちの夢も魅力的である。九世紀前半に苦難を経て入唐した慈覚大師円仁（794－864）にも、蜜のように甘い薬を飲む、味覚の夢がある。彼の求法の旅はスリリングで、会昌の廃仏という未曾有の法難にも遭遇した。すると亡き師の最澄以下、聖徳太子や、達磨をはじめとする国内外の伝説的な僧侶たちが夢に現れ、彼の帰国を導いたという。千年以上も昔の異国の経験は、想像を絶する強烈さだったことだろう。また同じく九世紀半ばに入唐した智証大師円珍（814－891）は、円載（?－877）という先達の入唐僧と相性が悪く、在唐の記録に、口を極めたののしりと、その恨みを体現したような夢を記している。この円載と円珍の関係、また夢については、佐伯有清『円珍』［1990］、同『悲劇の遺唐僧』［1999］に詳細だが、円載という人も、視点を変えて眺めると、きわめて特異な在外経験を有する、重要な人物である。

円仁（＝三世の天台座主。山門派の祖）と円珍（＝五世の天台座主。園城寺（三井寺）の寺門派の祖）という、天台宗を代表するこの二人には、いずれも、斎《とき》という食事の後に夢を見た、と誌す記録が残る。斎も修行だが、お腹がふくれて眠くなり、うとうと午睡して夢見るさまは、なんだかちょっと微笑ましい。ところで、円仁や円珍の夢は、どこにどんな風に書かれているのか？具体的な内容と文献が知りたい場合は、先掲した共同研究の成果報告書の中に、上野勝之「平安時代における僧侶の〝夢記〟――九世紀以前の僧と夢」［2015］、「平安時代における僧侶の〝夢記〟と夢――十～十二世紀を中心に」［2017］という論文がある。古代・中世の僧侶の夢について網羅的に記述され、原文も引かれている。必読である。円仁については、冨樫進

「文殊の導く求法巡礼――円仁の〈夢〉観念をめぐって」〔2016〕という専論もあるので参照されたい。

少し時代が経ち、一一世紀後半に宋に入った成尋（1011-81）は、日々欠かさず日記を付けて日本へ送ったが、それとは別に『夢記』を記していた。また承久の乱（一二二一年）を前に、勧誡の歴史書『愚管抄』を書いた慈円（1155-1225）も、意味深遠な『夢想記』を残している。鴨長明と同年代の慈円には渡航経験がないが、摂関家の出身で、源平の争乱から鎌倉時代を生き、承久の乱を身近に目撃した人だ。異国体験とはまた別種の激烈な時代の変革期に、夢の回路が果たした役割にも注目される。

3 夢を描く――夢文化の歴史性

ところで古代の日本語では、夢は「いめ」とも言う。「い」は「眠る」ことで、「め」は「目」の意味だという。寝ているときに見るもの、ということである。たしかに夢は「寝ているうちだけ、ようくみえる」（八代目桂文楽『心眼』）不思議な視覚世界である。さっきまで、あんなにはっきりそこにあったはずなのに。目覚めると、その世界も、いや時にその記憶さえ、わずかな痕跡を残すだけで（しかもあてにならないコンテクストの印象ばかり）、すっかりと消えてしまう。

この逆説的で儚い豊かさを描き留めるために、前近代の日本では、さまざまな工夫の歴史があった。たとえば明恵の『夢記』は、その残像を留めようとして、しばしば象徴的なデッサンを添えている。一方『石山寺縁起絵巻』や『春日権現験記絵』など中世の絵巻では、先述のごとく、眠って夢見る人の傍らに、夢の映像がそのまま写されて同居し、画面上は、現実と夢との区別が付かない。

夢の中だけを絵画化し、夢見る人がその世界の登場人物となる視覚化もある。たとえば『源氏物語』明石巻では、亡くなった桐壺帝が、長男・朱雀帝の夢に現れる。帝は、光源氏を大事にするようにと遺言したのに、なぜそれが出来ないんだと叱責し、朱雀を睨み付けた。次男の光源氏が、朱雀の母の妹・朧月夜と結ばれて生じた厄介な関係による政争を避け、須磨への退去を余儀なくされていたからである。江戸時代に出版された『絵入源氏物語』は、この場面を挿絵にして、故桐壺帝と朱雀帝とを対峙させ、夢の舞台を、まるで現実の出来事のように描く（図7）。夢の中でより現実的な父の視線に侵された朱雀は、そのまま、本当に目を病んでしまうのである。

また『平家物語』巻三の無文では、平重盛が夢に春日大明神の鳥居を見る。人が多く群集しているので何かと思ってみれば、「其中《そのなか》に法師の頸《くび》を一《ひとつ》さしあげたり。「さてあのくびはいかに」と問給《とひたま》へば、「是は平家《へいけ》太政《だいじやう(の)》入道殿《にうだうどの》、悪行超過し給へるによッて、当社大明神のめしとらせ給《たまひ》て候」と申《まうす》と覚えて、夢うちさめ」、これが平家衰退の予言的な夢告となった。国文学研究資料館所蔵の『平家物語図絵』という版本の挿絵では、夢を見ている重盛が、その夢の世界に立ちすくみ、画像全体は、夢を画するような線の中に描かれている（図8）。

眠る人と同じ画面に夢の亡霊をぼんやりと描き、グラデーションを付けたおもしろい絵本もある。京都大学附属図書館蔵のお伽草子『ゑぼしおりさうし（烏帽子折草子）』である（図9）。牛若（源義経）が、今は亡き父の義朝と、異母兄の悪源太義平、朝長という父子三人の霊を夢に見る場面だ。絵本は、美しい彩りでそのあわいを描き分ける（同下巻）。

図7　『絵入源氏物語』承応三年版（国文学研究資料館蔵）

こうした曖昧さを一新して、明示的な効果を発揮するのが、フキダシである。マンガでおなじみのこの形態は、中国で生み出された。それが中世の終わりに日本に移入され、江戸時代になって爆発的に流行する。たとえば、一三世紀に描かれた永楽宮の壁画197「純陽殿東壁顕化図（部分：黄梁夢覚）」（蕭軍編著［2008］『永楽宮壁画』一九一頁参照）には、宋代八仙の一人、呂洞賓を描いたものという夢のフキダシ

図8　『平家物語図絵』より（国文学研究資料館所蔵）

が描かれる。この壁画では、同じ八仙の一人鉄拐も、自分の分身をフキダシで吐き出している。国立公文書館内閣文庫には『全相平話』（至治年間（一三二一〜二三）刊、国立公文書館デジタルアーカイブ）という元代の小説版本が所蔵されるが、この本の挿絵には、いくつかフキダシの例が見える。

それまで夢をフキダシで枠取る伝統のなかった日本文化だが、こうした中国のフキダシを学んで咀嚼していく。その受容の姿は、前章終わりで言及した釈迦が母へ託胎する夢の場面を、雲のような、フキダシのような形態で描き出す仏伝図など、いくつか重要な徴証でたどることができる。三戸信恵［2012、2017］や入口敦志［2015］による詳細な研究と分析が備わり、またその前提となる研究として、タイモン・スクリーチ［1998］「ねじれたパイプ」、高島淑江［2006］、加治屋健司［2011］などが参考になる。上掲の図8も、フキダシの一部のようにも見える。

『源氏物語』横笛巻で、光源氏の長男夕霧の夢枕に、亡き親友の柏木が現れる。先には夢の内部世界を絵画化した『絵入源氏物語』は、この場面を、今度はフキダシを使って描いている（図10）。この絵画技法の併用は、夢の表現がフキダシに食い尽くされたのではなく、表現の幅を拡げる、文化技術の豊かな移入であったことを示すだろう。

図9　『ゑほしおりさうし』より（京都大学附属図書館蔵）

ところで寛政の改革で有名な松平定信（1758-1829）も、夢のフキダシに深く関わる。定信は、美術プロデューサーとしても重要な人物であった。その位置づけについては、スクリーチ『定信お見通し』［2003］というユニークな成果があるが、定信は『平家物語』の絵巻作成に着手しており、その下絵と写

図10　『絵入源氏物語』承応三年版（国文学研究資料館蔵）

しが、アメリカにも二つ残っている（ハーバード美術館、ニューヨークパブリックライブラリー・スペンサーコレクション）。そこには、いずれも、先に紹介した無文の場面も描かれるが、構図は図8の『平家物語図絵』と重なりながら違う。定信監修の絵は、眠る重盛の首や胸のあたりから吹き出す、夢のフキダシを明確に描き、その夢のフキダシの中に、春日大社の鳥居の騒動の夢の場面が画かれているのである（荒木［2009］「夢の形象、物語のかたち――ハーバード美術館所蔵「清盛斬首の夢」を端緒に」、同［2014］「夢をみる／夢をかく」他参照）。夢見る人と夢の世界と。それを区切る、絵画的定番の技法・図様として、フキダシは美術史の中に定着していった。

　一方で、それは、マンガでおなじみのフキダシ――英語ではスピーチバブル／スピーチバルーンなどという――とおおむね同じ形をしている。こちらとの関係はどうだろう。会話引用の風船は、ヨーロッパに淵源があるともいう。しかし『鳥獣戯画』など日本中世の絵画にも、

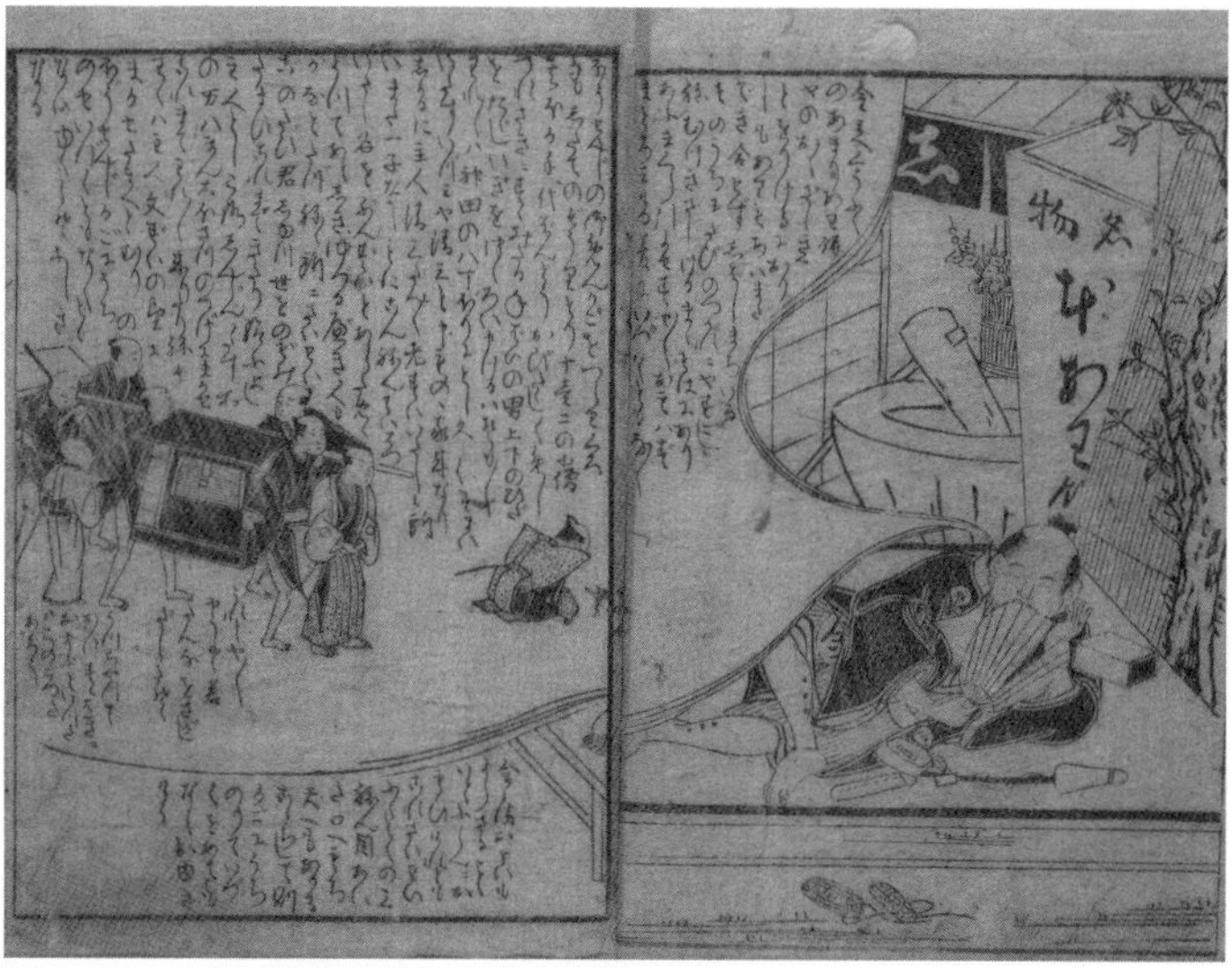

図11　『金々先生栄花夢』（国文学研究資料館蔵）

口からフキダシに似た線が描かれることがある。中国の絵画にも、先述したように鉄拐仙人が魂を吹き出す場面や、ハマグリが吐き出す蜃気楼の描写に、フキダシが使われているのがよく知られている。黄表紙など江戸時代の絵本には、フキダシが満載だが、夢とセリフを一体で表現した、象徴的なフキダシの例がある。黄表紙の創始『金々先生《きんきんせんせい》栄花夢《えいがのゆめ》』（安永四年〈一七七五〉刊）だ。元ネタは中国の邯鄲の夢である。

　マンガの源流として指摘されることが多いこの絵が示す問題は、夢とは別の拡がりをも持つので、フキダシをめぐる諸問題として、後にあらためて取り上げることにしよう。マンガのようにどこか愛らしい夢のフキダシは、世界の普遍的画像表現かと思いがちだが、そこには明確な時代性があり、日本では、大陸文化のしばりが強くかかっている。第3章で論じた、月の顔ともどこか重なる、文化バイアスの問題がここにもあった。

バイアスといえば、中国絵画の影響を真っ向から浴びて定着したフキダシという文化表象だが、面白いことにその一方で、どうしても受け入れがたい部分があったようだ。それは、夢を見ている場所である。日本の夢のフキダシは、頭の周辺や首・うなじ、そして口、また胸のあたりまで、いささかルーズに発生している。ところが中国の夢のフキダシはそうではない。基本的に頭頂部から発生する。中国の夢のフキダシの図様をそっくり模した日本の絵が多く残るが、日本の絵は、フキダシの発生する先端だけは、なぜか肝心の頭頂部を避け、後頭部にさりげなく流れているように描く工夫を見る（高島淑江［2006］、前掲荒木［2009］など）。ここには日本文化の不思議なこだわり、まさしくバイアスが顕現する。もし前近代のフキダシの絵を見ることがあったら、その出現先がどこか、注意して眺めてほしい。

4　日本の近代文化と夢——フロイトの出現

日本の夢は、伝統的に、神仏や霊魂など、異界の存在との交流の回路であると認識されていた。だがフキダシによって、夢は現実世界と明確に区分される。だがここで思う。夢はいったい、誰のものだったのだろうか、と。

　夢が神仏との交信回路である以上、それは相互の世界に開かれていなければならない。ところが、近代のフキダシの描線は、夢全体を封じ込め、風船の口は、夢見る人の頭の周辺に帰着する。夢が個人の所有であることを、否が応でも可視化するだろう。ならばそれは、異界との交信ツール、神仏への回路という、夢本来の機能とどう折り合うのか。夢のフキダシの中には、雲とみまがう形だったり、登場人物がその雲に乗っていたりするものがある。近代以前のフキダシも、よく見ると、会話の風船とは違って、閉じられずに画面の隅へ広がってただよう。双方向性を担保する回路であり続けようとした名残だろうか。

　ところがフキダシが定着し、いつしか風船のような枠取りを持つことになる。それが完全に閉じられた時、その代償として、夢は、外部性を失うだろう。夢の世界が風船で括られ、その吹き出し口は個人へと帰着する。フキダシという便利なツールの獲得と裏腹に、夢は次第に、この世の人間の所有へと引き寄せられていくのだ（前掲荒木［2009］、［2015］「日本古典文学の夢と幻視」など）。

　もちろん古代ギリシャの時代から、アリストテレスなどを代表として、夢は、個人の心理が生み出したものだという思想はあった。前近代の日本にも、夢のお告げを信じる心性と併行して、「思ひつつ寝ればや人の見えつらむ　夢と知りせば覚めざらましを」と詠んだ小野小町（『古今和歌集』）のように、夢はその人個人が思ったことの反映だという観念も存していた。だが信仰と心理と、その関係が決定的に逆転するのは、日本では、明治の近代化による。

夢ではないが、たとえば累《かさね》という女性の幽霊をテーマにして、三遊亭圓朝（第1章参照）がまとめ上げた怪談噺がある。江戸末期、若き日の圓朝が創作したこの落語は、明治になって趣を一変させる。噺は「幽霊と云うものは無い、全く神経病だと云うことになりましたから」と語り出されるようになり、「神経」と「真景」をもじって『真景累ヶ淵《しんけいかさねがふち》』という長編として再生する（『圓朝全集』）。かくして落語においても、西洋科学や思想が移入され、精神世界が合理的に整理される。夢告の前提となる信心や、夢の重要な機能であった神秘性や予言性も、近代精神のうねりの中で、迷信として斥けられるようになっていく。

そして一九世紀末期のフロイト『夢解釈（夢判断）』の出現によって、夢は、不可逆的な真の意味で、個人の心理や病理の問題となり、世界共有の文化事象へと転じた。その出版の刊記は、一九〇〇年という、きりのいい画期を刻して流布していった。もっとも岩波書店版『フロイト全集』5の新宮一成「解題」によれば、実際には、前年の一一月に刊行されたらしい（新宮［2011］）。一九〇〇年なら象徴的なことに、圓朝の没年でもある。

『夢解釈』は、やがて日本にも上陸する。その受容と前後して、日本における夢研究の先駆的な大冊が二つ生まれた。一つは、石橋臥波《がは》という、明治の民俗学者が著した『夢』（明治四〇年〔一九〇七〕）である。この本は、日本の夢を古典文学に探り、その歴史を描き出した、初めての本格的な研究書だ。古典の夢をたどるのに、今でも便利な本で、私も多くの恩恵を受けた。

現在では、国会図書館のホームページにアクセスすれば、全冊を瞬時にダウンロードすることができる。

だがこの本には、まだフロイトの反映が見られない。その点で重要なもう一つの本は、その一〇年後に生まれた高峰博の『夢学』（一九一七年）である。こちらは、ヨーロッパの伝統的なOneirologie《オニロロギー》＝夢学を受け止めて、日本独自の夢の総合的研究を志向した、道標的大著である。高峰は、フロイト『夢解釈』に触れ、すでに世に喧伝していると述べる。ただし高峰は、フロイトの説が「病的の範囲」に限定され、かつ「牽強付会的の結論を、更に直に健康人のあらゆる夢にも応用」しようとする「僻論」だと評して批判的だった。

フロイトの受容をめぐって対照的なこの二書だが、興味深い接点もある。富士川游《ふじかわゆう》（1865－1940）という医学者の存在だ。富士川は、石橋と高峰の著作に、それぞれ序を寄せている。石橋は富士川に師事し、富士川主宰の『人性《じんせい》』という雑誌（一九〇五〜一九一八年）の編集を手伝った。『幽霊とおばけ　伝説心理』（一九一九年）という著書もある医学士高峰は、この『人性』に多く執筆し、『夢学』の後半部の礎稿としている。

一方、石橋の著作は、今日ではあまり顧みられることがないが、夢の歴史性を描き出したという意味で、また芳賀矢一（閲）、富士川の他に井上哲次郎、高楠順次郎が序を寄せ、夏目漱石にゆかりの深い人物の名前が見えることからも、漱石の『夢十夜』（一九〇八年）を生み出す、一つの下地になった可能性が高い（荒木［2015］「夢と文化の読書案内」参照）。富士川の広島医学校以来の親友である尼子《あまこ》四郎（1865−1930）は、漱石掛かり付けの医者で友人だった。明治の教養社会は今日よりずっと狭い。限られた優れた知性が、多様な知的可能性をネットワークとして展開させた時代である。

富士川は『日本医学史』〔1904〕の大著を誌し、また講じて、関連資料として膨大な医学書を収集した。その多くは京都大学附属図書館、東京大学教育学研究科の図書室、慶應義塾大学メディアセンターにそれぞれ「富士川文庫」として所蔵され、また日本大学図書館医学部分館にも所蔵される。現在はそれぞれ電子化が進み、IIIF（トリプルアイエフ、International Image Interoperability Framework）と呼ばれるシステムを活用した統合検索が試行されている（以上、京都大学附属図書館ウェブサイトなど参照）。

そこで、それぞれの富士川文庫所蔵書籍を探してみると、夢に関する専著は『夢合延寿袋《ゆめあわせえんじゆぶくろ》大成《たいせい》』（文化一一年〔一八一四〕刊）ぐらいしか見当たらない。ほか「夢」の名の付く書名としては、畑時倚編・片西喜石画『疫癘雑話　街廼夢』三巻、安政五年（一八五八）刊本の写本、蒲生精庵著『夢見録』文久二年（一八六二）がある。しかし富士川は、浄土真宗に深く帰依し、精神世界や宗教への造詣も深かった。『夢記』への言及はないものの、『新撰妙好人《みょうこうにん》伝第三編明恵上人』（一九三六年）という明恵についての著書もある。また広く迷信の体系に関心を寄せ、『迷信の研究』（一九三二年）という研究書も著している。『迷信の研究』では魂魄をも論じ、「卜占《ぼくせん》」の項には「占夢術」「夢占《ゆめうら》」「宝船」という、夢に関する三項を立てて分析していた。

富士川游とその人脈は、文明開化以降の近代的な夢文化の解明に、忘れてはならない重要な底流をなしている。

5　フロイトの衝撃から現代の夢の視覚化へ

あらためて、一九〇〇年。公式にはなんとも区切りのいい年を刻んで、ジークムント・フロイトの『夢解釈』はこの世に登場した。それから半世紀以上が経って、一九六三年に、エジプト学者のM・ポングラチュと精神分析学者のI・ザントナーが『夢の王国――夢解釈の四千年』［1987］を刊行する。この本は、古代エジプトの夢の書から、フロイトとその弟子のヴィルヘルム・シュテーケルやカール・グスタフ・ユングまでを俯瞰した、夢解釈の通史的研究である。

本書の立場は明確だ。「西暦前一一五〇年頃に成立したエジプトの夢の書の解釈とたとえばシュテーケルの夢分析の間には、およそ三千年のへだたりがある。この数十世紀の間に夢解釈の前提は変化した。つまりエジプトの夢の書は夢から未来を予言したが、現代の夢解釈者は夢像から発して魂の状態に、夢を見た人のもっとも内奥の願望にたどりつくのである。しかし解釈自体は数千年を越えて変わらなかった」と、夢文化の通史的連続性を強調する。そして、本章冒頭で言及した古代ギリシャのアルテミドロスの『夢判断の書』にも、フロイトの挙げる典型的な夢がすでに「比類なく完璧に見出され」る、というのである。

さらに『夢の王国』は、フロイトの成果を歴史の中に相対化する。同書によればフロイトは、ちょうど「果実が木の産物である」ように「ある人が夢に見るのはその人自身であり、ある人間とはその人の見る夢にほかならない」として、「夢の分析を通して正常な人間や精神を病んでいる人間の内的生活を説く」ことができると考えた。しかしそれは、フロイトの発明ではなかった。夢を個人の心理の問題だと考える思想は、古代ギリシャのデモクリトスやアリストテレス（前384－322）に溯る、と述べる。特にアリストテレスは、「夢を「睡眠者の魂の生活」と定義し、そう確認することによって早くも夢の心理学的基礎を発見した」。「もはや神々や悪霊は原因として視野に入ってこない。幻影がやってくるのは人間の自己内部からなのである」と、こうした近代的、とも見紛う記述が、ギリシャの太古の昔に達成されていたことを確認する（ポングラチュ・ザントナー［1987］）。

高峰博『夢学』の研究も、こうした伝統を持つヨーロッパのOneirologie《オニロロギー》＝夢学に則り、その起源として、ヒポクラテスやアリストテレスを挙げている。しかしその上で、高峰の『夢学』は、フロイトを含む一九世紀から二〇世紀初頭のヨーロッパでの近代的な科学研究が、自らの探求の直接的契機だと強調する。そのように立脚点を明確にした高峰の研究の特徴は、中国の夢解釈や占いなども視野に入れつつも、他ならぬ日本から発信する、夢の総合的研究をもくろんだことである。

『夢の王国』が記述する夢の研究史には、残念ながら中国や日本が入っていない。高峰は、睡眠とは何か、覚醒とは何か、夢中の意識とはどんなものか、と問う。そして身体の五官との関係をはじめ、豊富な夢の実例を挙げ、さらには夢と文学との関係にも触れて、気宇壮大な夢の全的研究を目指している。付録として「夢の故事並に熟語」まで掲載し、夢の文化誌としても先駆的な書物である。

同じ一九〇〇年にドイツで生まれたのが、社会心理学者エーリッヒ・フロムである。ちなみにフロイトに大きな影響を受けることになる精神分析家であり哲学者のジャック・ラカンは、その翌年、二〇世紀初年に、フランスで生まれている。フロムは、フロイトが夢を個人の心理へと帰着して大きな転機をもたらしたのに対し、フロイトに師事しながら後に袂を分かったユングが、集団的無意識という概念を提示し、個人を超えた、新たな他者としての夢の存在を持ち出すにいたったことを論じ、対比的に論じている。フロムによればユングは、夢を基本的な宗教現象と理解し、「われわれの夢の中で語る声はわれわれ自身の声ではなく、われわれを超越した源泉から来るものである」という。「その声が表現する思想はその個人自身の思想以上の何ものでもない」という反論に対しては、「人間は、決して自分で考えることによってではなく、自分自身の知恵よりも偉大な知恵の啓示によって助けられるのである」と応え、フロイトとは異なる視界へと足を踏み出していく、と（フロム［1971］『夢の精神分析——忘れられた言語』）。

ところで『夢解釈』が出てまもなく、W・シュテーケルとユングは、フロイトに一編の小説を話題にして、夢解釈の可能性を提案したことがあった。それは「夢に意味があり、解釈可能だとは、決して一般には信じられてはいない。夢解釈という課題を提示されれば、科学や大多数の教養ある人々は嗤《わら》うだろう」という一節を含む語り出しで始まる、一九〇七年公刊のフロイトの論文へと結実する。W・イェンゼンが一九〇三年に発表した『グラディーヴァ』という小説をめぐる、「『グラディーヴァ』における妄想と夢」（フロイト［2007］）である。

同論文でフロイトは問う。「夢にはそもそも意味があるのか、夢に心の出来事としての価値を認めていいのか」と。それに対して「科学は否定の返答をくだす。科学の説明はこうだ。夢を見るとは単に生理学上の出来事であり、したがってその背後に意味、意義、意図を探し求める必要などない。肉体的刺激が睡眠中に心の楽器をつま弾いて、心のまとまりをことごとく奪われたさまざまな表象の中から、あるときはこれ、あるときはあれといった表象を、ばらばらと意識へとのぼらせてくるのである。夢とは痙攣にすぎないのであって、心の生活の表現運動とは比べるべくもないのである、と」。この硬直した科学的理解に対して、フロイトは、自分と同じ発想を共有しそうな「古代人や迷信深い民衆、ならびに『夢解釈』の著者とどうやら同じ立場に立っている」「詩人」に着目する。

その理由についてフロイトは、「なぜなら、詩人は、みずからの空想《ファンタジー》で形作った登場人物に夢を見させる場合、人間の思考や感情は継続して眠りの中にまではいってくるという日常経験にしたがっており、夢を通して描こうとするのは、まさしく主人公の心の状態以外の何ものでもないからである」と説明する。そしてフロイトは、初めて文学作品に夢解釈を行うことになったきっかけを、「最近ある文学作品が自分の満足を喚起したのだが、その中に夢がいくつか含まれており、それらの夢がいわば親しげな面もちで自分のことをじっと見つめ、『夢解釈』の方法をわたしたちにお試しあれ、といざなっているかのようだった」と語る弟子の発言にあったと書く（フロイト［2007］）。

分析対象となったイェンゼンの『グラディーヴァ』という小説は、グラディーヴァと呼ばれる「一枚のレリーフ」（ヴァチカン美術館内のキアラモンティ美術館所蔵）を起点に、不思議なイメージと夢の連鎖を描く。ここはフロイトの要約で示そう。

その像は歩行中の妙齢の女性を描いたもので、襞をたっぷりと取った衣装を少しからげていたため、サンダルを履いた両足があらわになっている。片方の足は地面にしっかりとついて静止しており、もう片方はそれを追うべくまさに地面から離れようとしているところで、つま先だけが地面に接しているが、足裏やかかとは垂直といっていいほどまっすぐ上に持ち上げられている。ここに描かれている風変わりで、格別魅力的な歩き方が、おそらくこの作品を制作した芸術家の注意を掻き立てたのだろう。

（フロイト［2007］より）

イェンゼンは、かかとが垂直に立てられた後足の映像を、ポンペイ滅亡の過去にまで主人公を連れ出す、強烈なイメージとして描出する。それは夢であり、妄想であり、そして最後には、自分の幼なじみとの不思議な再会と、二人のハッピーエンドを導くアイコンでもあった。いつしか主人公の夢は、このレリーフに愛着した、作者イェンゼンと重なっていく。

ただ私には、この小説は、少しイメージの展開が突飛すぎ、また現実と夢との境目に十分な立体感が感じられず、正直言ってあまり楽しめなかった。しかし、『グラディーヴァ』は、フロイトの読解を契機として、その後、シュールリアリズムに多大な影響を及ぼしていく。またつい最近も、この小説をモチーフとして、もっと妄想的な、新しい映画が生まれた。『グラディーヴァ　マラケシュの裸婦』（アラン・ロブ＝グリエ監督、フランス／ベルギー、二〇〇六年、二〇〇八年発売のDVDあり）である。この映画は、モロッコのマラケシュを舞台とし、ドラクロワの研究者が迷い込んだ不思議な世界と夢の交錯を通じて、より複雑に、サディズムや殺人の妄想と、はては大事な人の自殺など、エロティックな世界を表象する。しかしこの映画は、夢と現実の境目や時系列が複雑すぎたせいか、日本では受け入れられず、劇場公開がなされなかったらしい。

こうした受容のアンバランスが日本で発生してしまう一因として、夢や妄想のイメージ力をめぐる、日本人の特質が関係しているかもしれない。そのことについては、河合隼雄と小此木啓吾の興味深い対談があり、参考になる。ユンギアンの河合隼雄は、「日本人は強力なアイデンティティを必要と」せず、「日本人には外人ほどものすごい妄想がない」と指摘し、「日本人にはヴィジョンというのが少ない」と論を進めていく。「向こうの人はヴィジョンを見る力があるでしょう。ユングなんかはすごいヴィジョンを見ていますよね」と河合は、フロイディアンの小此木啓吾に語っていたのである（小此木啓吾・河合隼雄［1978］『フロイトとユング』）。

たしかにヨーロッパでは、フュースリの「夢魔」など、恐ろしく印象の強い夢の像を描く。しかし日本でも、これまで述べてきたように、夢は神仏や魔のもたらすお告げとしてもたらされる。そして夢は視覚的現象として、やはりしばしば絵画に描かれる。どんな夢を見たのか、夢をどのように描くのか。それはまた、日本古代から連なる重要な関心事であった。しかしいったい「ヴィジョン」が弱い、というのは、あるいは「ものすごい妄想がない」という比較文化論は、どういう風に立証したり、確認すればいいのだろう。そもそも夢の映像には、どのような意味や神秘性、あるいは普遍性があるのだろうか。

これまでその再現は、それぞれ個人の画像的な記憶に留まっていた。私のようにやたらと夢は見るものの、絵の苦手な人間には、それを再現するすべがない。しかし朗報がある。近年、脳科学の研究で、夢を視覚化する試みが始まっているからだ。

よく知られるように、一九五三年に、いわゆるレム睡眠（睡眠中の急速眼球運動（rapid eye movement, REM））の存在が発見されて、夢の科学的研究が大きく進展するきっかけとなった。現代では、たとえば神谷之康らのグループによって、眼球運動のみならず、さまざまな睡眠中の脳活動を分析して、それを画像化する「脳情報デコーディング技術」の研究も進んでいる。夢の可視化は、内省的に得られる精神活動とは異なった次元で実現されつつあるようだ。夢を見る、そして描かれた夢を観る／読む。さらに時代は、電子的に夢を解読し、夢を科学的に表象する段階へと展開した。私たちはようやく、夢を共有する、新しい窓を手に入れようとしているのかもしれない。しかしそれは、進歩として、単純に捉えるべきではない。『夢の王国』は、夢の解釈が数千年変わらなかったと述べていたではないか。

6 フキダシをめぐる夢の形象——現代的表象と歴史的背景

さて最後に、予告したごとく、一部重複をいとわずに、フキダシについてまとめておきたい。現代社会を象徴する通信アプリであるＬＩＮＥや微信（WeChat）などを覗いてみれば、そこにはさまざまな言葉がフキダシの姿に包まれて溢れている。さまざまなスキャンダルも、これらアプリのフキダシの影像を借りて、幾たびも告発されてきた。先の東京二〇二〇オリンピック競技大会（二〇二一年）の開会式入場プラカードまで、フキダシで描かれた。また以前、たまたま見かけたサイトでは、自閉症治療に、フキダシによる言語表現を応用する試みが紹介されていた。「Comic Strip Conversations（コミック会話）」として浸透している方法論であるらしい（グレイ・キャロル［１９９４］）。

〈私のコトバ〉を伝えるこの表象は、もともと、マンガの世界でおなじみの型取りである。マンガ文化の中でのフキダシの歴史と展開については、俯瞰的な理解として、四方田犬彦の要を得たまとめがある。

美術史を繙いてみると、絵画に描かれた登場人物の言辞を表象するさいに、風船に似た記号をくだんの人物の口許から上方へ向かって棚引かせるといった手法は、ヨーロッパでは中世の宗教画の時分からあったようである。ロベール・ベナユン（『漫画のなかの風船、ブルーン、チャック、スヴィッ。』アンドレ・バラン・一九七六［Robert Benayoun. *Le ballon dans la bande dessinée : Vroom, tchac, zowie.* Paris, André Balland, 1968、引用者注］）の掲げる十四世紀フランスの版画（図版は省略した、引用者注）では、十字架上のキリストを眺める一人物の口から羊毛紙の巻物状の物体が出現し、そこには眼前の人物が真に神の息子であるかを問うという内容の科白が記されている。どうやらこのあたりに風船の起源は存在していたのだろう。もっともご覧のように、初期の風船は書物や巻物を象って細長く、文字も下から上へ読むことになっていた。これが現在のようにふんわりと柔らかい角をもった長方形もしくは楕円の形を取るようになったのは、十八世紀の政治諷刺のパンフレットあたりからである。それにしても風船（仏語でballon、英語でballoon）とは、よくも名付けたものだ。日本では「吹き出し」ともいい、これも面白い表現である。ちなみにイタリア語ではfumetto、つまり「煙」であり、それは同時に漫画一般を示す単語でもある。

（四方田犬彦［1999］『漫画原論』9「風船と主体」）

このフキダシに先行する「巻物状の物体」は、speech scrollと呼称されるが、英語版のWikipediaにも概要的な説明がある。拙訳を付して読んでおこう。

In art history, speech scroll（also called a banderole or phylactery）is an illustrative device denoting speech, song, or, in rarer cases, other types of sound. Developed independently on two continents, the device was in use by artists within Mesoamerican cultures from as early as 650 BC until after the Spanish conquest in the 16th century, as well as by European painters during the Medieval and Renaissance periods. While European speech scrolls were drawn as if they were an actual unfurled scroll or strip of parchment, Mesoamerican speech scrolls are merely scroll-shaped, looking much like a question mark.

（二〇一一年八月二一日閲覧）

（美術史において、スピーチスクロール（また吹き流し（a banderole or phylactery）などと呼ばれる）は、発言、歌、あるいはごくまれには、その他のタイプの音声を例示する意匠である。二つの大陸でそれぞれ独立して発展したこの意匠は、かたや早くは紀元前六五〇年から一六世紀のスペインによる征服にいたるまでの時代のメソアメリカ諸文明で、また中世からルネサンス時代の間にヨーロッパの画家たちによって描かれたものである。ヨーロッパのスピーチスクロールは、あたかも羊皮紙の巻物もしくは細長い裂れのように描かれたが、メソアメリカのスピーチスクロールは、ただ巻物の形をしているだけで、クエスチョンマークにそっくりだ）

Wikipediaには、その前史として、口から放射線状のフキダシを描く絵画の実例を二つほど挙げている。その図柄はちょうど、『鳥獣戯画』が描く、蛙の雄叫びの絵とよく似ている。会話の表象というよりは、プリミティブな息の表現方法として、共通性を観てとることもできるだろう。上川通夫「尊勝陀羅尼の受容とその転回」という論文に『餓鬼草紙』に描かれた「息の吹き出し」の例が載る（上川［２０１０］一四三頁。榎本渉教示）。

このフキダシは、マンガそのものの象徴として捉えられることも多い。たとえば二一世紀に入ってからアメリカで刊行された、江戸時代の黄表紙の研究書である、アダム・L・カーンの *Manga from the Floating World*（Kern［2006］）でも、本の表紙にはフキダシ風のデザインが象られ、マンガという語を持つ書物を飾っている。

フランス人研究者である小山ブリジットの *One Thousand Years of MANGA* という優れたマンガ通史では、『鳥獣戯画』のフキダシに注目してその始原的意味を認め、次のように叙述している。英語版で引用し、拙訳を付す。

The balloons or bubbles we now see in comic strips appeared in Japan at the beginning of the twentieth century, but could they not already have existed, in a somewhat different but related form, in the twelfth century, and perhaps even before? An initial avatar of the word balloon is already clearly identifiable in the twelfth-century Frolicking Animals and Peoples, as well as in certain prints.

（原文はKoyama-Richard［2007］p. 58）

〈私たちがいまマンガで見かけるフキダシは、日本では二〇世紀初頭に出現する。しかし、一二世紀において、あるいはおそらくそれ以前から、厳密にはいくぶん異なるものの関連する形として、こうしたフキダシは存在しえなかったであろうか？〈言葉のフキダシ〉の一つの最初のアバター〈先蹤的出現〉を、一二世紀の『鳥獣戯画』において、明確に同定することができる。それは後の印刷物のフキダシと同様なものである〉

文化史家の安東民兒もこの現象に注目し、中世前期に成立したという『鶴岡放生会職人歌合絵巻』を例示して分析している（安東「アニメのふるさと　絵巻十選」7、『日本経済新聞』朝刊、二〇一〇年五月三一日）。小山の書籍には、豊富な画像類を掲載している。それらを参照すれば、近世から明治にかけての絵本や絵入り本の中で、いかにフキダシが流行したかよくわかるだろう。

ただし、こうした日本化ともいうべき受容の現象には、模倣と同時に、留意すべき違和があった。私が最初に着目したのは、フキダシ発生の位置である。先に触れたように、中国では、フキダシは頭頂から噴出するのを原則とするが、日本では、それをそっくり模倣した絵でさえ、発生箇所は、ことさらに頭頂を避けて横に流れる。その他、のど元、胸、うなじなど、多様な場所を起点として展開するのである（前掲荒木［２００９、２０１５］「日本古典文学の夢と幻視」ほか）。

このことについて小山は、子供のうなじから夢のフキダシが出る浮世絵を取り上げて、興味深い指摘をしている。すなわちこの夢が、口でも頭でもなく、首からのフキダシとして描き出されるのは、ここが身体の重要な箇所であり、それはいわば魂——また人の病や死を司る悪魔——が人間のカラダに入りこむ場所であると信じられていたからだ、というのである（Koyama-Richard［2007］, p.58）。安井眞奈美「妖怪・怪異に狙われやすい日本人の身体部位」［２０１４］は、そうした身体部位について詳細に分析している。こうした民俗学的考察とも連動して考えれば、中国の魂魄論や怪異論とも併せて、夢をめぐる、興味深い中日比較文化史研究がなされうる契機が、ここには潜んでいる。

7　フキダシの絵と文字

このようなフキダシの歴史の中で、劃期的な作品として一八世紀後半に刊行されたのが、あの『金々先生栄花夢』という黄表紙（戯作絵本）である。この作品では、眠った男の夢が、フキダシの物語として描かれ、作品の構成上、夢の絵とコトバとがフキダシの中で合体する。この印象的な形態は、一見して、近代のマンガとの類似を示しており、マンガの原点と言われることがある（辻惟雄［2008］など）。唐代の伝奇小説『枕中記』（岩波文庫『唐宋伝奇集（上）』）を原拠とする、謡曲『邯鄲』に素材を取った作品で、いわゆる邯鄲の夢のモチーフである。

この作品のインパクトも大きく、一八世紀には爆発的にフキダシ図様が流行し、絵本類で多様な場面に用いられるようになる。面白いのは、副田一穂が掲出する、眼鏡や「望遠鏡の視野」をフキダシで描く例だ（副田［2013］）。しかしそれらをよく見ると、多くは依然、コトバは地に記され、フキダシの中にコトバを好んで描こうとはしない、という傾向が見て取れる。むしろフキダシには絵が描かれることが通常である。絵の内容はさまざまで、霊魂や妖怪の姿などの絵だったり、今日のポップアップのような絵に説明文が付されたりと多様である。

中世後期に日本で姿を現したフキダシは、どうやら本来、文字を描くためのモノや場所ではなかった。時代を遡れば、そこには画像のみが描かれている。先ほど取り挙げた小山前掲書や、シリーズ江戸戯作『山東京伝』、同『唐来三和』などを参照すると、近世に入り、フキダシと画中詞とが同じ場面で描かれた場合にも、フキダシの中には絵が描かれ、画中詞や詞書きはフキダシの外の地の部分に描かれる例が多い。その弁別が象徴的だろう。フキダシの中に描かれた絵が、コトバの代用をする例もある。フキダシの中にはイメージを描くものである、というルールがあったようにも見える。

図12　『諸職吾沢銭』（国際日本文化研究センター蔵）

そうしたフキダシが、むしろやがて、コトバと文字のためのものとなっていくことは、江戸時代後期以降において、ヨーロッパ起源のフキダシと文化接触がなされ、融合と変容を起こした結果である可能性が高い。西洋のspeech scrollやspeech balloonといわゆるフキダシが類似してくる現象については、幕末以降の西洋文化移入という時代を前提に理解する必要があろう。たとえば、京都国際マンガミュージアムで開催された「江戸からたどる大マンガ史　鳥羽絵・ポンチ・マンガ」展（二〇一五年一一月一四日〜二〇一六年二月七日）に出品された鯰絵「諸職《しょしょく》吾《ご》沢銭《たくせん》」（筆者未詳、安政二年（一八五五））は「安政大地震を起こした鯰と、地震のおかげで商売繁盛になった人々が、仕事の現状と感謝の意をそれぞれ吹き出しを使って語っている。（中略）「心の内」を示す表現として、当時は胸から吹き出しを発するものが多かったが、この作品は口から発している」（展示解説）という。しかし右に言及された絵の吹き出しは、伝統的な形態とは異なり、むしろ直接的に、一八世紀前後には確立していた西洋のspeech scrollの形態からspeech balloonへと流れる漫画史へとつながる形態である、と私には見える。

同様の日本の過渡期の絵として、朱雀門の鬼が、口からスピーチスクロールらしきものを吐き出している象徴的な画像がある。歌川国芳（1797（8）-1861）が一九世紀前半に描いた『百人一首之内　大納言経信』である。大英博物館蔵のデジタル画像データが無償公開（非営利目的の利用のみ）されており、参照に便利である。

西洋のスピーチスクロールの実例は、たとえばウェブサイト「漫画の吹き出しは、ゴシック様式の巻紙式にたどれる美術史」（http://niet.blog40.fc2.com/blog-entry-512.html, 二〇二一年八月二一日閲覧）などでも概観できる。ただ日本との関係など、比較文化交流史的なこうした問題については、近世から明治、そして現代にいたる美術史、大衆文化史、視覚文化論を横断する視界と研究手法が必要である。以上はあくまで、日本の古典研究者からの断片的な推測と問題提起に留まる。

8　フキダシの未来学と問題提起など——おわりに代えて

ところで、少し前に、中国の学術誌に中国語訳でフキダシをめぐる分析を発表する僥倖を得た（荒木［2016］）。本書の最後に、その時以来、私個人が抱いている、日中文化交流史に関連する萌芽的問題を示して、広く東アジアの文化に関心を持つ読者のご教示を仰いでおきたい。

第一には、近世以降から一九世紀において、中国のフキダシの形象はどのように展開したか？　ということである。

述べて来たように、中国のフキダシ文化を承けて、日本では、特に一八世紀以降、独自のフキダシ形象の大流行があり、その後西洋文化との接触を経て、近代のマンガ文化へと連続していく。近代のマンガの歴史については、清水勲『漫画の歴史』［1991］など、専著も多いが、その間、中国では、こうしたフキダシはどのように形象されて展開し、盛衰を遂げたのか。日本の絵画文化解明のためにも是非知りたい問題である。

第二に、第一とも関連するが、先に指摘した夢の所有の問題とも相俟って、フキダシはいつから閉じられるようになったのか、ということである。現代のマンガのフキダシは基本的に会話を記す「風船」として閉じられて描かれる。しかし、かつてのフキダシは煙や霞の形象とも関連しており、また釈迦の託胎のように、外部からの回路としての意味があって、そのフキダシは閉じられないのが原則だった。単純に西洋マンガの移入によるものなのか（一七世紀のspeech balloonはその名の通り、閉じている）、他に中国文化との関連があるのか、ということだ。

一つヒントとなるのは、入口敦志が指摘した「人物の心（魂）そのものが吹き出す図」であり、「吹き出しの先端が丸くなっており、その丸が心を表している」という図例である（前掲入ロ［２０１５］）。以下、ネットの画像検索が便利なのでＵＲＬで示すと、『御前義経記』（http://archive.wul.waseda.ac.jp/kosho/he13/he13_01682/he13_01682_0002/he13_01682_0002_p0012.jpg、早稲田大学図書館）や『傾城武道桜』（http://kateibunko.dl.itc.u-tokyo.ac.jp/katei/cgi-bin/gazo.cgi?no=220&top=115、東京大学総合図書館霞亭文庫画像）などの例が挙がる。理論的には、この心のフキダシと夢のフキダシとの関連に注目される。先にも触れたように、そもそも夢のフキダシ枠の定着が、夢の個人化（まさに心の問題）へとつながり、近代の夢観へと連続するというのが、私の見取り図だからである。ただ、心のフキダシは少数例であり、また心学など、近世思想の問題もある。一方で、その後も開かれたフキダシは、開かれたまま盛んに描かれていく。まだ十分な視界を描ききれないので、この機会に問題の提起をしておきたい。

第三に、少し問題が拡がるが、フキダシ研究が照らし出す、「希望」としての夢の語義発生の時期についてである。著名なキング牧師の演説の名文句"I have a dream."が示すように、英語のdreamには、未来のaspirationやhopeの意味があるが、日本語の「夢」には本来そうした意味がない、といわれる。近代以降、西洋語や文化と接触して以降、そうした意味を持つようになったとする理解が通説である。

（５）将来、実現させたいと思っている事柄。将来の希望。思いえがく将来の設計。また、現実ばなれした願望。

＊常長〔一九一四〕〈木下杢太郎〉四景「世は移って、ああ、わが夢も消えたぞ」
＊男の遠吠え〔一九七四〜七五〕〈藤本義一〉夢と約束「女はどうも男の夢を理解しないようである」

（小学館『日本国語大辞典』第二版、ジャパンナレッジによる）

しかし、たとえば日文研所蔵の春画、磯田湖龍斎『風流十二季の栄花』の元旦の絵（画像は、日文研「艶本資料データベース」で「十二季の栄花」もしくは「湖龍斎」で検索されたい）には、恋人二人の夢のフキダシが、合流した図様が見られる。それはどうやら、二人の願う未来の希望が、ぴったり一致する夢の重なりとして表現されている。

正月元日、盤双六《ばんすごろく》で遊んでゐた年若い男女が、遊びに疲れて居眠りをしてゐる。二人が共に見る夢は、富士の麓を二人して旅行く姿。題句に「初夢《はつゆめ》や春に女夫《めうと》のゆるみあひ」とあるやうに、二人は夫婦になることを夢見てゐるのである。二人の初夢には縁起のよい「一富士《ふじ》二鷹《たか》三茄子《なすび》」が揃ってをり、二人の夢はかなひさう。二人の幸せを願ふかのやうに、縁側には「春」の到来を告げる鉢植ゑの福寿草《ふくじゅそう》が咲いてゐる。

（早川聞多『春画の見かた――10のポイント』三二頁。傍点著者）

この夢の絵は、中国の古い故事である「同床異夢」の裏返し、「異榻同夢《いとう》」にあたる。このフキダシの合流による表象の成功は、中国の古い「夢」にも、未来への希望や思い、という意味を観てとることができることを示唆する、貴重な例ということになろう。

先に言及した松平定信の『心の双紙』という絵本作品にも、二人のフキダシの夢の合流が描かれる。『心の双紙』の画像は、下記にURLを示した国立国会図書館デジタルコレクションによって確認できる。広く画像検索すれば、別の画像を探し出すこともできるだろう。国会本は、竹沢養渓の原画を有賀長隣・竹宮公雲が写したものという。いずれも中国故事に関するものである。

ところがこの『心の双紙』は、それぞれの心の現状を示すだけであり、未来の願望を示すかどうかは微妙である。一つは玄宗皇帝と寄り添う笛を吹く楊貴妃の愛情を、狐に籠絡される男性の象徴的画像として示したもの（http://dl.ndl.go.jp/info:ndljp/pid/2540865）（→11コマ目）。もう一つは、始皇帝におもねる趙高の思いを、まさに合流しようとして交わらない同床異夢として描くもの）（→12コマ目）である。問題は単純ではなさそうだが、未来に近接する夢と現実のパラレルな交叉と自己実現という観点は、現代のVRやメタバースという仮想空間にも連続するスキームだ。考察を継続したい。広く教示と批正を乞う。

以上は、私なりのパースペクティブから考えた、雑ぱくな概観であるが、夢の文化の考察に「希望」を提示するところがあれば幸いである。そして本書の未来にも……。

付記

旅のフローチャート——描きかけの地球儀から

いくどか触れたように、この本の各章執筆の背景には、これまで私がささやかに積み重ねてきた海外での旅や経験、そして教育・研究の軌跡が一体的に横たわっている。そこで、その都市や国を具体的にピックアップして世界地図に落とし込み、本書の裏のガイドとして、あるいは「地伝《ジオ・バイオグラフィ》」（ベネディクト・アンダーソンの用語を借りた。本書第2章参照）として、ここに提示しておきたい。「参考文献」とは別に、各章の礎稿になった私の論述の所在についても、併せてここに掲載しておこう。

まずは「はじめに」だ。コロナ禍の中で共同研究「投企する古典性」の成果報告として『古典の未来学』という本を編集した。刊行後まもなく、台北の台湾大学と北京の中国人民大学で言及する僥倖を得た（オンラインの学術会議と大学院の講義である）この本を編集する段階で強く興味を引かれたのは、一六世紀後半から一七世紀にかけて日本の文化を直撃したキリシタンのインパクトと、それに伴う新しい世界観の到来である。なにしろ貞門俳諧の創始者・松永貞徳は『徒然草』を読むのにも、鎌倉の鰹とキリシタンの牛肉食（ポルトガル語で「ワカ」という）を比較したりするのである（『なぐさみ草』一六五二年刊）。

かつてイエズス会のフランシスコ・ザビエルは、日本人の世界観について「彼らは地球が円いということを知りません」と書いた（一五五二年の書簡）。ではそのころ日本人の前にはどんな世界図があったのだろうか。それについては、たとえば海野一隆の『日本人の大地像』、また織田武雄『地図の歴史　日本篇』、応地利明『絵地図の世界像』など、良質の名著が多くのことを教えてくれる。

遡って、一二世紀に成立した『今昔物語集』という巨大な説話集は、天竺・震旦・本朝という三部構成でその仏教世界を構築した。卒論で対象としたこの作品の三国世界観が、古典をめぐる私の海外イメージ形成の原点となる。そして一九八四年秋の中国（上海、杭州、北京）が初めての外国であり、それは、私の対外観に決定的な影響を与えることとなった（荒木［2014］「背伸びと軽さの限界点」、同［2021］『『今昔物語集』の成立と対外観』「あとがき」）。インドに行ったのはずいぶん後で、二〇〇七年のことだ。あのときはデリーに滞在し、アーグラ、ジャイプールという、黄金のトライアングルを台湾の研究者たちとめぐった。その二年後に、真摯な仏教国であるタイのバンコクに初めて来訪。二〇一〇年にも渡航したが、客員教授をした二〇一六年に、出張講義で、滞在先のバンコクから、北部のチェンマイへと旅をした。そのエクスカーションを通じて、南伝仏教の図像に出会う。

【関連論考】

・ソフィア京都新聞文化会議「インドに見る「今は昔」」(『京都新聞』二〇一四年四月二五日)

さて本編だが、第1章は、二〇〇九年、ケンブリッジ大学のシンポジウムで訪れたイギリスで、ロンドンの大英図書館に立ち寄った見聞と、一九九九年、初めて海外で客員研究員を経験した、コロンビア大学でのニューヨーク滞在の想い出が交差して始まる。先のタイでは、当時最新の日本文学翻訳の状況を聞き、同じ年にパリの美術館では、ジャポニスムの名残を体感した。後の二〇一九年一月には、パリ日本文化会館で、日仏両政府によって大規模に開催された「ジャポニスム2018」というイベントのシンポジウムに参加している。なお二〇一六年には、ニュージーランド・ダニーデンのオタゴ大学で開催された海外シンポジウムで、コスプレに身を包んだ、クールな日本研究者とも出会って情報を交換した。その少し前、二〇一二年の夏に、やはり海外シンポジウムでデンマーク・コペンハーゲンを訪れた。その美しい街並み、運河、夜景。川のほとりに立つマーメードの影像。そしてなにより、国立図書館の印象は忘れがたい。

【関連論考】

・書き下ろし

第2章は、前任校の大阪大学で知見を得た、ドイツ文学、チェコ研究、音楽学などのメンバーと、二〇一一年春、チェコ・プラハのカレル大学で行った、国際ワークショップでの発表が基盤になっている。その時は、プラハからブルノ、ズノイモと鉄道で南下しつつ、各都市で演奏会を聴く、という幸福なルーティンがあった（もちろん、都市ごとに旨さの違うチェコビールも）。初めて車中でのパスポートコントロールも経験した。オーストリアのウィーンでは、あの楽友協会を訪ねてコンサートを聴き（もちろん、いくつかのカフェも）、後ろ髪を引かれつつ、帰国した。

【関連論考】

・「月はどんな顔をしている？——譬喩と擬人化のローカリズム」『*Between "National and Regional" Reorientation of Studies on Japanese and Central European Cultures*』（三谷研爾編、大阪大学文学研究科、二〇一二年三月）

第3章は、いくつかの発表や論文がもとになっている。二〇一一年のチェコ・オーストリアツアーで、いくども目鼻のある太陽や月の顔を目にした。そして翌年の二月には、マレーシアのクアラルンプールで開催されたJSA－ASEAN（東南アジア日本学会）に日文研のメンバーで参加して「月の匂いを知っていますか？」という発表を行った。その時、イスラム教の三日月と星が描かれた国旗を見て、〈アジア〉の月の拡がりを考えるきっかけを得た気がする。

そして二〇一五年一〇月に、初めてブルガリアに渡航し、ソフィア大学日本学科創立二五周年記念学会で「煙たい月と日本文化——その顔の形象をめぐって」と題して発表した。それを論文化したものが、本章の直接的礎稿である。発表が終わって、ソフィア大学近くの公園を散策すると、ふと、菩提樹の実がくるくると回って落ちるのを見た。シューベルトの「菩提樹」だ。第1章のインド菩提樹とは違う。あの夕影は、今でも記憶に新しい（荒木［2016］『徒然草への途』「あとがき」）。

ブルガリアには、以来、二〇一六年一〇〜一一月のソフィア大学客員教授、そして二〇一八年三月のツアー形式のシンポジウムと三度訪れ、いくつかの都市をめぐった。最近では、日本のソフトパワーをめぐる、オンラインのシンポジウム・イベントに参加している（「ブルガリア・ソフィア大学がフォーラム　日本の「ソフトパワー」を議論」『京都新聞』二〇二一年三月二四日朝刊参照）。

かつてインドのジャワハルラル・ネルー大学の構内で何度も眺めたあの月も、本章の重要な発想源である。二〇一三年の二月には、アメリカ・ニューヘイブンのイェール大学で、また同年九月には、ネルー大学で開かれた宮澤賢治研究の学会で、関連の月の話をしたこともある。後者は、二泊か三泊の（月ではないが、それさえおぼろだ）弾丸ツアーだった。

【関連論考】

・「煙たい月と日本文化——その顔の形象をめぐって」*Conference Proceedings Future*

Perspectives: 25 Years Japanese Studies at Sofia University "St Kliment Ohridski", Editors: Boyka Tsigova, Gergana Petkova, Vyara Nikolova. Published by Sofia: Sofia University Press, 2016.

第4章は、二〇一二年三月に国内外の知人たちとパネルを組んだ、カナダ・トロントでのAAS（Association for Asian Studies）報告、そしてコペンハーゲンのシンポジウムでの発表という、いずれもつたない英語で作った発表原稿を、整理して日本語に戻す形で綴られた論文をもとにする。トロントでは、ツアーで足を伸ばした、カナダから見るナイヤガラの滝が圧巻だった。パネルが終わりくつろいでいると、中国出身で北米在住の友人が、昼は中華のランチを食べようと誘う。それで少し時間をかけて、皆でチャイナタウンへと向かった。一週間程度の滞在で、私や日本の友人がわざわざ日本人町へ食事に出かけるだろうか。そんな食へのこだわりと、華僑など、中国文明の拡がりと歴史に思いをはせた、ちょっと新鮮な体験であった。チャイナタウンでは、大きな店を選んで食べるように。そう聞いた。日本人が好む、名店隠れ家的イメージとは反対だが、大きい店は客が多く繁盛しているのだから、うまい証拠だ、という。また日本古典文学研究の視点から、二〇一六年冬に、韓国・ソウルの学会で視覚文化とメディアをめぐって講演する機会を得たことも、冒頭に述べた共同研究「投企する古典性」の展開と相俟って、本書のそこかしこに関連性を有する。

【関連論考】
・「スパイラルなクロニクル――説話文学研究と1950年代の視覚文化」(『Rethinking "Japanese Studies" from Practices in the Nordic Region「日本研究」再考――北欧の実践から』(国際日本文化研究センター、二〇一四年三月)

第5章は、海外と言っても……そうだ、京都。最近は、コロナ禍でインバウンドが閉ざされ、財政など、危機感もあらわだが、それでもやはり、世界に誇る歴史文化都市である。芥川龍之介のことを考え始めたのは大阪だ。コロンビア大学のポール・アンドラ名誉教授の名前が出てくるから、ニューヨークも挙げておこう。アンドラ教授と初めてお会いしたのは、一九九九年。時を隔てた二〇一七年には、同大学で開催された〈作者〉シンポジウム(その詳細は、シラネ・鈴木・小峯・十重田編『〈作者〉とは何か』岩波書店、二〇二一年参照)のメンバーを素敵なご自宅に招き入れ、ホームパーティを開いてくださった。三月の一一日。季節外れの雪がマンハッタンを覆った、白い夜。

【関連論考】
・「〈孝〉と〈捨身〉と――芥川龍之介「今昔物語鑑賞」改稿の周辺など――」(飯倉洋一編『テクストの生成と変容』(大阪大学大学院文学研究科、二〇〇八年三月)
・ソフィア京都新聞文化会議「映画『羅生門』生んだ玉手箱」(『京都新聞』二〇二一年二月一二日)

第6章は、すでに繰り返し書いたとおりだ。発表の場としてのニュージーランド・オタゴ大学、発想の起点としてのインド。そして、文章の中に私が撮った写真も出てくる、タイのチェンマイである。二〇一八年の一月には、六本木の国際文化会館で、関連する講演も行っている。

【関連論考】

・「〈妊娠小説〉としてのブッダ伝――日本古典文学のひながたをさぐる」(『海外シンポジウム報告書　南太平洋から見る日本研究――歴史、政治、文学、芸術』国際日本文化研究センター、二〇一八年三月)

第7章は、共同研究「夢と表象」を前提として、さまざまな形で知見を得た外国人研究者のお招きを受け、海外のコンファレンスで発表したり、議論をしたりした結果の集成である。本章と直接関わることに限定して言えば、二〇一四年二月のドイツ・ハイデルベルク大学での国際ワークショップ、同年一〇月、韓国の放送大学での講演。そして同年歳末から二〇一五年新年という、ベトナムにとってメモリアルな時の移りを四週間、客員教授として過ごした、ホーチミンのベトナム国家大学での講演と続く。この時は、天国のように暖かいホーチミンから、ダナン、フエ、ホイアンをめぐった。二〇一五年一一月には、北京師範大学での大衆文化のシンポジウムに出席(『人民中国』二〇一六年一月号に記事掲載)。二〇一六年のブルガリア・ソフィア大学では、日本の夢文化について、パブリックレクチャーも行っている。二〇一七年の晩夏には、ポルトガルのリスボンで、アメリカの研究者たちと三人で、夢をテーマにパネルを組んで、EAJS（ヨーロッパ日本研究協会）で発表。二〇一八年四月には、ラトビアのリガで行われた、バルト三国の東アジア学会で講演した。関係者の援助を得て、大半が英語の発表となっている。おっと、二〇一八年三月に明治大学駿河台キャンパスで参加した研究集会も忘れてはいけない。いずれも楽しく、学問的刺激に満ちた想い出ばかりである。

【関連論考】

・書評「河東仁編『夢と幻視の宗教史　上』（リトン）」（『週刊読書人』二〇一三年六月二八日号、〈今週の書評〉）
・「夢――古人は〝夢〟といかにしてつきあってきたか」（『怪』Vol.0043、KADOKAWA、二〇一四年一二月）
・「眠りと夢文化――その歴史性と近代化」（NPO法人睡眠文化研究会編『図録　ねむり展――眠れるものの文化誌』松香堂書店、二〇一六年四月）
・「フキダシをめぐる夢の形象――中日交流の視点から」（『古代学研究所紀要』二七号、明治大学日本古代学研究所、二〇一九年三月）
・'Reviewing Japanese Dream Culture and Its History: Where Ancient, Medieval and Modern Time', "LATVIJAS UNIVERSITĀTES RAKSTI", 2021, 819. sēj. ORIENTĀLISTIKA. https://www.apgads.lu.lv/fileadmin/user_upload/lu_portal/apgads/izdevumi/LU_

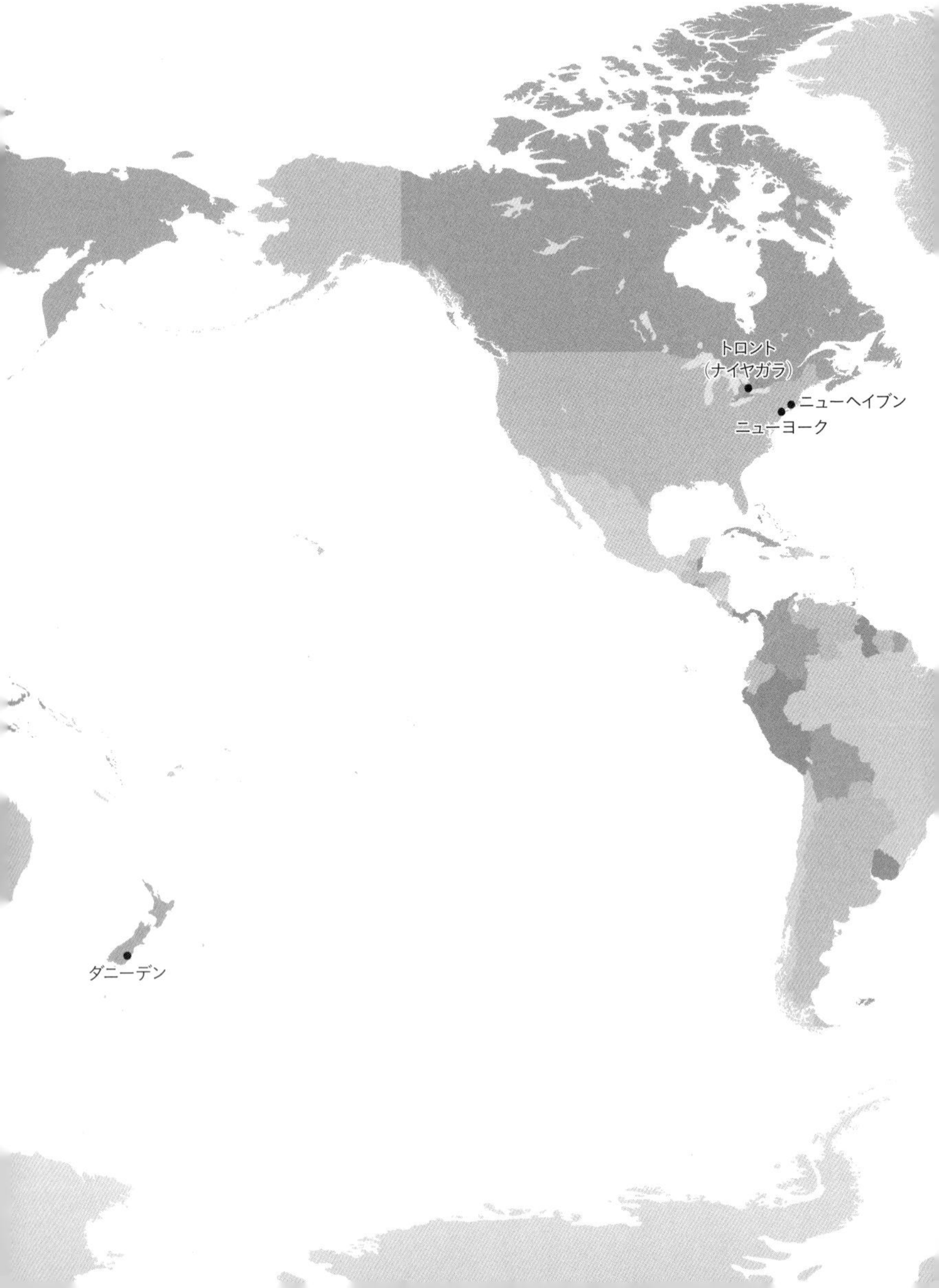
トロント
（ナイヤガラ）
ニューヘイブン
ニューヨーク
ダニーデン

フローチャートの世界地図

文中に言及した都市名などを世界地図に落とし込み、参照の目安とする。

Raksti/819/os.819.01-Araki.pdf

その他、今回の論述には関わりがないので言及のなかった国や地域、都市、そしてイベントや会議も、まだ相応にある。訪れてみたい未踏の地も多いが、それらについては、また何かの折に触れる機会があればと、楽しみを残しておこう。ひとまず旅の中継点として、それぞれの関係者や知人に、心より謝意を述べたい。

おわりに

この本の成り立ちは、二〇二〇年一二月一二日に、猪木武徳氏から拝受したメールに始まる。「人文知の復興」というシリーズを企画・推進しているが、その一環で一冊書かないか、という趣旨の嬉しいご提案であった。その時、私は、国際日本文化研究センターの業務で担当している「「国際日本研究」コンソーシアム」主宰で開催中の「ヨーロッパ日本研究学術交流会議――緊急会議 After / With コロナの「国際日本研究」の展開とコンソーシアムの意義」（同年一二月一一～一三日）というコンファレンスの二日目を終えたところだった。

会議は、初日の五百旗頭眞氏、関野樹氏の基調講演・報告で始まった。二日目と三日目は、イタリア・ヴェネツィア（フィレンツェからリモート）、イギリス・ロンドン（二人）、フランス・ストラスブール、ベルギー・ゲント、ドイツ・ハンブルク、チェコ・プラハ、ハンガリー・ブダペスト、アイルランド・コーク、そして京都の研究者をそれぞれオンラインでつなぎ、ヨーロッパ各国からの研究報告と、コロナ禍をめぐる対応状況を語ってもらう。そして最後にラウンドテーブルを設け、今後のコンソーシアムや国際的な日本研究の連携と意義について自由に議論・交流を行う。そんなスケジュールのさなかであった。その詳細については、二〇二二年三月公刊の報告書（オープンアクセス）の参照を乞いたいが、「人文知の復興」というキーワードは、まさに中心テーマの一つである。あまりにタイムリーな響きの提言で、ちょっと驚いた。断る理由は見当たらない。

翌日、電話で簡単に話をした後、年末の二二日に、猪木氏と日文研でお会いして、打ち合わせを行った。来年の末あたりを目処に、原稿が出るかな？　とお尋ねがあり、大丈夫だと思います、と返事をして、私なりの構想に入った。ここ数年、いつもの「国文学」（いまは日本古典文学研究と称するが）とは違った観点や表現で書き綴った、何本かの文章の蓄積が念頭にあった。あれをもとに、「人文知」の再構築をめぐって、私なりのまとまった考察と論述ができる。いい機会ではないか、と思ったのである。

その具体である本書各章の内容と、それが書かれていく経緯については、「まえがき」と「旅のフローチャート」に角度を変えて述べているが、国文学徒である私が、そもそもこのような考察を進めるきっかけになったのは、二〇一〇年四月に転任した現在の職場、日文研で経験したカルチャーチェンジによるところが大きい。当時の所長が猪木氏であった。さらに絞っていえば、たとえば、二〇一一年五月二一日に日文研の講堂で開催された「日文研・地球研合同シンポジウム『環境問題はなぜ大事か——文化から見た環境と環境から見た文化』」への参加である。東日本大震災からまだ二ヶ月半ほど、という時点で、日文研の創立記念日に集ったこのイベントは、司会・白幡洋三郎日文研教授、講演は、猪木所長「貿易と環境問題」、立本成文総合地球環境学研究所長「持続可能な発展を再考する――復旧・復興・新興」、荒木「煙たい月は泣いているのか？」、阿部健一地球研教授「人のいる自然・人のいない自然」という構成で、講演後、佐藤洋一郎地球研副所長を討論進行として、パネルディスカッションも行われた。

テーマがタイムリーで分野横断的に広く、その少し前に、京都の三条木屋町某所で開かれた顔合わせの事前相談会も、談論風発、とても楽しかった想い出が残る。会場の反応もよく、関西の新聞では好意的な報道もいただいた（『京都新聞』二〇一一年五月二八日夕刊「自然の威力認め研究者結集を」、『朝日新聞』六月九日夕刊、文化欄「単眼複眼」など）。私の講演は、本書第3章と同じタイトル付けになっているが、この時はまだ、先に場を与えられて、思い付いた萌芽的アイデアを話したのみ。その後、共同研究や関連の発表などを通じて、考えを深めていったのである。

本書全体に、こうしたシンポジウムやコンファレンスに象徴されるような、日文研という学際的な場と、そこで出会い、議論を深めた、国内外の研究者たちとの交流に触発された発想が織り込まれている。ここ数年、企画から関わった、大衆文化研究もその一つである。一方で、旧講座制の厳密なディシプリンの中で過ごした、前任校の大阪大学でのゆかりや知人、そしてそのネットワークから生まれた思索や考究も、論述の基盤として大きい存在感を有する。出会ったすべての方々に、深い礼意を申し述べたい。

なお、本書の企画・編集の実務については、当初、NTT出版の宮崎志乃氏が担当され、同氏の退職に伴い、七月の初めに、宮崎氏、山田兼太郎氏、賀内麻由子氏の三者と私とで、オンラインの引き継ぎを行った。その前後に、全体のドラフトとその改稿版を送って、本書の原型が完成している。以後は山田氏の担当で、形式の統一ほか、諸事を進めてもらった。末筆ながら、謝意を誌す。

二〇二二年の新春に

荒木　浩

引用・参考文献一覧

●引用の本文・事典等について

・古典文学作品の引用は、本文に注記したもの、また『古事記』(日本思想大系、岩波書店)、『源氏物語』(日本古典集成、新潮社)、和歌(新編国歌大観、ジャパンナレッジ)などの他は、日本古典文学大系・新日本古典文学大系(岩波書店)による。本文中に引用したように、国立国会図書館、国文学研究資料館他のオンラインデータの参照も多く、恩恵も大きい。

・漢訳仏典(経文他)の引用は、特に注記しない限り大正新脩大蔵経(大蔵出版)による。オンラインのSAT大正新脩大藏經テキストデータベース、CBETA中華電子佛典協會他も便利であり、活用した。

・夏目漱石、芥川龍之介、太宰治の作品については、本書叙述の趣旨にもそって(第1章、第2章参照)新潮文庫によるが、それぞれの全集(『定本漱石全集』岩波書店、『芥川龍之介全集』岩波書店、『太宰治全集』筑摩書房)、また青空文庫ほかを参照した。

・宮沢賢治作品の引用は『【新】校本宮澤賢治全集』全十九冊、[2009]完結、筑摩書房による。読解にはちくま文庫の全集ほか、簡便な作品集も多く、利用した。

・芥川龍之介の事典類の書誌は、関口安義・庄司達也編[2000]『芥川龍之介全作品事典』勉誠出版、菊地弘・久保田芳太郎・関口安義編[2001]『芥川龍之介事典　増訂版』明治書院、志村有弘[2002]『芥川龍之介大事典』勉誠出版である。

・なお、上記の原文引用に際しては、読解の便宜を考え、また諸本による本文批判を加えたりして、表記などに変更を加えている場合がある。また稿者の翻訳や大意によって示すこともある。

●参考文献

＊論述上、直接関係する文献の書誌を挙げている。なお記述上の情報として掲げたもの、また新聞やウェブサイト情報などについては、本文に掲げるのみとした。

朝日新聞社文化企画局東京企画部編［1995］『生誕百年記念「宮澤賢治の世界」展図録』朝日新聞社

荒木浩編［2002］『〈心〉と〈外部〉――表現・伝承・信仰と明恵『夢記』』大阪大学文学研究科

同［2005］「明恵『夢記』再読――その表現のありかとゆくえ」荒木編『仏教修法と文学的表現に関する文献学的考察―夢記・伝承・文学の発生―』平成一四年度～一六年度科学研究費補助金（基盤研究（C）（2））研究成果報告書（研究課題番号：14510462）所収

同［2007］『日本文学　二重の顔――〈成る〉ことの詩学へ』第四章など、阪大リーブル2、大阪大学出版会

同［2009］「夢の形象、物語のかたち――ハーバード美術館所蔵「清盛斬首の夢」を端緒に」『国際シンポジウム　日本文学の創造物――書籍・写本・絵巻』国文学研究資料館

同［2012］「釈教歌と石鹼――宮澤賢治の〈有明〉再読」プラット・アブラハム・ジョージ、小松和彦編『宮澤賢治の深層――宗教からの照射』所収、法藏館

同［2012］『説話集の構想と意匠――今昔物語集の成立と前後』勉誠出版

同［2013］「宮澤賢治『二十六夜』再読――浄土教から法華世界への結節と「月天子」」『日本仏教綜合研究』第一一号、日本仏教綜合研究学会

同［2013］「メディアとしての文字と説話文学史――矜恃する和語」説話文学会編『説話から世界をどう解き明かすのか　説話文学会設立五〇周年記念シンポジウム［日本・韓国］の記録』笠間書院→同［2021］『『今昔物語集』の成立と対外観』思文閣出版終章として展開

同［２０１４］「夢をみる／夢をかく」『月刊みんぱく』２０１４年3月号、国立民族学博物館、
同［２０１４］『かくして『源氏物語』が誕生する――物語が流動する現場にどう立ち会うか』笠間書院
同所収「はじめに　源氏物語論へのいざない」
同所収第六章「〈非在〉する仏伝――光源氏物語の構造」
同［２０１４］「『二十六夜』の信仰と捨身」プラット・アブラハム・ジョージ編『宮澤賢治と共存共栄の概念――賢治作品の見直し』ネルー大学語学部日本研究学科
同編［２０１４］『中世の随筆――成立・展開と文体』竹林舎
同所収「『方丈記』と『徒然草』――〈わたし〉と〈心〉の中世散文史」
同［２０１４］「背伸びと軽さの限界点――海外で古典を伝えること」『リポート笠間』57号
同編［２０１５］『夢見る日本文化のパラダイム』法藏館
同所収「夢と文化の読書案内」
同所収「日本古典文学の夢と幻視――『源氏物語』読解のために」
同［２０１６］「从対白框看梦的形象――以中日交流为视点」『日語学習与研究』一八六号
同編［２０１７］『夢と表象――眠りとこころの比較文化史』勉誠出版
同［２０１７］「出家譚と妻と子と――仏伝の日本化と中世説話の形象をめぐって」小峯和明編『東アジアの仏伝文学』勉誠出版
同［２０１８］「出産の遅延と二人の父――『原中最秘抄』から観る『源氏物語』の仏伝依拠」『国語と国文学』九五巻二号
同編［２０２０］『古典の未来学――Projecting Classicism』文学通信
同所収「序論」
同所収第七章「身を投げる／子を投げる――孝と捨身の投企性をめぐって」

同［２０２１］「釈迦の出家と羅睺羅誕生——不干斎ハビアンと南伝仏教をめぐって」日本文学協会『日本文学』二〇二一年六月号

同［２０２１］「仏陀の夢と非夢——西行伝への示唆をもとめて」小峯和明編『東アジアに共有される文学世界　東アジアの文学圏』東アジア文化講座３、文学通信

同［２０２１］『『今昔物語集』の成立と対外観』思文閣出版

Araki, Hiroshi [2018], 'Rêve et vision dans la littérature japonaise classique : notes pour la lecture du Roman du Genji'（日本古典文学の夢と幻視—『源氏物語』読解のために）, *Extrême-Orient Extrême-Occident*, 42/2018.

アルテミドロス［１９９４］『夢判断の書』城江良和訳、叢書アレクサンドリア図書館、国文社

Anderson, Benedict [2006], *Imagined Communities: Reflections on the Origin and Spread of Nationalism*, Revised Edition, Verso.

アンダーソン、ベネディクト［２００７］『定本　想像の共同体——ナショナリズムの起源と流行』白石さや・白石隆訳、書籍工房早山、同［１９９７］『増補　想像の共同体——ナショナリズムの起源と流行』ＮＴＴ出版、同［１９８７］『想像の共同体——ナショナリズムの起源と流行』リブロポート

アンドラ、ポール［２０１９］『黒澤明の羅生門——フィルムに籠めた告白と鎮魂』北村匡平訳、新潮社

イエンゼン、Ｗ．、フロイト、Ｓ．［２０１４］『グラディーヴァ／妄想と夢』種村季弘、平凡社ライブラリー

生田省悟・宮本正秀［１９９４］「サー・トマス・ブラウン著　ハイドリオタフィア（その二）」『金沢大学教養部論集人文科学篇』三二巻一号、同（その一）［１９９４］『金沢大学教養部論集人文科学篇』三一巻二号、同（その三）［１９９６］『金沢大学教養部論集人文科学篇』三三巻二号

池上洵一［１９８７］「今昔物語集の方法と構造—巻廿五〈兵〉説話の位置」日本文学協会編『日本文学講座３　神話・説話』大修館書店、同［２００１］『今昔物語集の研究　池上洵一著作集第一巻』和泉書院に再収

同［１９８３］『『今昔物語集』の世界——中世のあけぼの』筑摩書房

石川透［２００１］「『花鳥風月の物語』古写本の意義——附翻刻影印」『古代中世文学論考』六集、新典社

石橋臥波［1907］『夢』宝文館、国立国会図書館デジタルコレクション
伊藤慎吾［2010］『室町戦国期の文芸とその展開』三弥井書店
入口敦志［2015］「描かれた夢――吹き出し型の夢の誕生」荒木編『夢見る日本文化のパラダイム』法藏館所収
岩本裕［1979］『仏教説話研究第四巻　地獄めぐりの文学』開明書院
上野勝之［2015］「平安時代における僧侶の〝夢記〟――九世紀以前の僧と夢」『夢見る日本文化のパラダイム』法藏館所収
同［2017］「平安時代における僧侶の〝夢記〟と夢――十～十二世紀を中心に」『夢と表象――眠りとこころの比較文化史』勉誠出版所収
ウェルズ、H・G［1962］『月世界最初の人間』白木茂訳、ハヤカワ・SF・シリーズ早川書房
宇野瑞木［2016］『孝の風景――説話表象文化論序説』第二部第四章「郭巨説話の母子像」、同第五章「郭巨説話の「母の悲しみ」」勉誠出版
海野一隆［1999］『地図に見る日本――倭国・ジパング・大日本』大修館書店
同［2004］『地図の文化史――世界と日本』八坂書房
同［2006］『日本人の大地像――西洋地球説の受容をめぐって』大修館書店
応地利明［1996］『絵地図の世界像』岩波新書
大津雄一［2013］『『平家物語』の再誕――創られた国民叙事詩』NHKブックス　No. 1206
大塚英志［2012］「「映画的」とは何か――戦時下の映画批評と「日本的」であることをめぐって」大塚編『まんがはいかにして映画になろうとしたか――映画的手法の研究』第1章、NTT出版
同［2014］「日本のまんがは「日本的」ではない」『アステイオン』Vol.081、サントリー文化財団
沖大幹［2014］『東大教授』新潮新書
丘山万里子［2010］『ブッダはなぜ女嫌いになったのか』幻冬舎新書154

奥平英雄［１９８７］『絵巻物再見』角川書店
小此木啓吾・河合隼雄［１９７８］『フロイトとユング』思索社、［１９８３］レグルス文庫、第三文明社ほか
長部日出雄［２０１３］『新編天才監督木下惠介』第八章「日本最初の総天然色映画」論創社
織田武雄［１９７４］『地図の歴史　日本篇』講談社現代新書
オング、ウォルター・J［１９９１］『声の文化と文字の文化』林正寛・糟谷啓介・桜井直文訳、藤原書店
Kern, Adam L.［２００６］, *Manga from the Floating World: Comicbook Culture and the Kibyoshi of Edo Japan*, Harvard University Press.

＊花王石鹼社史など

小林良正・服部之総［１９４０］『花王石鹼五十年史』花王石鹼五十年史編纂委員会
服部之総［１９４０］『初代長瀬富郎伝』花王石鹼五十年史編纂委員会
花王石鹼株式会社資料室編［１９７１］『花王石鹼八十年史』花王石鹼
落合茂編［１９７７］『花王広告史』上巻、花王石鹼株式会社資料室
花王石鹼株式会社資料室編［１９８９］『花王広告史』上下合本、花王石鹼株式会社、梶濱亮俊「『婆沙論』における夢の研究」（『印度学仏教学研究』四〇巻一号、一九九一年一二月）参照。

加治屋健司［２０１１］「日本中世及び近世における夢と幽霊の視覚表象」『広島市立大学芸術学部芸術学研究科紀要』一六号
加藤悦子［２００６］「「春日権現験記絵」に見られる夢の造形について」、河野元昭先生退官記念論文集編集委員会編『美術史家、大いに笑う――河野元昭先生のための日本美術史論集』ブリュッケ
同［２０１０］「絵画における夢――日本中世の場合」『玉川大学　人文科学研究センター年報　Humanitas』一号
上川通夫［２０１０］「尊勝陀羅尼の受容とその転回」、中野玄三・加須屋誠・上川通夫編『方法としての仏教文化史――ヒト・モノ・イメージの歴史学』勉誠出版

亀井孝［1949］「『つなぐ』考――意味論的解釈の一つの適用例として」、同［一九八五］『亀井孝論文集第四　日本語のすがたとこころ（2）――訓詁と語彙』所収、吉川弘文館
河村民部［1997］「『三四郎』と『ハイドリオタフィア』」『文学・芸術・文化　近畿大学文芸学部論集』九巻一号
河合隼雄［1987］『明恵　夢を生きる』京都松柏社
河添房江［2014］『唐物の文化史』岩波新書
河東仁［2002］『日本の夢信仰――宗教学から見た日本精神史』玉川大学出版部
同編［2013］『夢と幻視の宗教史　上』宗教史学論叢17、リトン
川平敏文［2015］『徒然草の十七世紀――近世文芸思潮の形成』岩波書店
岸野久［1989］『西欧人の日本発見――ザビエル来日前日本情報の研究』第六章「ニコラオ・ランチロットと日本情報（1548年）」吉川弘文館
京須偕充［1999］『圓生の録音室』中公文庫
京都国立近代美術館編［1969］図録『近代デザインの展望』京都国立近代美術館
京都大学附属図書館［1991］「京都大学附属図書館100年の歩み」『静脩』臨時増刊号100周年記念、京都大学
京都文化博物館編［2019］『iCOM京都大会開催記念展覧会　京の歴史をつなぐ』京都文化博物館
久保田淳・山口明穂校注［1981］『明恵上人集』岩波文庫
黒澤明［1950］「京の街に集う『羅生門』のスタッフ――作品と映画と心境」『近代映画』一九五〇年九月号、『大系黒澤明』第一巻
同［1951］1「日本映画『羅生門』にヴェニス大賞輝く――黒澤明は語る」『キネマ旬報』一九五一年一〇月上旬号、『大系黒澤明』第一巻
同［1951］2「映画大賞に輝く『羅生門』の演出家黒澤明監督に訊く」『映画ファン』一九五一年一二月号、『大系黒澤明』第一巻

同［1952］1「国際映画コンクール大賞受賞記念　座談会　羅生門」『人生倶楽部』創刊号、『大系黒澤明』第一巻
同［1952］2「人間を信ずるのが一番大切なこと——ハリウッド土産ばなし」『映画の友』一九五二年四月号、『大系黒澤明』第一巻
＊黒澤明の対談の発言や資料等
浜野保樹［2009］『大系黒澤明』第一巻、講談社
黒澤明・橋本忍『羅生門』脚本［1988］『全集黒澤明』第三巻、岩波書店
『羅生門』「シナリオ注」［1988］『全集黒澤明』第三巻、岩波書店
国立映画アーカイブ・映像産業振興機構監修［2020］『公開70周年記念　映画『羅生門』展』国書刊行会
文藝春秋編［1999］『黒澤明「夢は天才である」』文藝春秋
Gray, Carol [1996], Comic Strip Conversations, Future Horizons Inc.
グレイ、キャロル［2005］『コミック会話——自閉症など発達障害のある子どものためのコミュニケーション支援法』門眞一郎訳、明石書店
黒田彰［2001］『孝子伝の研究』思文閣出版
河野豊［1998］「日本におけるサー・トマス・ブラウン書誌」『別府大学紀要』三九号
小林信彦［2007］『映画×東京とっておき雑学ノート　本音を申せば④』所収「映画をどうえらぶか？」「〈劣化〉した国に生きる」、単行本［2008］、引用は［2011］文春文庫
同［2005］『テレビの黄金時代』文春文庫
Koyama-Richard, Brigitte [2007], *One Thousand Years of MANGA*, Flammarion.
関口安義［1995］『芥川龍之介』岩波新書
西郷信綱［1951］『日本古代文學史』岩波全書、岩波書店
同［1963］『改稿版　日本古代文学史』岩波全書、［1996］同時代ライブラリー277岩波書店、［2005］岩

波現代文庫、岩波書店［２０１１］『文学史と文学理論Ⅱ　日本古代文学史』西郷信綱著作集七、平凡社
同［１９７２］『古代人と夢』平凡社選書、［１９９３］平凡社ライブラリー
斎藤美奈子［１９９４］『妊娠小説』筑摩書房、同［１９９７］ちくま文庫
佐伯有清［１９９０］『人物叢書　円珍』吉川弘文館
同［１９９９］『悲運の遣唐僧――円載の数奇な生涯』吉川弘文館歴史文化ライブラリー63
佐竹昭広［１９５５］「古代日本語における色名の性格」『国語国文』二四巻六号、同［１９８０］『萬葉集抜書』岩波書店
同［１９８６］『古語雑談』岩波新書（以上は、佐竹［２００９－１０］『佐竹昭広集』全五巻、岩波書店に集成）
佐藤卓己［２０１９］『流言のメディア史』岩波新書
清水勲［１９９１］『漫画の歴史』岩波新書
蕭軍編著［２００８］『永楽宮壁画』文物出版社
シリーズ江戸戯作［１９８７］『山東京伝』山本陽史編、桜楓社
同［１９８９］『唐来三和』鈴木俊幸編
Xing, Guang [2005], "Filial Piety in Early Buddhism", *Journal of Buddhist Ethics*, Volume 12.
スクリーチ、タイモン［１９９９］『江戸の思考空間』第二章「ねじれたパイプ」村山和裕訳、青土社
同［２００３］『定信お見通し――寛政視覚改革の治世学』高山宏訳、青土社
Screech, Timon [2020], *The Shogun's Silver Telescope: God, Art, and Money in the English Quest for Japan, 1600-1625*, Oxford University Press.
鈴木日出男［２００６］「解説」『益田勝実の仕事１』ちくま学芸文庫
須田千里［１９９７］「芥川龍之介歴史小説の基盤――『地獄変』を中心として」『叙説』二五号
副田一穂［２０１３］「江戸時代の望遠鏡と拡張された視覚の絵画化」『研究紀要』二〇号、愛知県美術館

添田知道［２００８］『流行り唄五十年――唖蟬坊は歌う』小沢昭一 解説・唄、朝日新聞出版
説話文学会編［２０１３］『説話から世界をどう解き明かすのか――説話文学会設立 50周年記念シンポジウム［日本・韓国］の記録』笠間書院
Tyler, Royall［２００１］*The tale of Genji*, Viking.
高島淑江［２００６］「日中版画における夢の表現とフキダシ――通俗小説挿絵を中心として」『美術史研究』四四冊
高畑勲［１９９９］『十二世紀のアニメーション――国宝絵巻物に見る映画的・アニメ的なるもの』徳間書店
高畑勲［２００１］「説話絵巻 スピード感あふれる展開」『週刊朝日百科 世界の文学』０８３、朝日新聞出版
高峰博［１９１７］『夢学』有文堂書店
高村光太郎［１９６７］『日本の詩歌10 高村光太郎』中央公論社
Dower, John W. [1999] *Embracing Defeat: Japan in the Wake of World War II*, W. W. Norton & Company
ダワー、ジョン［２００１］『敗北を抱きしめて――第二次大戦後の日本人』上下、三浦陽一・高杉忠明訳、岩波書店、同増補版上下［２００４］年、岩波書店
辻惟雄［２００８］『奇想の江戸挿絵』集英社新書ヴィジュアル版
手塚治虫［１９８３－８４］『ブッダ』1〜14、講談社・手塚治虫マンガ全集など
冨樫進［２０１６］「文殊の導く求法巡礼――円仁の〈夢〉観念をめぐって」『日本仏教綜合研究』一五号
冨田美香［２０１２］「総天然色映画の超克――イーストマン・カラーから『大映カラー』への力学」ミツヨ・ワダ・マルシアーノ編著『「戦後」日本映画論――一九五〇年代を読む』青弓社所収
長野甞一［１９６７］『古典と近代作家 芥川龍之介』有朋堂
中村士［２００８］『江戸の天文学者 星空を翔ける』技術評論社
中村元［１９６１］『東洋人の思惟方法2』『中村元選集 第2巻』春秋社
並川孝儀［１９９７］「ラーフラ（羅睺羅）の命名と釈尊の出家」『佛教大学総合研究所紀要』四号

同〔2005〕『ゴータマ・ブッダ考』大蔵出版
奈良国立博物館編〔2007〕『神仏習合　特別展かみとほとけが織りなす信仰と美』
野田真吉・未発表遺作論文「柳田国男の『民族芸術と文化映画』と宮田登の『映像民俗学の調査方法』をめぐって――民俗事象の映像記録についての諸問題（一―記録映画作家の立場から）の覚え書」『映像民俗学7』ウェブ版
芳賀矢一〔1913－21〕『攷証今昔物語集』全三巻、冨山房（国会図書館デジタルコレクション）
羽島知之編〔1999－2007〕『新聞広告美術大系　医薬・化粧品』（『新聞広告美術大系』の内一巻、六巻、十一巻、十四巻、大空社
橋本忍〔2010〕『複眼の映像』文春文庫
早川聞多〔2008〕『春画の見かた――10のポイント』平凡社
林完次〔1997〕『月の本――perfect guide to the MOON』光琳社出版、同〔2000〕角川書店
飛ヶ谷美穂子〔1997〕「ハイドリオタフヒア、あるいは偉大なる暗闇――サー・トマス・ブラウンと漱石」
同〔2002〕『漱石の源泉――創造への階梯』慶應義塾大学出版会所収。
平井仁子〔1976〕「『源氏物語』の時間――『花鳥余情』以前」『実践国文学』九号
深町純亮〔1997〕『炭坑節物語』海鳥社
藤井由紀子〔2015〕「〈懐妊をめぐる夢〉の諸相」、同〔2021〕『異貌の『源氏物語』』第Ⅳ部第二章、武蔵野書院所収
富士川游〔1904〕『日本医学史』裳華房、国立国会図書館デジタルコレクション。平凡社東洋文庫他に復刻。
同〔1932〕『迷信の研究』養正書院
同〔1936〕『新撰妙好人伝第三編　明恵上人』厚徳書院、国立国会図書館デジタルコレクション
ブルートン、ダイアナ〔1996〕『月世界大全――太古の神話から現代の宇宙科学まで』鏡リュウジ訳、青土社
フロイト、ジークムント〔2007〕『夢解釈Ⅰ』『フロイト全集4』新宮一成責任編集・訳、岩波書店

同［２０１１］『夢解釈Ⅱ』『フロイト全集５』新宮一成責任編集・訳、岩波書店
同［２００７］『グラディーヴァ論』西脇宏訳、『フロイト全集９』道籏泰三責任編集、岩波書店
フロム、エーリッヒ［１９７１］『夢の精神分析——忘れられた言語』改訂新版、外林大作訳、東京創元社
ベルジュラック、シラノ・ド［２００５］『日月両世界旅行記』赤木昭三訳、岩波文庫
ヴェルデ、ジャン＝ピエール［１９９２］『天文不思議集』荒俣宏監修・唐牛幸子訳、創元社
ヴェルヌ、ジュール、W・J・ミラー注［１９９９］『詳注版——月世界旅行』高山宏訳、ちくま文庫
ヴェルヌ、ジュール［１９６５］『月世界へ行く』江口清訳、東京創元社
Petroski, Henry [1999], *The Book on the Book Shelf*, Knopf.
ペトロスキー、ヘンリー［２００４］『本棚の歴史』池田栄一訳、白水社
ポングラチュ・M、ザントナー・I［１９８７］『夢の王国——夢解釈の四千年』種村季弘・岡部仁・池田香代子・土合文夫訳、河出書房新社
本田義憲［２０１６］『今昔物語集仏伝の研究』勉誠出版
本間之英［２００５］『図解　誰かに話したくなる社名・ロゴマークの秘密』学習研究社
益田勝実［１９６０］『説話文学と絵巻』三一書房
同［１９８５］「伝承から物語へ——竹取物語の成立」（『国文学解釈と教材の研究』三〇巻八号
同［１９６４］「民俗の思想」『現代日本思想大系三〇　民俗の思想』筑摩書房所収
同［１９６５］「柳田国男の思想」『現代日本思想大系二九　柳田国男』筑摩書房所収
同［２００６］『益田勝実の仕事１』ちくま学芸文庫、筑摩書房
松田美佐［２０１４］『うわさとは何か——ネットで変容する「最も古いメディア」』中公新書
道端良秀［１９６８］『仏教と儒教倫理——中国仏教における孝の問題』平楽寺書店サーラ叢書
三戸信惠［２０１２］「日本絵画における「夢」の位相——中世から近代へ」（『武蔵野美術大学研究紀要』四三号

同［２０１５］「夢の位相、現実の位相――日本絵画における夢の表現の類型とその史的展開」荒木編『夢と表象』所収
都家歌六［１９８７］『落語レコード八十年史』上下二冊、国書刊行会
武者小路穣［１９６３］『絵巻――プレパラートにのせた中世』美術出版社
村井紀［１９９８］「国文学者の十五年戦争」①②、『批評空間』Ⅱ16、１９９８年1月、同Ⅱ18、１９９８年7月
本木荘二郎［１９５２］「国際映画コンクール大賞受賞記念　座談会　羅生門」『人生倶楽部』創刊号、［２００９］『大系黒澤明』第一巻
安井眞奈美［２０１４］『怪異と身体の民俗学――異界から出産と子育てを問い直す』せりか書房
柳田國男［１９３０］『明治大正史世相篇』講談社学術文庫（柳田の著作は『柳田國男全集』全三十五巻＋別巻、筑摩書房に集成）
同［１９３８］『昔話と文学』創元社、創元選書
同［１９７９］『不幸なる芸術・笑の本願』岩波文庫、岩波書店
楊暁捷・小松和彦・荒木浩編［２０１３］『デジタル人文学のすすめ』勉誠出版
幼学の会［２００３］『孝子伝注解』汲古書院
吉岡千里・隅田雅夫［１９９４］「〈業務紹介〉「鈴鹿本今昔物語集」の受入について」『大学図書館研究』四三号
山崎光夫［１９９７］『藪の中の家――芥川自死の謎を解く』文藝春秋
四方田犬彦［１９９９］『漫画原論』ちくま学芸文庫、筑摩書房
渡辺照宏［２００５］『新釈尊伝』ちくま学芸文庫、筑摩書房

著者紹介

荒木浩（あらき・ひろし）

国際日本文化研究センター教授・総合研究大学院大学教授。専門は日本古典文学。1959年生まれ。京都大学大学院博士後期課程中退。博士（文学、京都大学）。大阪大学大学院教授などを経て、2010年4月より現職。国文学研究資料館併任助教授、コロンビア大学客員研究員、ネルー大学、チューリヒ大学、ベトナム国家大学、チュラーロンコーン大学、ソフィア大学の客員教授などを歴任。
著書に、『『今昔物語集』の成立と対外観』（思文閣出版）、『徒然草への途』（勉誠出版）、『かくして「源氏物語」が誕生する』（笠間書院）、編著に、『古典の未来学―Projecting Classicism』（文学通信）など。京都新聞に「文遊回廊」を連載（2017～21年）。

人文知の復興 4

古典の中の地球儀

海外から見た日本文学

2022年3月31日　初版第1刷発行

著者　荒木 浩
発行者　東 明彦
発行所　NTT出版株式会社
〒108－0023
東京都港区芝浦3-4-1　グランパークタワー
営業担当　電話 03-5434-1010　ファクス 03-5434-0909
編集担当　電話 03-5434-1001
https://www.nttpub.co.jp
装丁・本文デザイン　松田行正＋杉本聖士
本文組版　キャップス
印刷製本　中央精版印刷株式会社

ISBN 978-4-7571-4360-9 C0091

刊行のことば

科学技術の急速な進展と産業の発達によって、人間の生活全般における身体的な負荷は驚くほど低下した。われわれは楽に、早く、遠くへ、そして多くのことを成し遂げられるようになった。人間は、小さな体からとてつもない巨人へと成長を遂げたかのようである。だが肉体の膨張は、人間の内部・外部にさまざまな空隙と亀裂を生み出しており、その空隙は何かによって満たされることを強く求めているように見える。

改めて意識すべきは、科学と技術という個別の分野での発見や革新が、人類の全体としての進歩を必ずしも意味しないということだ。ジグソーパズルの一部を精緻に仕上げても、全体がいかなる絵柄になるのか知ろうとしない限り、社会の進歩について語ることは難しい。われわれは肉体、精神、物質のバランスに留意しつつ、「事実」を出来うる限り全体の文脈のなかで学ぶ知的誠実さを持たねばならない。と同時に、理想を抱き、「想像力」によって、さまざまな変化に倫理的誠実さを持って対応することも求められる。

シリーズ「人文知の復興」は、古典を含む人文学や社会科学の遺産から、改めて「人間とはなにか」に迫り、現代社会が生み出している精神の「空隙」を満たすための一助として企画された。人間という謎、その人間が織りなす社会と向き合いながら、人文学、そして社会科学の役割、その重要性と面白さを広く読者に伝えたいという思いから、熱意あふれる執筆陣が自由なテーマとスタイルで読者諸兄姉に問いかけている。

学生だけでなく、現役で社会活動に携わる方々、引退生活の中で来し方を振り返る人々にも、本シリーズが、善き生、善き社会を考える縁《よすが》となれば幸いである。

二〇二一年春

猪木武徳

Humanities / Liberal Arts

人文知の復興

シリーズ監修　猪木武徳

1　千葉一幹『コンテクストの読み方――コロナ時代の人文学』

定価2,860円（本体2,600円＋税10%）ISBN 978-4-7571-4357-9

一つの事象を様々なコンテクストから読み解く文学研究の技法を知ることで、私たちの人生はより豊かになる。ブルデュー、カミュ、フロイト、そして漱石などの技法をもとに、「ポスト・トゥルース」の時代と呼ばれる今ふたたび注目される文学・漫画・映画を取り上げ、多様な読みの方法論を、入門・対話形式で紹介する。

2　鴋澤 歩『ふたつのドイツ国鉄――東西分断と長い戦後の物語』

定価2,860円（本体2,600円＋税10%）ISBN 978-4-7571-4358-6

「第三帝国」のドイツ国鉄・ライヒスバーンは、第二次大戦後の東西ドイツ分断の時代、二つに分かれ、それぞれの道を歩む。そこには、同時代を生きた二つの大組織の苦闘と、鉄道に人生をかけた人々の知られざるドラマがあった――。ベルリンの壁崩壊から約30年を経て、多くの史料からいま明かされる、もうひとつの戦後ドイツ史。

3　田島正樹『文学部という冒険――文脈の自由を求めて』

定価2,860円（本体2,600円＋税10%）ISBN 978-4-7571-4359-3

文学部は、より深く、より反時代的に、その伝統と本分に立ち返ることによってのみ、その使命を果たすことができる。文学部の誕生に遡ることを端緒に、聖書からドン・キホーテへ、カズオ・イシグロから『映像研には手を出すな!』まで、古今東西のテキストを縦横無人に跳躍しながら、人文学の真髄と実践に触れる。